侘寂之美

唐诗中的理想国

李静 著

吉林大学哲学社会科学普及读物

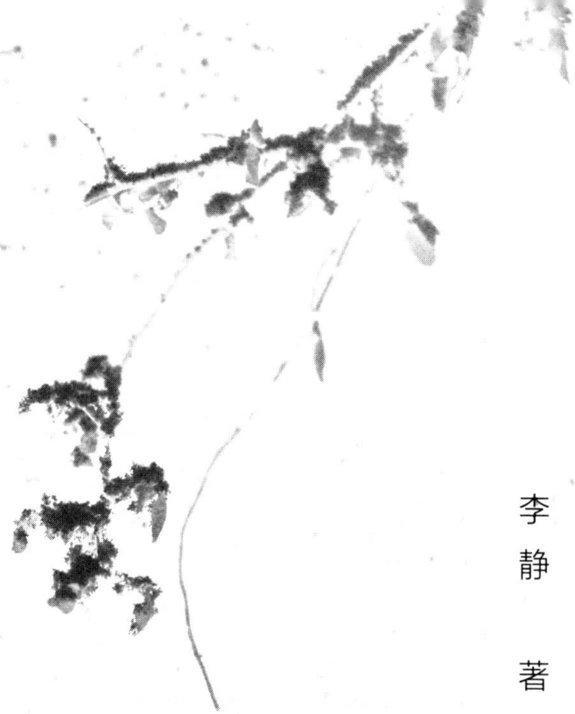

社会科学文献出版社
SOCIAL SCIENCES ACADEMIC PRESS (CHINA)

沉醉唐诗的美

很早就有这样一个想法，即把中国几千年来积攒下的最为精美的古诗词，用最浅显的语言，一首一首地、美美地讲给我们的读者。

20 世纪末，我在北京的一家出版社做文字编辑。看着图书市场上五花八门的古诗词读物，拿起一本，放下一本，总是觉得有些欠缺。很多古诗词的讲解多是字、词、句、篇这样一个基本的套路，初看上去，就给人一种板着面孔的感觉。当时想，就没有一种古诗的说解，能够简单一些、明白一些吗？

于是，那时就有了一种冲动，编写一本讲 解古诗词的书，让男女老少都能透过我的这些至为简单的文字，领略中国古典诗词所蕴藏的美，不管是阴柔的，还是雄壮的，无论是婉约的，还是豪放的。

当时没有立即付诸实践，有两个原因，一是天性疏懒，二是职业所限。当时是在做编辑，总是觉得这些优美的文字应该出自古典文学专业的大家们，而我是编辑，只是为他们作嫁衣裳的；自己亲自去做的话，总给人一种既当裁判员又当运动员的感觉。所以这个想法当时没有落实下来，但一直埋藏心底，而且越来越强烈，直到我回到高校，有了孩子之后。

孩子渐渐长大，到了可以读诗的年龄，我花了很长的时间想给孩子找一本她能看懂的古诗词读本，但合适的选本并不好找，我一次又一次地从书店失望而归。于是越发有了自己编写一本的冲动。

前几年应老年大学的约请，给学生讲古诗词欣赏，因为觉得是一项公益事业，所以欣然应允。上课时，偌大的教室坐了满满的人，从四五十岁到八九十岁不等，这让我意想不到，更让我有些激动。赏读诗词的过程中，我也感受到了古诗词注解的重要性。把一首诗、一首词讲得明白易懂，让这些没上过大学、没读过中文专业的老年朋友们听得清楚、听得明白、听得入心，是给这些老年朋友们讲诗词首先要做到的，否则，一节课下来就会把他们讲跑的。

几节课下来，老年朋友们对于古典诗词的热爱乃至痴迷又让我燃起了做一些古诗词注解工作的热情。于是，我试着静下心来，细细地梳理老祖宗给我们留下的那一行行优美的文字，一首一首仔细地品读，一首一首耐心地回味，突然发现，诗原来需要这样平心静气地来赏读。

诗歌是几千年积累沉淀下来的优秀文化遗产，但诗歌的语言是过去的语言。如何用现代的话来解释过去的语言，从而品味到诗歌的美？我总是会想起白居易在写完诗后读给老婆婆听的故事，固然不能要求诗歌全部通俗易懂，但是诗歌的注解一定要做到，否则从书面语到书面语，谁还愿意去看你的解释？一位名叫方玉润的清人解读《诗经》当中的《芣苢》时说：“读者试平心静气涵泳此诗，恍听田家妇女三三五五于平原秀野、风和日丽中群歌互答，余音袅袅，若远若近，忽断忽续，不知其情之何以移，而神之何以旷，则此诗可不必细绎而自得其妙焉。”且不说原诗的美如何，这篇简短的注解文字已然让我们陶醉。

诗歌是美的，诗歌的注解也应该是美的。这是我初定的一个基本原则。把一首优美的诗歌拆解为一个一个的字、词、句，便不会美了。因此，我讲诗，想完整地讲、囫囵地讲，否则就会破坏了它们的美。

眼下人们对于国学越来越重视了，古诗词的比重在中小学课本中也在不断地增加。我所遴选的这些唐诗，大部分中小学课本中已经选了，但是这些讲解并不仅仅是给孩子们的。大人在工作之余，赏读一首小诗，亦可放松心情、愉悦身心，有美的享受。

这个唐诗的说解本，诗歌原文以中华书局 1999 年出版的《全唐诗》（增订本）为底本，共分十个专题，每个专题选一些优秀的唐诗，共一百首，基本关涉了唐代诗人们生活的各个层面。读了它们，不仅可以享受到诗歌带来的美，而且可以感知一千多年前的唐朝文化；唐诗中写了美好的春光、秋景、山水、田园和边塞，唐朝的社会生活也通过唐诗中的咏史怀古以及旅行中的见闻等展现出来，还可以与那时的诗人们进行深度的思想交流和心灵沟通，从而感知他们的悲喜、他们的爱恨、他们的生存境遇与命运。这或许就是人们通常所说的知人论世吧。

目录

心有千千结：诗人的幽隐情怀／327

春水绿堪染

唐诗中的春天

孤篇压全唐

《春江花月夜》张若虚

春江潮水连海平，海上明月共潮生。
滟滟随波千万里，何处春江无月明。
江流宛转绕芳甸，月照花林皆似霰。
空里流霜不觉飞，汀上白沙看不见。
江天一色无纤尘，皎皎空中孤月轮。
江畔何人初见月，江月何年初照人。
人生代代无穷已，江月年年望相似。
不知江月待何人，但见长江送流水。
白云一片去悠悠，青枫浦上不胜愁。

谁家今夜扁舟子，何处相思明月楼。
可怜楼上月裴回，应照离人妆镜台。
玉户帘中卷不去，捣衣砧上拂还来。
此时相望不相闻，愿逐月华流照君。
鸿雁长飞光不度，鱼龙潜跃水成文。
昨夜闲潭梦落花，可怜春半不还家。
江水流春去欲尽，江潭落月复西斜。
斜月沉沉藏海雾，碣石潇湘无限路。
不知乘月几人归，落月摇情满江树。

这首诗被闻一多先生誉为“诗中的诗，顶峰上的顶峰”，它的作者张若虚也因这一首诗而“孤篇横绝，竟为大家”，赢得了“孤篇压全唐”（或者说是“孤篇盖全唐”）的美誉。因为诗文写得好，张若虚当时在帝都长安小有名气。他与贺知章、张旭、包融三人，因为都出生于长江之滨，且不拘礼法、天性洒脱，所以并称唐代“吴中四士”。这四个人，虽然是并称，但张若虚的名气远远不及其他三位，以至于他的事迹流传很少，诗歌也大都散失了，只留下两篇传世，《春江花月夜》就是其中一篇。

首先，这首诗的题目极具美感。“春”“江”“花”“月”“夜”，其中任何一个字写出来都是一幅美好的图景，这首诗也紧紧围绕这些美好的事物展开。某个春天的夜晚，诗人独自走在江边，一轮明月悬挂空中，江水静静流淌在月光之下，点缀两岸的是似锦的春花。面对这样的景色，张若虚的灵感如泉水般涌上了心头，于是提笔写下：“春江潮水连海平，海上明月共潮生。滟滟随波千万里，何处春江无月明。”可以想象一下，我们如果是诗人，面前是浩渺的江水，视野一片开阔，如何写出这阔大的景象呢？张若虚想到的法子是，以海的辽阔来衬托江水气势的宏伟，潮水江水一望无际。在潮水的尽头，一轮明月冉冉升起，这里诗人用了一个“生”字，赋予了潮水和明月生命，一下就把它们写活了。在这样的明月之下，江水的波澜都染上了月亮的光芒，星星点点，随着江水绵延千里。这景色不禁让人感慨：哪里的春江没有受到这月色的轻抚啊？有春江的地方就有明月，有明月和春江的地方就有这动人心魄的美！

收回远望的目光和感慨，看着近处的景色，诗人又写下：“江流宛转绕芳甸，月照花林皆似霰。空里流霜不觉飞，汀上白沙看不见。”“芳甸”是指开满花草的郊野，江水弯弯曲曲地流淌，像臂膀一样怀抱着花草，从生的花草都被月光染上了银辉，就好像刚刚覆盖上了一层晶莹剔透的冰珠。空中的飞霜、岸边的白沙也都和月光融为了一体，目光所及处都是一片柔和的银白色。

接着，“江天一色无纤尘，皎皎空中孤月轮”两句描写了一个近乎透明的世界，天水相接，无一丝尘埃，唯有一轮明月高高悬挂。澄澈的景色总能给人带来心灵上的澄净和哲学上的深思。对着这一轮明月，诗人不禁问自己：“江畔何人初见月，江月何年初照人。”到底是谁最先在江边看到了这样美丽的明月，明月又是什么时候开始照耀着人呢？这样的问题是无解的。前人写到自然的永恒和人生的短暂时，大多感喟不已。如汉代古诗《回车驾言迈》中说：“人生非金石，岂能长寿考？”魏晋时的阮籍也在《咏怀》中说：“人生若尘露，天道邈悠悠。”而张若虚的回答并不低沉，他写道：“人生代代无穷已，江月年年望相似。不知江月待何人，但见长江送流水。”尽管江月永恒而人生短暂，但人的存在也是代代相续的。年年相似的明月似乎是在等着什么人，这个人却一直没有出现。陪伴它的是什么呢？只有流动的江水。这也恰好呼应了上文“孤月轮”中的“孤”字，同时为下文写男女分离之苦奠定了感情基调。

这样的良辰美景使诗人不由得想到和爱人的分离。“白云一片去悠悠，青枫浦上不胜愁。谁家今夜扁舟子，何处相思明月楼。”悠悠而去的白云象征的是离家之后的游子；“扁舟子”寓意游子在外，如风浪中的一叶小舟，飘忽不定。古人送别不像我们现在，我们都是送到车站，他们是跟着车船一直送出很远，直到岔路口才正式分别。“浦”在古代指河流交汇处，“青枫浦”应该就是诗人和爱人分别的岔口；“明月楼”则是思妇思念游子的地方。四个意象将游子的思归、思妇的盼归以及当时离别的不舍都生动展现了出来。

诗人的思绪随着月光进入了闺楼，想象此时心爱的人正在做什么。“可怜楼上月裴回，应照离人妆镜台。玉户帘中卷不去，捣衣砧上拂还来。”月光似乎理解妇人的苦闷，徘徊在闺楼上不愿离去，想要和她做个伴儿。月色入户，洒落在梳妆镜、帘子和捣衣的砧石上。这皎洁的月光虽美，却勾起了妇人更多相思的愁绪。月光“卷”也卷不去，“拂”也拂不完，一卷一拂既写出了月光的依人，又将妇人对游子的期盼、久等不归的惆怅生动地描绘了出来。

同时期的张九龄作诗说：“海上生明月，天涯共此时。”张若虚也有相似的体验，诗中写道：“此时相望不相闻，愿逐月华流照君。鸿雁长飞光不度，鱼龙潜跃水成文。”虽然分处两地，但共处一轮明月之下，月就是信使，传达着“我们”彼此相望对方的目光。可是，即使共望一轮明月，也不能相见。诗人只希望能化作一缕月光陪伴在爱人身旁，可是“专业”的信使——鸿雁和鱼龙尚且不能传达音信，更何况人呢？古时候的人想要互通信件是很难的，不像我们现在有邮局、快递，很方便。当时的驿站也多是用来通报官方消息的，普通人传信多是靠回家的同乡捎带，难度可想而知。唐代诗人李商隐有首诗这样说：“嵩云秦树久离居，双鲤迢迢一纸书。”这里的“双鲤”并不是指两条吃的鲤鱼，而是指书函，古代一种木制装信函的套子，或雕成鱼形或在上面刻有鲤鱼形状的图案，名叫“鲤鱼函”。不但鲤鱼可以传送书信，鸿雁也可以。《汉书·苏武传》记载，苏武出使匈奴，被扣在北海牧羊多年。匈奴与汉朝交好后，汉朝使臣要求放回苏武，匈奴的头领却谎称苏武已死。一天，汉天子在游猎时，得到一只大雁，发现它的脚上绑着帛书，上面写着：苏武在匈奴部落北方的大湖旁边。鸿雁从此有了传递书信的意义。这首诗用鸿雁、鱼龙都不能传递书信，衬托出了诗人和妇人相思而不得见的愁苦。

“昨夜闲潭梦落花，可怜春半不还家。江水流春去欲尽，江潭落月复西斜。斜月沉沉藏海雾，碣石潇湘无限路。不知乘月几人归，落月摇情满江树。”即使睡着了，这种思念也无法排解，昨天夜里诗人还梦到家中水潭里漂着片片的落花。春天伴随着流动的江水，已经快要过去了，可是还不知道什么时候能够回家！这时，明月开始向西方落去，这一夜又要过去了，浓浓的海雾弥漫在天地间，月亮也沉进雾中没了踪迹。从明月“共潮生”写到“藏海雾”，诗人又挨过去一个难眠的相思之夜，新的一天就要来了，可与家的距离依旧遥远，就好像北方的碣石到南方的湘水那么远，看不到路的尽头在哪里！不知道昨天有多少在外的游子，伴着皎洁的月光回到了家里。落下去的月亮，带着诗人的惆怅和思念，将最后的光辉洒在了江两岸的树林上。

张若虚的这首《春江花月夜》在深邃迷离的意境中，将自己的哲学思考和乡关之思写进诗情画意里，一遍又一遍地抒写，一遍又一遍地渲染，从而达到了情、景、理的融合。

细叶裁出春意浓

《咏柳》贺知章

碧玉妆成一树高，
万条垂下绿丝绦。
不知细叶谁裁出，
二月春风似剪刀。

这首诗的作者是唐代著名诗人贺知章。贺知章很有才华，表现在哪些方面呢？首先，他的诗写得很好，虽然只留下十九首，但《咏柳》还有《回乡偶书二首》等这些脍炙人口的作品，足以使他在唐代诗坛占有一席之地。其次，贺知章的书法很有名气，被当时的人称赞为“与造化相争，非人工所到”，意思是他的书法简直达到了出神入化的境界。再次，贺知章考试考得好，他是浙江历史上第一位有资料记载的状元。最后，贺知章很会做官，一辈子没有太大的波折，曾经做过礼部侍郎，相当于现在的副部长，八十多岁的时候才从太子宾客的位置上退休回家，可见他不仅做官时间很长，而且职位很高。

这首诗的名字是“咏柳”，顾名思义，就是一首以柳树为描写对象的诗歌。这首《咏柳》传唱千古，几乎成为柳树的代言诗了。它究竟好在哪里呢？首先，它最大的特点是构思巧妙。

先看诗的前两句：“碧玉妆成一树高，万条垂下绿丝绦。”

你看这两句有哪些让人眼前一亮的地方？我们觉得，一个是它写出了柳树碧绿的颜色，写出了柳树亭亭玉立的形态，还有就是它巧用了一个典故，巧用了比拟。“碧玉妆成一树高”从整体上写柳树，“碧玉”在这里用得非常巧妙，一方面可以指柳树的颜色，另一方面又委婉地表现了柳叶的稚嫩。为什么这样说呢？原来，“碧玉”这个词在古代文学作品中可以算作一个典故。在南朝乐府诗《碧玉歌》中有“碧玉破瓜时”一句，所谓“破瓜”就是将“瓜”字破开，成两个“八”字，也就是十六岁，所以“碧玉”指的就是少女。另外《碧玉歌》里还有“碧玉小家女”一句，也就是现在通常说的“小家碧玉”的来源，所以“碧玉妆成一树高”，就是把柳树比作美丽的小姑娘。读到后面，我们就更能知道，诗人笔下的柳树正是二月之柳，刚刚抽叶不久，“碧玉”两个字用在这里妥帖又生动。紧接着，诗人又用一句“万条垂下绿丝绦”来进一步写柳树的颜色与姿态。“丝绦”是指用丝绸编成的带子，这句写得也很巧妙。巧在哪里呢？一是形容柳枝飘逸美丽的形态和绿葱葱的颜色，一是和上一句的“碧玉”接上了，说这柳树就像那位“小家碧玉”佩戴的绿色丝带。“万条”自然是夸张的写法，用来表现柳枝的茂盛。另外，“绿”既与上一句的“碧玉”形成呼应，更让我们看到了柳树的勃勃生机。你看，经过这两句这么一写，柳树的形象是不是一下子立住了？

诗歌的后两句，写得也很巧妙，用了一个自问自答句：“不知细叶谁裁出，二月春风似剪刀。”真是别出心裁，柳叶在春天萌芽生长，本来是自然而然的事，诗人却偏偏问它们是谁剪裁出来的，这句问得巧妙，下句答得更可爱，他说裁剪者就是那“二月春风”。如果说前两句诗人的目光还是专注在柳树本身，那么后两句就是把柳树放在了整个春天里，放在了阵阵春风里，一树枝叶摇曳生姿。

在这首《咏柳》中，诗人用生动的笔墨刻画了初春二月的柳树，活泼又生动。虽然该诗没有深刻的思想，但是读了之后，你能感受到诗人对柳树、对春天的无限喜爱。所以在古代咏物诗中，它也是自成一派、别具风流。

风雨落花报春归

《春晓》孟浩然

春眠不觉晓，
处处闻啼鸟。
夜来风雨声，
花落知多少。

唐代的大诗人里面，孟浩然很特别，他是一个布衣诗人，一辈子没有做过官。盛唐时期的诗人基本上都有强烈的建功立业的理想，孟浩然也不例外。他虽然没有做过官，但是曾经有过很多次求官经历，只不过时运不济，始终没能踏上仕途。而他与当朝皇帝唐玄宗的一次不期而遇，彻底断送了他做官的可能。

据元代人辛文房所作的《唐才子传》记载，孟浩然早年的时候就风流潇洒、天下闻名。李白《赠孟浩然》诗曰："吾爱孟夫子，风流天下闻。红颜弃轩冕，白首卧松云。"李白对于孟浩然的真心崇拜，从这几句诗中能够看出来。不过，说孟浩然"红颜弃轩冕"、不愿意做官，却与事实有出入。公元 727 年冬天，三十九岁的孟浩然来到京城长安，准备参加第二年的进士考试。可惜的是，他落榜了。落榜之后，他非常苦闷，就和贺知章、王维等人诗酒唱和，来疏解自己的忧愁。有一天，王维邀请孟浩然到自己的官署中做客，两人相谈甚欢。不巧的是，唐玄宗驾临，慌忙之中孟浩然藏到了床底下。在唐玄宗的追问下，王维不敢隐瞒，就把孟浩然与他在一起的实情说了出来。谁知，唐玄宗不但没有怪罪，反而很高兴，说："我听说过这个人，不过没有见到。"于是，孟浩然就从床下爬了出来，拜了又拜。唐玄宗说："你这次来京城，可曾带什么诗作？"唐玄宗为什么要这么问呢？一是因为孟浩然写诗的名气很大，另外一个原因就是，唐代有一种风气，即参加考试的人在考试前，经常会把自己的诗文写到卷轴上，投送朝中的达官贵人，以求得他们的引荐，这叫行卷。孟浩然一听，忙说："碰巧了，没有随身携带。"皇帝就让他朗诵一篇新作。很巧的是，孟浩然这次落榜之后写了一首《岁暮归南山》，整首诗是这样写的："北阙休上书，南山归敝庐。不才明主弃，多病故人疏。白发催年老，青阳逼岁除。永怀愁不寐，松月夜窗虚。"大意是，自己这次考试落榜了，再也没有机会为朝廷效力了，索性就回到南山的破房子去吧。为什么要回去呢？自己没有什么才能，当今圣明的君主都弃我不用，也没有人来引荐我，因此内心非常的愁苦。言下之意，自己有满腹的才华，却得不到君主的赏识。当孟浩然朗诵到"不才明主弃，多病故人疏"这两句的时候，唐玄宗一听不高兴了，说："卿不求仕，朕何尝弃卿，奈何诬我！"意思是说，是你自己没有考中进士，哪里是我弃你？你为什么要这样诬蔑我？于是就说，既然要回你南山的破房子去，那你回去吧。于是，孟浩然回到了自己的家乡湖北襄阳，过起了隐居的生活。这首《春晓》就是孟浩然隐居在鹿门山的时候写下的。

这首仅仅四句二十个字的《春晓》，为什么千百年来令人百读不厌？我们觉得原因主要在于它的自然——自然的景物，自然的心情，最重要的是一种自然的状态。

春天来了，我们很自然地会想到鸟语花香，这是孟浩然这首诗重点表现的景象，不过它是以一种不知不觉的方式展现在大家面前的。“春眠不觉晓”，诗歌起笔就写春天的一次足足的睡眠。春回大地，天气转暖，春天的夜晚也不再是“罗衾不耐五更寒”，因此才有了一场美美的春睡。这让我们想起了苏轼在惠州的时候写下的“报道先生春睡美，道人轻打五更钟”的散漫自然，也让我们想起了《三国演义》中诸葛亮“草堂春睡足，窗外日迟迟”的胸有成竹。孟浩然的这句“春眠不觉晓”则主要是闲适恬静、欣喜愉悦、自然而然。

紧接着的第二句“处处闻啼鸟”，也是一样的自然。刚刚醒来，还没有来得及四处张望，就已经听到了无处不在的鸟鸣声。如果说“春眠不觉晓”已经满含着作者对春天的喜爱，那么从这句“处处闻啼鸟”中更能够感受到作者对春天的爱惜。倘若心情不佳，那么早晨听到鸟的鸣叫一定会烦躁不安。唐代诗人金昌绪有一首《春怨》诗：“打起黄莺儿，莫教枝上啼。啼时惊妾梦，不得到辽西。”黄鹂是鸟中的歌唱家，它的叫声婉转动听，非常悦耳，但是在女主人公看来，它是惹人心烦的，因为它的啼叫惊搅了她的美梦，让她无法在梦里到辽西与丈夫团聚。

欢快的鸟鸣声固然让人欣喜，但是作者一想，昨夜的一场风雨，肯定打落了不少春花，这又让他禁不住惋惜起来。“夜来风雨声，花落知多少”，由爱春转到了惜春，言语之中仍然是对春天的喜爱，只是描写的对象由鸟鸣转到了落花，由所闻转到了所思，过渡得非常自然。

一首小诗，抓取了春天早晨醒来时的一个片段，诗人虽然足不出户，但已然领略到春天的美丽，而诗中的景和事都是那样的自然，没有刻意的苦思冥想，没有人为的造作。更重要的是，它展示了一个隐逸诗人的生存状态——回归自然，热爱自然。这也恰恰是快节奏的现代生活所缺乏的，是现代人所向往的。

难忘春风花草香

《绝句四首》（其三）杜甫

迟日江山丽，
春风花草香。
泥融飞燕子，
沙暖睡鸳鸯。

人的情感真是个复杂而又奇怪的东西，当你高兴的时候，你看什么都高兴，当你遇到不顺心的事情时，你看什么都会觉得心烦，觉得不顺眼，觉得灰暗。同样是春天，在安史之乱时，看到茂盛的草木、娇艳的花朵，杜甫写下了“国破山河在，城春草木深。感时花溅泪，恨别鸟惊心”（《春望》）这样如泣如诉的诗句。意思是说，在那个动荡的年代，整个国家都处在风雨飘摇中，连花和鸟都好像会哭泣、会伤心。当诗人心情愉悦的时候，他所看见的春天里的任何景物都是那么美丽、和谐、惹人喜爱。

天宝十四载（公元 755 年）十一月，安禄山在范阳，就是今天的北京一带，起兵反叛。第二年叛军就占领了唐朝的都城长安。此后战乱持续了好几年，为了躲避战乱，杜甫在公元 759 年带领全家来到了四川。在好朋友、当地的官员严武等人的帮助下，他在成都的浣花溪旁建了一座草堂，直到公元765年严武去世，杜甫才离开成都。在四川漂泊的这几年，虽然杜甫生活依旧比较贫困，但这里没有战乱，生活相对安定了不少，他的心情也好转了不少。因而在四川这几年，杜甫的诗歌意境相对平和了很多，一草一木在杜甫的笔下也变得轻盈了许多、可爱了许多，这里我们要分享的就是这样的一首诗。

春回大地，万木复苏，大自然又恢复了勃勃生机。美景实在是太多了，从哪儿下笔呢？记得小时候过年贴春联，常常有一副对联让我印象特别深刻，即“春回大地风光好　福满人间喜事多”。“风光好”三个字概括了春天里的所有美景，权德舆的那首写春分的诗也说“风光处处生”，这都是概括地写，让我们有无限的遐想。所以一提起春天，我们首先想到的肯定是那煦暖的阳光、和美的春风与无边的花草，于是杜甫写下了“迟日江山丽，春风花草香”。日是“迟日”，风是“春风”，春天来了，太阳落山的时间也变得越来越晚了，白天越来越长了，所以叫“迟日”。《诗经》中有一句“春日迟迟”，说的就是这个意思。春天来了，阳光明媚，煦暖的阳光照耀着大地，一切都焕发出亮丽的光彩。杜甫在这里用了“江山”一词，不仅代表着眼前的江河和山岳，而且是一种概括，是说，在阳光的照射下，一切都熠熠生辉。春天来了，风也不像冬天那么凛冽刺骨、寒气逼人了。宋代大诗人王安石的“春风送暖入屠苏”，说的也是这个意思。在和暖春风的吹拂下，花儿、草儿特有的气味被送到了诗人那里，闻上去是那么的芳香，那么的沁人心脾。诗歌的前两句，最后一个字都是形容词，一个是“丽”字，一个是“香”字，一个是眼睛看到的，一个是鼻子闻到的，视觉和嗅觉对照来写，说的就是春光的无处不在，春意的无处不在。

这首诗的头两句是概括描写浣花溪盎然的生机，后两句则像拍照一样，用了两个特写镜头，借燕子和鸳鸯来展现春天带给人们的心旷神怡、惬意与舒适。“泥融飞燕子，沙暖睡鸳鸯”，春天来了，燕子从南方飞了回来，因为天气变暖，冰冻的泥土融化，归来的燕子又衔起了新的泥土去垒筑它们的新窝。这跟后来白居易所写的“几处早莺争暖树，谁家新燕啄春泥”是一个意思。在阳光的照耀下，溪水边的沙地也变得暖和了起来，成对的鸳鸯睡在沙地上，是那样的安静祥和。这两句的中心词依然是两个形容词，即“融”和“暖”，这与前面两句的“丽”和“香”一样，也都是表现春天的美丽。但这两个字重点表现的是诗人心理上的感受，融也罢，暖也罢，诗人并没有亲身去体验，而是通过翻飞的燕子、栖宿的鸳鸯想象出来的。这其实也是一种移情的手法，作者陶醉于眼前的大好春光，于是把这种情感转移到了他所看到的两种动物身上，仿佛它们也陶醉在春天的美景中。燕子和鸳鸯一动一静两种情形，更是把春天写活了。

过去有人评论这首诗时，说它像小孩子学作的对联，太简单了。实际上是不是这样的呢？这首诗虽然只有四句二十个字，描写的景物也都普通得不能再普通，但正是这些普通的景物，让我们看到了春天的美，看到了杜甫眼中春天的不同韵味。一首诗中，有视觉，有嗅觉；有动态，有静态；有全景，有特写。布局如此有章法，哪一个小孩子能达到这种程度？

好雨润物知时节

《春夜喜雨》杜甫

好雨知时节，当春乃发生。
随风潜入夜，润物细无声。
野径云俱黑，江船火独明。
晓看红湿处，花重锦官城。

唐代诗人中，杜甫和李白是最负盛名的两位大诗人，是唐诗天空中的两颗巨星，熠熠生辉，耀人眼目。但是，两人给人的感觉又绝然不同，读李白的诗歌，有一种天风海雨逼人的感觉，简直有点不食人间烟火。杜甫却不是这样的。杜甫给人留下的印象是，他是一个忙碌的诗人，江山社稷、国计民生，没有他不关心的，他的最高理想是“致君尧舜上，再使风俗淳”，就是要把当今皇上辅佐得比远古时期的尧、舜、禹还要圣明，让世风民俗重新回归到纯朴的状态中去。你看，这目标多么伟大、多么崇高啊！因此，在人们的心目中，杜甫是一个羸弱的老叟，穿着单薄的衣衫，风里来，雨里去，为国家、为百姓，奔走呼号，永不停息。晚上投宿石壕村，看到有官吏抓丁，他看不下去，要写诗批评批评；“三月三日天气新，长安水边多丽人”，骄奢淫逸的杨国忠兄妹在长安城曲江游宴，他也要写诗讽刺讽刺；就连自家的茅草房被八月的秋风吹翻了房盖，他想到的却是那些挨饿受冻的读书人，写下“安得广厦千万间，大庇天下寒士俱欢颜”，心想，如果天下的读书人都能有好房子住，那么自己受点冻又算得了什么呢？你看看，这是一种怎样的境界和风格！由此看来，好像杜甫从来没有关心过自己，也从来没有注意过大自然的变化，好像他心里装的永远是江山社稷。实际的情况如何呢？并不完全是这样，你看，一场适时而至的春雨就让他充满了喜悦，于是他写下了这首著名的《春夜喜雨》。

杜甫为了躲避战乱，带着家小来到了四川。公元 761 年，杜甫在四川成都已经生活了两年。两年中，他在浣花溪旁耕田种地、养花种菜，像农民一样。因此，当第一场春雨如期而至的时候，他像农民一样，充满了期待，充满了喜悦。

“好雨知时节，当春乃发生。”杜甫丝毫不掩饰自己对这场春雨的喜爱，不但在诗歌的题目中直接写出了一个“喜”字，而且在第一句的“雨”字前加了一个“好”字，由一个“好”字引领全篇。雨本来只有大小、强弱之分，并没有什么好坏之别，所谓的好坏，只是依人的情感而有所区分。杜甫用了一个“好”字，把春雨写活了，它好像一个懂事的人，在冬去春来、大地复苏、万物生长的时候，它适当其时地来了。如此“知时节”的一场春雨，难道不是好雨吗？

“随风潜入夜，润物细无声。”好雨之好，除了适当其时外，还在于它的温柔、细腻、悄无声息。雨如果急骤如倾，便会损坏物象，尤其是在初春时节，花草树木、庄稼禾苗刚刚吐出它们的嫩芽，如果来一场急雨，就会对它们造成损伤。好雨则不是这样，它随着细微的春风，悄悄地在夜间洒落大地，它滋养着一切初生的事物，也是那样的悄无声息。这两句用了拟人的手法，雨好像一个娇羞的小姑娘，怯生生地、悄悄地来到你的身边。

诗歌的第三联是“野径云俱黑，江船火独明”。夜越来越深了，但浓密的云依然遮蔽着整个天空，透过窗户向外望去，野外的小路黑漆漆一片，只有一盏渔灯在孤单地闪烁着，这是这两句诗所要传达的信息。看上去好像笔锋一转，不再写雨了，而是写野外的小路，写江中的小船，而在这两句诗的字面之下，实际上依然是在写雨，浓云密布，没有月亮，也没有一点星光，意味着雨一直下，没有停的意思。于是引出了诗的最后两句：“晓看红湿处，花重锦官城。”因为诗的题目是《春夜喜雨》，所以主要写的是夜雨，而这两句写清晨的情形，是作者的想象之词。这两句诗是说，经过一夜雨水的滋润，明天早晨一定会繁花似锦、一片红艳，那一朵朵花儿，也会因为雨水的浸润而被压得低低的。“锦官城”也叫锦城，在今天的成都市南，三国时蜀国管理织锦的官员曾经驻在此地。锦官城这个典故的使用不仅告诉我们诗人在成都，同时让人联想到古时候绚烂耀眼的锦缎。

古代写春雨的诗词很多，名篇佳作也不在少数，但在不同人的眼中，春雨也是不一样的。王维说“渭城朝雨浥轻尘”，韩愈说“天街小雨润如酥”。杜甫的这首《春夜喜雨》好在哪里？清代的浦起龙说：“写雨切夜难，切春更难。”什么意思呢？他的意思是，想写出夜雨的特点是很难的一件事情，要想写好春天的夜雨就更难了。这两点，可以说杜甫都克服了。“随风潜入夜，润物细无声”，这两句分明让我们感受到了这场春夜及时雨的温柔、细腻、体贴、大爱与大美，“润物无声”更是成了千古传诵的名言警句。

浣花溪畔春光好

《绝句二首》(其一) 杜甫

两个黄鹂鸣翠柳，
一行白鹭上青天。
窗含西岭千秋雪，
门泊东吴万里船。

在唐代诗人中，杜甫是最耀眼的明星之一。他的耀眼之处不仅仅在于他写下了许多传诵千古的名篇佳作，更在于他以一个读书人特有的执着，朝着自己所设定的目标努力前行，用诗歌展现他的人生理想。孟子说：“穷则独善其身，达则兼善天下。”意思是说，一个人在不顺利、不得志的时候要完善自己的品德，而在顺风顺水、显达的时候，就要把善推广到天下，让天下人都变得善起来。《论语》里更说：“知其不可为而为之。”杜甫就是这样，不仅要独善其身、兼善天下，更要知其不可为而为之，所以他成了“诗圣”，他的诗成了“诗史”。天宝年间发生的一场大的动乱——安史之乱，改变了当时许多读书人的命运，杜甫的理想也因为这场持续了很多年的动乱而破灭了，他最终只做到了工部员外郎这个从六品的小官，类似现在建设部里的一个处级干部。晚年的时候，杜甫和家人一起来到四川，在成都城西浣花溪边建成了一座草堂，也就是后世闻名的杜甫草堂。叛乱平定之后，远在四川的杜甫非常高兴，喜悦之余写下了一组绝句，这首诗就是其中之一。

春天是美丽的，春天的美丽是各式各样的。古往今来，许许多多的诗人用不同的文字歌唱春天，韩愈说“天街小雨润如酥，草色遥看近却无”，他所歌唱的是早春时分细雨滋润下刚刚露出头来的小草；张若虚说“春江潮水连海平，海上明月共潮生”，他所歌唱的是春天里的海上明月；杜甫的这首春天的赞歌，更像一幅春天的全景图，它清新明丽、自然优美。

“两个黄鹂鸣翠柳，一行白鹭上青天”，诗歌的头两句选择了两种独特的鸟儿作为描写对象，来展现春天的生机、灵动和美。可以设想一下，春天来了，闲居草堂一个冬天的杜甫打开所有的门窗，迎接春的到来，拥抱春的气息，首先传入他的耳朵的是那醉人的鸟的鸣叫声。诗人循着声音望去，原来是两只可爱的黄鹂鸟在绿意葱茏的柳枝间自由嬉戏、和鸣。黄鹂鸟也叫黄莺，是大自然有名的歌唱家，它的叫声就像歌声一样，婉转动听。杜甫此时心情大好，所以听了黄莺的鸣叫，他的心里别提有多惬意了。顺着眼前的绿柳再向远处望去，沙洲上一行惊起的白鹭直冲云霄，在蓝天的映衬下，那景致美极了。从近处柳枝间两个黄鹂的婉转和鸣，到远处蓝天下一行飞行的白鹭，春天的美丽生动地展现在了我们面前，它是那样的生机勃勃，是那样的活泼可爱，这是春天的美。

如果说诗歌的头两句主要描写的是动态的春天一你看，鸣叫的黄鹂、飞翔的白鹭，都是动态的一那么，后两句所描写的春天则是静态的。“窗含西岭千秋雪，门泊东吴万里船”，这两句通过静态的景物描写来抒发诗人在春天里的喜悦。推开西向的窗户，映入眼帘的是远方高高的山岭上终年不化的积雪，那雪仿佛积累了一千年之久；再回头望去，看到的是门前的江边停泊着从遥远的东吴驶来的船只。东吴，就是今天的江苏一带，距离杜甫居住的成都有好几千里路，这里说“万里船”，有点夸张，意思是距离非常遥远。两句诗，两种不同的景物，看上去好像没有什么关联，实际上是用方位上的变化来反映作者内心的喜悦。西山上千年的积雪并不是现在才有，但是只有到了春天，天气晴朗、风和日丽时，才可以看得清楚、明晰；门前停泊的来自东吴的船，也只有在诗人心情平静的情况下才能引起他的关注，否则，诗人即使看到了，也只会发出“亲朋无一字，老病有孤舟”的慨叹。

杜甫说自己“为人性僻耽佳句，语不惊人死不休”，意思是，自己为人情性孤僻，平生最喜欢写诗，而写诗的时候最喜欢锤炼字句，如果达不到语出惊人的地步，那么到死也不会罢休。这首绝句看上去很平淡，没有惊人的话语，但作者锤炼字句的功夫在字里行间有着明显的体现。在这首诗中，作者采用移步换景的方法，全方位地展示了春天草堂周围的美景，而这种展示又是通过对比手法的使用来实现的，诗歌虽然只有四句二十八个字，但是对比无处不在。颜色的对比，一句当中有对比，黄鹂与翠柳、白鹭与青天，两句当中有对比，黄鹂与白鹭、翠柳与青天；远近高低的对比，近处低处的黄鹂、翠柳与远处高处的白鹭、青天，近处低处的东吴客船与远处高处的千年积雪；动静的对比，头两句黄鹂、白鹭的动感和后两句白雪、客船的静态；时间与空间的对比，如千秋雪对万里船。除了对比之外，这首诗的妙处还有数量词的巧妙镶嵌，两个、一行、千秋、万里，看似不经意，实质上是作者的精心安排。

一首小诗，一片风景，一种心情，这就是杜甫这首绝句带给我们的美的享受。

乱花渐欲迷人眼

《钱塘湖春行》白居易

孤山寺北贾亭西，水面初平云脚低。
几处早莺争暖树，谁家新燕啄春泥。
乱花渐欲迷人眼，浅草才能没马蹄。
最爱湖东行不足，绿杨阴里白沙堤。

唐代很多著名诗人都有雅号，那么，作为中唐时期最著名的诗人，白居易有什么雅号呢？他被人们称为“诗王”“诗魔”。“诗王”很好解释，因为诗写得多，他一生写了三千多首，这在唐代算是很多的了。白居易不但诗写得多，而且优秀的作品也很多。那么，为什么叫“诗魔”呢？原来白居易读书、写诗非常刻苦。白居易说，自己读书非常用功，白天晚上没有闲着的时候，根本没有时间休息，以至于口舌生疮，胳膊肘都生出老茧子了，真有点着了魔的感觉。而且白居易《醉吟》中有这样两句——“酒狂又引诗魔发，日午悲吟到日西”，因此就被称为“诗魔”了。

我们说中唐时期政治环境复杂多变，白居易踏上仕途之后，也几度经历宦海沉浮，虽有情绪低沉之时，却始终未曾放弃“兼济天下”的远大理想。长庆初年，朝政日非，白居易多次向皇帝上书议论国家大事，却不被采用，这使得他心灰意冷。而且这个时候，朋党倾轧严重，身处其中的白居易可谓心力交瘁，所以最后主动上书要求到外地做官。长庆二年（公元 822 年）七月，白居易奉诏前往杭州做太守，关于此次杭州之行，白居易曾有诗云:“扬鞭簇车马，挥手辞亲故。我生本无乡，心安是归处。”看得出，这次杭州之行，一路上他的心情还是比较愉悦的。

杭州在唐代的时候，属江南东道，山水奇秀，名冠天下，其中西湖胜景尤其让人流连忘返。西湖古称“明圣湖”，传言汉代的时候，湖中出现金牛，当时的人们认为这是皇帝明圣的征兆；因为它在钱塘，所以又叫“钱塘湖”；后来，因苏轼写下“欲把西湖比西子，淡妆浓抹总相宜”(《饮湖上初晴后雨》)，西湖又有了“西子湖”的美称。

西湖胜景无限，文人墨客留下的佳作也是不可胜数。这首《钱塘湖春行》，便是众多诗作中颇具代表性的一篇，同时也是白居易写景诗中的名篇。

这首七言律诗最大的特点是结构严谨，章法自然有序，景物描写错落有致，简直把初春时节的杭州写活了。

诗歌的第一句说“孤山寺北贾亭西”，“孤山寺”在孤山之上，孤山位于西湖的后湖与外湖之间，“贾亭”在当时也是西湖的一处名胜，有了这两个地点，我们便知道下一句“水面初平云脚低”中的“水面”指的就是西湖湖面。秋冬水落，春来水升，所谓“水面初平”是指广阔的湖面与秋冬季节相比刚刚涨平，这是初春时节特有的景象，也是辽阔水域特有的景象。

“云脚低”是指云朵低低地垂在湖面，湖水浩渺，仿佛与天空飘荡的白云连成一体。这两句以平易的语言勾勒出了西湖的整体风貌。

西湖的整体风貌如此辽阔生动，具体的景致又如何呢？接下来的四句，便展开了具体的描写：“几处早莺争暖树，谁家新燕啄春泥。乱花渐欲迷人眼，浅草才能没马蹄。”

关于春天，我们最先想到的是什么呢？当然是莺歌燕舞、花红草绿。白居易也注意到了这一点。四句诗中就写了莺、燕、花、草。莺是“早莺”，所以才只有几处而非处处，燕是“新燕”，所以说是“谁家”而非“家家”。四句中前两句是说正在湖畔闲行的诗人看到黄莺争相占据向阳的树枝一展歌喉，归来的燕子开始啄泥筑巢。拟人手法的运用将初春时节的景象展现得可爱又活泼，诗人的满心愉悦也尽在不言中。四句中后两句写春花刚刚开始渐次开放，所以这里一簇那里一朵开得繁乱，令人目眩；小草刚刚长出地面，高度勉强能够淹没马蹄。花是“乱花”，草是“浅草”。另外，这里还有两个副词，非常值得注意和玩味，一个是“渐”字，一个是“才”字，一个是将要发生，一个是刚刚发生，这也正是初春时节的特点。

写到这里，从整体到局部，西湖的风光都得到了自然生动的表现，尤其是诗中关键的形容词和副词的使用，使这一切都充分体现了初春时节的典型特征。景物描写已经足够，但人的活动还没有具体提及。于是，最后两句中诗人直接表达了自己对于西湖的喜爱，并与首句形成呼应，他说：“最爱湖东行不足，绿杨阴里白沙堤。”“最爱”两句直抒胸臆，是说自己最喜爱在西湖东面那隐于绿杨阴里的白沙堤上闲行。这两句以前面六句的景物描写为铺垫，抒情水到渠成，清新活泼的风景与诗人的喜爱之情相互映衬，读起来格外动人。用“白沙堤”作为全诗的结语，正好与第一句中的“孤山寺”相呼应，使诗歌的结构更加严谨，言有尽而意无穷。

后人曾评价白居易的诗“章法变化，条理井然”，这一点在这首诗中也有生动的体现。一、二句从大处着眼，以寥寥数语大致勾勒出西湖的所在与湖面的辽阔；随后四句又从小处着笔，以精准的语言刻画初春的景致，并通过“几处”“谁家”“渐欲”“才能”四个词将这些景致串联起来，形成多而不乱的效果；最后两句在抒情之外还与开篇形成呼应之势，使我们不禁叹服于诗人的妙思。

读罢《钱塘湖春行》这首诗，我们也许能从清新活泼的语言中，感受到白居易闲行湖畔的怡然自得，感受到他对于杭州西湖的无限喜爱，正如他自己所说“未能抛得杭州去，一半勾留是此湖”(《春题湖上》)。

人人尽说江南好

《忆江南·江南好》白居易

江南好，风景旧曾谙。
日出江花红胜火，春来江水绿如蓝。
能不忆江南。

江南，在中国人心中，不仅是一个地域的名称，也承载了我们的柔情与诗意。提起江南，我们会想到白墙黛瓦、小桥流水人家，会想到诗僧志南感受到的“沾衣欲湿杏花雨，吹面不寒杨柳风”，会想到杜牧眼中的“千里莺啼绿映红，水村山郭酒旗风”，会想到韦庄笔下的“春水碧于天，画船听雨眠”。江南的春天，好像来得格外动人一些，那草长莺飞，也仿佛从来都没有从我们的心间远离，这份诗意独属于我们的民族，属于我们每一个浸润在方块字与平平仄仄的音韵中的中华儿女。

在众多描写江南的诗词中，白居易的这首《忆江南》可以说是脍炙人口的名篇。白居易在少年时期就对杭州充满向往之情，他曾在江南一带游历，后来还写诗回忆那段美好的时光，诗是这样写的：“昔予贞元末，羁旅曾游此。甚觉太守尊，亦谙鱼酒美。”可见他对于杭州风物是非常喜爱的。他与江南的缘分也不止于此，他后来曾先后担任杭州刺史与苏州太守，不仅留下了许多吟哦江南美景的诗篇，更是为百姓做了许多实事。比如，为了解决杭州人民的饮水问题，他疏通了湮塞的水井；为解决旱涝威胁，他增筑湖堤蓄水灌田。可以说，他对苏杭的明山秀水与风土人情，有着很深的感情。也是因为他的一心为民，当地百姓对他非常拥戴，在他离任之时，纷纷自觉前来送行。白居易同样被百姓的真情感动，临别之际，还因为觉得自己为百姓做的事不够而惭愧地说“甘棠无一树，那得泪潸然”，并因一心挂念百姓的饥寒而深情感叹“惟留一湖水，与汝救凶年”。除此之外，白居易在江南也经常与知己好友相聚，这对历经坎坷的诗人而言是莫大的安慰与喜悦。江南本就山水秀美，对一心为国为民的诗人而言，能为百姓做实事，能在工作之余与好友相聚对谈，是非常值得珍惜与怀念的，江南的山水美景在他心里也是永远亲切生动的。所以，在他离开苏州十二年后，身在洛阳的诗人，回忆起江南风景，也依然充满热爱，诗人写下了这首《忆江南》，字里行间尽是一片美丽明媚。

“忆江南”本来是唐教坊曲牌名，后来用作词牌名，最初叫作“谢秋娘”，因为白居易的这首词中有“能不忆江南”一句而得名“忆江南”，此外还有“梦江南”“望江南”等不同的称呼方式。这首《忆江南》的特殊之处在于，它写的是白居易对江南的回忆与怀念。十二年过去了，许多记忆已经淡去，许多细节也已经模糊，我们说那些经过时光的磨洗之后还能铭记在心的记忆片段，一定在当时给我们留下了深刻印象，而且经过了无数次的怀想。

在这首小词中，诗人用饱含热情的笔墨回忆了江南风景。其特点是语言简洁明畅，意境清丽活泼，读起来朗朗上口，因此这首小词也成为我们心中的江南印象之一。

“江南好，风景旧曾谙。”开篇用“江南好”三个字对江南做了一个简洁而肯定的评价，奠定了全词的感情基调。“谙”字为熟悉的意思，是说对于江南的好风景诗人以前就很熟悉，又与“忆”字相照应，为读者勾勒出江南的一个大致轮廓。那么，江南风景到底如何呢？又是什么让白居易多年以后回忆起来依然充满喜爱之情呢？

“日出江花红胜火，春来江水绿如蓝”，诗人对江南进行了具体的回忆，意思是在那初升的太阳照耀下，江边的花朵比火焰还要红，每当春天来到，一江春水绿得像蓝草一样。“蓝”指的是蓝草，它的叶子可以提炼出蓝色染料。这两句都运用了比喻的修辞手法，使花之红与水之蓝都具体可感。红色与蓝色的对比又为画面增添了生机与活力，使这幅江南春景图鲜亮明媚。在中国古代文学作品中惯用颜色对比来活化画面，比如为我们所熟知的杜甫的“江碧鸟逾白，山青花欲燃”，还有“两个黄鹂鸣翠柳，一行白鹭上青天”，一个活泼亮丽的春天在诗人的笔下活灵活现；白居易在诗歌中也曾多次运用色彩表现画面，如《题岳阳楼》一诗中有“春草绿时连梦泽，夕波红处近长安”的描写，《秋思》中则有“夕照红于烧，晴空碧胜蓝”的描写，二者都是在广阔的空间中点缀亮丽的颜色，使画面在宏伟之外更加生动。在《忆江南》中这两句对江南美景的回忆，抓住了江南春景的特色，用简洁的语言加以描绘，从中可见诗人对江南美景的喜爱之情。

最后，白居易深情地感叹了一声“能不忆江南”，通过反问手法的运用，充分表现了对江南的深切怀念。全词以此作结，韵味绵延悠长。

草长莺飞的江南胜景无数，这首小词仅用二十七个字便描绘出一幅记忆中的画面。关于江南好的词章传唱千年，江花江水中尽是时光无法磨灭的思念与深情。

似匀深浅妆

《大林寺桃花》白居易

人间四月芳菲尽，
山寺桃花始盛开。
长恨春归无觅处，
不知转入此中来。

白居易心怀天下，忠直敢谏，但是唐朝中后期，政治环境复杂多变，在朋党倾轧的朝堂之上，白居易处处受限。他先是在元和九年（公元 814 年），被授予太子左赞善大夫的官职，这一官职在唐朝属于宫官，按法制不能参与朝堂政事。后来又因为在宰相武元衡被刺杀后，上书主张缉拿凶手，而被反对他的人借机造谣打压，最后被贬谪为江州司马。江州也就是今天的江西省九江市，司马的职务比较闲散，主要是协助刺史处理一些事务，只掌管法令政策，不负责具体的工作。白居易辗转到达江州以后，受到了江州刺史的款待，因此生活上并没有过得很窘迫，但被贬谪的愁苦一直如影随形。我们今天被工作和生活琐事压得喘不过气来的时候，会说："世界那么大，我想去看看。"白居易也是一样，忧愁难消时，他会选择寄情山水，而江州最著名的山川当数庐山。他曾多次游览庐山，最喜欢的是香炉峰北面、遗爱寺南面一带。他说"饱谙荣辱事，无意恋人间"，可见产生了归隐之意。所以，在元和十二年（公元 817 年）的春天，便开始亲自设计修筑遗爱草堂。草堂建成以后，更是经常邀请朋友们到草堂来游玩。

这首《大林寺桃花》就是诗人与朋友元集虚等人一起游览庐山时所作。根据白居易的《游大林寺》那篇文章的记载，他们一行人，当时是从遗爱草堂出发，经过庐山西北麓的东林寺和西林寺，登上香炉峰，并投宿在大林寺。庐山上有上、中、下大林寺，此处指的是上大林寺，相传是晋代名僧昙诜所建。

诗题为《大林寺桃花》，桃花是中国古代文学作品中的经典意象之一，自古以来关于桃花的吟咏可以说是数不胜数。先秦时期的《诗经·周南·桃夭》篇有“桃之夭夭，灼灼其华。之子于归，宜其室家”，用桃花来赞美新娘的美貌，并给予祝福；陶渊明的《桃花源记》中那一片“落英缤纷”掩映里的世外桃源，如今依然令人神往；杜甫在《江畔独步寻花》（其六）中曾经自言自语“桃花一簇开无主，可爱深红爱浅红”，对桃花的怜惜之情溢于言表；后世戏台上还时时上演着那《桃花扇》中的凄美故事。可以说，桃花在中国文人心中，总是有着一些特殊的意义。那么，在这首诗中，诗人又是怎样描写桃花的风姿的呢？他又因此生发出怎样的感慨呢？

从整体上看，《大林寺桃花》作为一首纪游诗，内容与语言都没有奇崛的地方，对于诗人所描绘的自然景象我们也非常容易理解，但白居易此诗的妙处是能用朴实平易的语言营造出深邃的意境，并给人以亲切的感动。

第一、二句“人间四月芳菲尽，山寺桃花始盛开”中，“人间”指的是山下的平地聚落，“芳菲”指鲜花，这两句的意思是四月山下的鲜花都已经开尽了，大林寺的桃花才刚刚开始盛放。我们知道，这是因为大林寺所在的山峰海拔比较高，山上的气温比山下低，所以桃花自然开得晚一些。这一句的精巧之处在于，写出了诗人忽然看到山寺桃花盛开时的惊喜之情。与“人间”二字对应的应该是“天堂”或者“仙境”，总之是与人间大不相同的佳境，“始盛开”与“芳菲尽”相对应，表现出一种心情由失落到惊异的转变。在《游大林寺》一文中，诗人也明确写道：“初到，恍然若别造一世界者。”可见，诗人在看到桃花的瞬间，便觉得自己仿佛进入了仙境。李白在《山中问答》一诗中曾经写道“桃花流水窅然去，别有天地非人间”，与此处有异曲同工之妙。

面对桃花盛开的奇景，诗人感叹道：“长恨春归无觅处，不知转入此中来。”原来诗人在此之前，一直悲伤、怨恨于春天逝去后，无处可寻，如今看到这满眼的桃花，才惊喜地发现，原来春天偷偷地来到了这里。在第三、四句中，诗人对春天进行了拟人化描写，春天在诗人的眼中，就像一个调皮可爱的孩子，他悄悄地从诗人身边溜走，又悄悄地躲到这高山寺庙中，满树的桃花仿佛春天那活泼的笑脸。读到这里，我们也就感受到了诗人发自内心的愉悦，感受到了诗人那一颗热爱草木、自然的心。

在这首诗中，桃花便是春天的化身，就像苏轼在《惠崇春江晚景》中所写的“竹外桃花三两枝，春江水暖鸭先知”，桃花在哪里，春天便在哪里。诗人的“惜春春去，几点催花雨”般的伤春惜春心情，因为登临高山古寺、看到桃花盛放而逝去无痕，取而代之的是满心的欢悦。

陶渊明在《桃花源记》中写道，一位武陵的捕鱼人顺着溪水划船，忘记了路程的远近，而“忽逢桃花林”，只见“夹岸数百步，中无杂树，芳草鲜美，落英缤纷”。这样的美丽风景与惊喜之情，在这首诗中得到了另一种表达，诗人也未尝不是把大林寺当作与污浊的世俗相对的一个世外桃源，我们则从中体会到了别样的感动。

缩千里于咫尺

《江南春绝句》杜牧

千里莺啼绿映红，
水村山郭酒旗风。
南朝四百八十寺，
多少楼台烟雨中。

这首诗是杜牧在从宣城到扬州的途中所写。公元 833 年，杜牧奉吏部侍郎沈传师之命到扬州，拜会淮南节度使牛僧孺，途中看到江南美景，写下这首著名的绝句。

和其他的写景诗相比，这首诗的最大特点是大笔皴染，没有精雕细刻。虽然如此，但是江南的旖旎风光已经如在眼前。那么，杜牧是怎么做到的呢？江南美景数不胜数，他到底是从哪里下笔的呢？

先看诗歌的第一句“千里莺啼绿映红”。我们常说，春天里最有代表性的景物，就是莺歌燕舞、花红柳绿，江南更是如此。杜牧对江南春天的一个最直观的印象就是，千里之内，黄莺啼鸣，红绿相映。你看，这里没有细碎的对一花一草的描写，有的只是总体的感觉，整个江南都是一片春的世界，到处都是花红柳绿、好鸟相鸣。前人评诗常说的一句话是“缩千里于咫尺”，把它用在这里评论杜牧的这首诗也很恰当。跟随杜牧的诗，我们好像置身于美好的江南春光中，红的花、绿的草，还有不绝于耳的鸟的鸣叫声，真是美极了。

第二句“水村山郭酒旗风”，同样是概括性的描写，写的不是某个特殊的村落，而是整个江南。绿水环绕的村庄、依山而建的城郭、迎风招展的酒旗，这些都是江南特有的风光。江南山明水秀、风景宜人，自然之美不须细说，已经让我们陶醉其中了。

诗歌的第三、四句“南朝四百八十寺，多少楼台烟雨中”，依然是概括性的，不是具体的某个亭台楼阁。如果说诗歌的前两句主要是自然风光，那么诗歌的后两句则是着眼于人文建筑。“南朝”是历史上四个建都南京的王朝——宋、齐、梁、陈的合称，从公元 420 年南朝宋建立，到公元 589 年隋朝统一全国，这四个王朝总共存在不到一百七十年，平均每个朝代四十余年。南朝四个小王朝灭亡的原因比较复杂，但是有一个共同的原因，那就是大多数君主比较昏庸。当时的君主和大臣大都信奉佛教，所以在南京建了很多的佛寺，据说有五百多座。这里说“四百八十寺”，当然是说很多，不是说就有四百八十座。江南风光无限，不仅仅体现在山水等一些自然风光，还有那些在烟雨之中若隐若现的、数不清的佛寺。佛寺的庄严壮丽，众所周知，而在江南的佛寺，隐现在烟雨之中，无疑又增加了几分妩媚动人。

一首小诗，短短二十八个字，却是有动有静，有山有水，有阴有晴，有听觉有视觉。虽然没有一处是具体的描写，但是“不着一字，尽得风流”，江南的美景，已经清晰地呈现出来，让人心动，令人神往。

关于这首诗，还有过不少的争论。首先是用字，有人说这首诗用字用得不好，比较有代表性的，像明代人杨慎，他说这首诗的“千里”两个字用得不好。他认为“千里莺啼”，谁能听得见啊？千里“绿映红”，谁能看得见啊？如果把“千里”改成“十里”，那么，“莺啼”“绿映红”之景，以及村郭、楼台、僧寺、酒旗都在其中了。但是也有人不同意他的观点，像清代就有学者反驳说，杨慎的说法是不对的，就是十里也未必看得见、听得见，诗歌的题目叫作《江南春》，江南方圆千里，千里之内，到处都是莺歌燕舞、绿树红花、水村山郭，到处都是酒旗招展，楼台多在烟雨之中，这里说的不是一处，所以总题叫《江南春》，这正是杜牧的高明之处。我们觉得，还是清代学者的看法更有说服力。杜牧大笔一挥，把江南的自然人文风光形象地展现在我们面前。

关于这首诗还有一个争论，那就是这首诗有没有讽刺的意思。有人说没有，说这首诗全是写江南的景物，头两句是自然风物，后两句是人文景观，不管是自然风物还是人文景观，都是在写景。但是有的学者认为，杜牧还是有深意要表达的。杜牧生活的晚唐，已经大不如前，宦官弄权，藩镇割据，民不聊生，整个国家江河日下、岌岌可危，就像一艘千疮百孔、破败不堪的大船，飘摇于风雨之中，随时都有倾覆的可能。结合杜牧早期对国家大事的关心及其所写的《过华清宫》等一些咏史诗，我们觉得，这首诗还是应该有一些讽谏意味的。

春来遍是桃花水

《桃源行》王维

渔舟逐水爱山春，两岸桃花夹去津。
坐看红树不知远，行尽青溪不见人。
山口潜行始隈隩，山开旷望旋平陆。
遥看一处攒云树，近入千家散花竹。
樵客初传汉姓名，居人未改秦衣服。
居人共住武陵源，还从物外起田园。
月明松下房栊静，日出云中鸡犬喧。
惊闻俗客争来集，竞引还家问都邑。

平明闾巷扫花开，薄暮渔樵乘水入。
初因避地去人间，及至成仙遂不还。
峡里谁知有人事，世中遥望空云山。
不疑灵境难闻见，尘心未尽思乡县。
出洞无论隔山水，辞家终拟长游衍。
自谓经过旧不迷，安知峰壑今来变。
当时只记入山深，青溪几曲到云林。
春来遍是桃花水，不辨仙源何处寻。

陶渊明的《桃花源记》大家都耳熟能详，但是有没有想过，用诗歌的语言来改编一下陶渊明的这篇名作？唐代的武元衡、王维、刘禹锡、韩愈，宋代的王安石，就做了这样大胆的尝试，但是取得了很大成功、在诗歌史上赢得一致好评的只有王维。这首《桃源行》就是根据陶渊明的《桃花源记》创作的一首乐府诗，写的是桃花源的故事。清人王士禛曾经评价这首诗："唐宋以来，作《桃源行》最佳者，王摩诘、韩退之、王介甫三篇。观退之、介甫二诗，笔力意思甚可喜。及读摩诘诗，多少自在；二公便如努力挽强，不免面红耳热，此盛唐所以高不可及。"从王士禛的评价看，王维的《桃源行》更能得《桃花源记》的真髓，翁方纲也曾经说过："古今咏桃源事者，至右丞而造极。"可见，这首诗在同类诗歌中的确是有独到的妙处与风致的。写下这首诗的时候，王维才十九岁，正是快意纵横的俊朗少年，诗歌中却已然有了"诗中有画"的绝妙特色，不能不让人为之惊叹。

提起陶渊明的《桃花源记》，我们应该都会想起那"夹岸数百步，中无杂树，芳草鲜美，落英缤纷"的桃林美景，在这样的背景下，陶渊明为我们讲述了一个世外桃源的故事。在晋朝的太元年间，有一位武陵渔人，在一次捕鱼途中阴差阳错地进入了桃花源，那里风景优美、民风淳朴，宛如世外仙境。桃花源人非常热情好客，纷纷请这位渔人到自己家里做客。在交谈中，渔人得知，这里的人们已经避世几百年之久了，他们的先祖在秦朝的时候为了躲避战乱来到了这里，从此便与世隔绝，不知外面的变化。过了几天后，渔人因为思念家人而回到了自己的家乡，为了再次进入桃花源，他还一路做了记号，但是等到后来再去寻找的时候，却怎么也找不到了。

同样是写一个世外桃源的故事，从叙事散文到乐府诗，诗人王维又会给我们带来哪些惊喜呢?

诗歌的前四句首先描绘了一幅美丽的画卷——“渔舟逐水爱山春，两岸桃花夹去津。坐看红树不知远，行尽青溪不见人。”一位渔人乘着渔舟在溪水中缓缓前进，两岸是繁茂的桃花，不知道桃花绵延到何方，一直到溪水的源头都不见人影。用景物描写交代渔人发现桃花源的背景，开篇即有不俗之气。接下来诗人用一句“山口潜行始隈隩，山开旷望旋平陆”来承上启下，用“山口”与“山开”简洁明了地将渔人送入了桃花源中。“隈隩”形容山口的幽深曲折。经过曲折的山口，豁然开朗，那么呈现在诗人眼前的又是怎样的景象呢?

接下来诗人便对桃花源中的自然风物与风土人情进行了细致的刻画。“遥看一处攒云树，近入千家散花竹”两句写的是渔人首先见到的景象，远远望去，绿树如云聚，走近村落，发现家家户户翠竹鲜花掩映。在自然而富有生活气息的环境中，“樵客初传汉姓名，居人未改秦衣服。居人共住武陵源，还从物外起田园”。“樵客”在这里指的是渔人，桃花源人第一次听他说起汉代，他们穿着的还是秦代的衣服，他们一起住在这里，并将这里建设成了美丽的世外田园。“初传汉姓名”“未改秦衣服”巧妙地再现了《桃花源记》中的“自云先世避秦时乱”以及“竟不知有汉，无论魏晋”。“月明松下房栊静，日出云中鸡犬喧”两句则朝暮对举写出了那里的恬静与生机，突出了夜晚的安静与白日的热闹，为我们描绘了一幅安居乐业、和谐融洽的图景。桃花源中人听说有一位渔人来到了这里，纷纷来请渔人到自己的家里做客，那么桃花源中的生活是怎样的呢?诗人借渔人之眼向我们展示道:“平明闾巷扫花开，薄暮渔樵乘水入。”人们在天亮以后清扫门前的落花，日暮时分结束一天的劳作欣然归来，这种日出而作日落而息的生活平静且美好。“初因避地去人间，及至成仙遂不还。峡里谁知有人事，世中遥望空云山”，意思是最初因为躲避战乱来到这里，从此再也没有离开，人们生活在峡谷中，再也不管外间的变化；世间人求访异境，也不过是空望云山。

面对这样的世外仙境，渔人依然挂念自己的家乡，于是便离开了这里。但是在出洞后他又不顾隔山隔水，离开家乡再次来寻访桃花源。他自认为曾经来过的地方一定不会迷路，哪里知道眼前的峰壑竟然已经全然改变了模样。“当时只记入山深，青溪几曲到云林。春来遍是桃花水，不辨仙源何处寻。”只记得当时山径幽深，沿着青溪几回弯曲才到桃林。此时也是春天，依然遍地桃花水，只是再也找不到曾经的世外仙林了。诗歌最后以一种渺茫的境界作结，“桃花水”既赋予了诗歌灵动的美感，又与开头的景物描写形成呼应之势，既给我们留下了无限的想象空间，又使诗歌实现了诗中有画的浑融和谐，教人掩卷而思，回味无穷。

鸿雁欲南飞

/

唐诗中的秋天

夕阳映秋山

《野望》王绩

东皋薄暮望，徙倚欲何依。
树树皆秋色，山山唯落晖。
牧人驱犊返，猎马带禽归。
相顾无相识，长歌怀采薇。

一般来说，人们把唐代分为四个时期，就是初唐、盛唐、中唐和晚唐。提起初唐诗歌，我们可能首先想到的是王勃、杨炯、卢照邻、骆宾王这“四杰”，但在他们刚刚出生的时候，王绩就已经享誉初唐诗坛了。那么，王绩又是凭借什么享誉诗坛、行走江湖的呢？首先是他迥异于主流的写作风格。当时诗坛主流作家的作品语言很华美，对仗也很工整，但内容多为奉和应制，如陪皇帝出游时，赞美御花园里的花，夸一夸好天气、好时节等。这样的诗歌用现在的话说，就是“颜值”很高，但是欠缺内涵。王绩的诗歌，大多写喝酒、写山野，因为写得很随意，有了感想就写，所以诗中常有一股天然的野气、天然的“真”气。这和当时士大夫为取悦皇帝、应酬同僚所写的诗有很大的不同。

和他的诗歌一样，王绩的为人在初唐也是一朵奇葩。《唐才子传》记载，王绩“性简傲，好饮酒，能尽五斗，自著《五斗先生传》。弹琴，为诗，著文，高情胜气，独步当时”。王绩嗜酒如命，经常因为喝醉耽误公事，加上性情很高傲，所以不招同事待见，一生仕途不顺，三次入朝为官，三次辞官归乡。第一次出仕是在隋炀帝大业年间，做的是秘书省正字，官职不高，主要工作就是校对文字、管理典籍。后来，他被改派到地方做了扬州六合县丞，因为喝酒误事，加上性格桀骜，同事屡屡打他的“小报告”。王绩在任上很不如意，就以生病为由，辞职回家逍遥去了。唐初高祖武德五年（公元 622 年），王绩第二次入朝为官，待诏门下省。待诏官薪水微薄，但每日供给三升好酒。有人问王绩：“做待诏快乐吗？”王绩回答：“只有三升酒使人留恋。”当时担任侍中的陈叔达听说这件事情后，把王绩的三升酒加到一斗，时人称王绩为“斗酒学士”，后世传为美谈。后来，王绩的哥哥王凝得罪了朝中大臣，兄弟均受排挤，王绩再一次托病归隐故乡。第三次出任官职和辞官的情况与前两次大致相似。仕途的种种不顺，使王绩认识到自己的归宿在田园山野。这首《野望》就是王绩描写“山野”的代表作，诗歌语言流畅自然，在描写野望所见的自然山景中，传达了自己徘徊无依的苦闷情感。

诗的头两句“东皋薄暮望，徙倚欲何依”中，“东皋”点出了“野望”的地点在东皋，可能是诗人心情不好时，常去的一个地方；“薄暮”点出了时间是在傍晚；“欲何依”点出了诗人此时的心情是彷徨苦闷的。古人写秋多是悲秋，正如刘禹锡在《秋词》中所写：“自古逢秋悲寂寥”。写黄昏，也少有情绪高亢之作，如李商隐在《登乐游原》中说：“夕阳无限好，只是近黄昏。”夕阳之美也难抵黄昏之悲。王绩出游东皋的时间恰恰是秋天的黄昏，这就奠定了全诗的基调不会是轻快的。我们可以想象一下：秋天的傍晚，天气已经有些凉了，诗人孤身一人来到东皋，极目远眺，心中苦闷、没有着落，却没有人能来宽慰他。

在这种心境下，王绩眼中之景又是什么样的呢？接下来四句是："树树皆秋色，山山唯落晖。牧人驱犊返，猎马带禽归。"放眼望去，所有树都染上了秋天的色彩，偏照的夕阳余晖洒落在重重山岭上。牧人驱赶着牛群返还家园，猎人带着猎物从诗人身边走过。这四句诗，形成了一幅山野秋景图，有一种田园牧歌式的情调。而"皆""唯"二字一出，这幅山野秋景图就蒙上了一抹寂寞的色彩，诗中说自然之景仅剩下满山林的"秋色"和"落晖"，萧瑟的气息扑面而来。"返""归"二字，更是勾起诗人"归宿在何方"的深思，田园景色中包蕴的是难以表达的苦闷情感。

末尾两句云："相顾无相识，长歌怀采薇。"现实中"无相识"的孤独，使得王绩只能通过高歌来缅怀伯夷、叔齐这些品格和自己一样高洁的古人。"采薇"这个典故出自《史记·伯夷列传》，说的是殷商灭亡之后，伯夷、叔齐不愿做周的臣子，在首阳山上采薇而食，最后饿死的故事。王绩借用这个典故来表达自己的避世隐居之意。其实，用"采薇"这个典故在诗中抒写自己的心志，早在魏晋时期就已经出现了。比如当时的著名诗人嵇康在《幽愤诗》中说："采薇山阿，散发岩岫。永啸长吟，颐性养寿。"用的就是这个意义。

总的来说，这首诗在艺术上以质朴自然见长，语言浅近而意蕴深厚。读者通过短短几句诗就进入了预设的情景，对诗人所传达的情感有了深切的体会。

菊开知秋悲故园

《秋兴八首》（其一）杜甫

玉露凋伤枫树林，巫山巫峡气萧森。
江间波浪兼天涌，塞上风云接地阴。
丛菊两开他日泪，孤舟一系故园心。
寒衣处处催刀尺，白帝城高急暮砧。

公元 763 年，持续了八年的安史之乱好不容易平息了，但是没有想到的是，西北的少数民族，如吐蕃、回纥，乘虚而入，不断骚扰中原地区，地方的一些军政长官也拥兵自重，割据一方，不听从中央的管理，因此，北方仍然不太平，战乱仍然时有发生。晚年的杜甫为了躲避战乱，带着他的家人继续在西南漂泊。杜甫一家人刚到四川的时候主要依附当地的地方官严武，杜甫在成都的草堂就是在严武的帮助下盖起来的。没有想到的是，公元 765 年严武得了暴病去世了，死的时候年仅四十岁。杜甫失去了依靠，加上这个时候四川也发生了战乱，杜甫待不下去了，就沿着长江东下，打算回自己的家乡。他先是到了云安，因为身体一直不太好，所以在云安住了半年，病养得差不多了之后，才继续东行。第二年初夏，杜甫来到了夔州，就是今天的重庆奉节，相对于云安来说，夔州地势比较平坦，还是个州城，一直以来是重庆东北部的政治、经济、文化和军事中心，这组《秋兴八首》就是在夔州时写下的。这一年杜甫五十五岁。

到了夔州之后，杜甫一家生活也十分艰苦，为了解决蔬菜和粮食不足的问题，杜甫亲自在房前种了一畦莴苣，可惜的是，连续一二十天没有下雨，种下的种子连个芽也没发出来。杜甫生活的困苦由此可见一斑。《秋兴八首》就是在这样的情况下写成的。诗歌的题目叫作"秋兴"，意思是对秋天有所感发，诗歌中既有对眼前所见的秋天景物的描写，也有杜甫自己的感伤，在一定程度上，感伤的内容多于景物描写，景物描写实际上只是对他情感的抒发起到了借物起兴的作用，并不是诗歌的重点，诗歌的重点在这个"兴"字上。这里选读其中的第一首，算是这组诗歌的一个引子。

悲秋是中国古代诗歌一个重要的主题，见到秋天，许多文人墨客都会发出悲叹，刘禹锡就说过"自古逢秋悲寂寥"，这是为什么呢?《诗经·小雅·四月》中说:"秋日凄凄，百卉俱腓。"意思是，当秋天到来的时候，天气转凉，秋风萧瑟，百花败落，草木枯萎。楚国文人宋玉也说:"悲哉，秋之为气也。"秋天是肃杀的，秋天的到来，意味着繁华的消逝，由此也引发了人对自身的关注，想到了老年的到来，尤其是那些不得志的文人，想到了自己官场上的遭遇，如果再赶上个乱世，还会加上伤时的内容，杜甫的这组《秋兴八首》就是这样几重情感的叠加。诗歌借秋感兴，而且"兴"的内容相当复杂，相当深沉。

诗歌的头两句为"玉露凋伤枫树林，巫山巫峡气萧森"。秋天来了，在露水的作用下，枫林枯萎败落，整个巫山和巫峡也都笼罩在一片阴森的秋的气息中。山上林木很多，作者偏偏选择了枫树来展现秋天的肃杀，实则是有他的用意的。自古以来，枫树和愁苦就连在了一起，张若虚有“青枫浦上不胜愁”。那么，秋气到底萧森到了什么程度？第三、四句做了具体的展开：“江间波浪兼天涌，塞上风云接地阴。”前一句写的是巫峡的情况，巫峡中波涛汹涌，好像连天都和它一起摇动；后一句写巫山，夔州这个地方是唐朝的关防要塞，所以称“塞上”，巫山之上阴云笼罩，一直弥漫到山脚下。这是怎样的一种肃杀气氛啊！所以，看着眼前这让人压抑的景物，杜甫禁不住感慨起来：“丛菊两开他日泪，孤舟一系故园心。”想到这两年的漂泊生活，他落下泪来。“丛菊两开”，是说菊花开了两次，那就是过了两年，两年来漂泊不定，自己最为牵挂的则是故乡。“孤舟”是说杜甫的小船，从成都离开后，杜甫买船东下，本来准备回自己在长安的家园，但是两年了，一直没有成行，可是他的心里一直惦念着家园。最后两句“寒衣处处催刀尺，白帝城高急暮砧”，写天气变冷了，到处都在准备过冬的衣服，高高的白帝城传来的捣制寒衣的砧声一声急似一声。古代做衣服的时候，布帛须先放到砧板上，用杵捣平捣软，这叫作“捣衣”。李白说：“长安一片月，万户捣衣声。”秋天来了，是家人为外出的人们缝制棉衣的时候了，可是自己还客居他乡。这两句明写所听见的声音，实际上还是抒情，写自己对家园的思念。

杜甫是多情的，这个“情”是复杂的，他见秋而悲，思念自己的家园，更心系这个多灾多难的国家。

夕阳入江月似弓

《暮江吟》白居易

一道残阳铺水中，
半江瑟瑟半江红。
可怜九月初三夜，
露似真珠月似弓。

白居易步入仕途之后，写下了许多反映老百姓生活的诗歌，比如《卖炭翁》就具有很强的艺术感染力，大家都很熟悉。在做官的生涯中，他也始终努力为百姓多做事，为他们谋福祉。但是中唐时期的朝堂上，不同集团之间斗争激烈，白居易厌倦了这种政治上的钩心斗角和彼此倾轧，不愿随波逐流，失望之余，他自请外任，就是自己要求到外地去做官。离开朝堂之后，白居易感到非常轻松，也非常开心。这首《暮江吟》便是诗人在赴任途中，见到傍晚时分的江景，随口吟成的诗篇。

与那种反映社会现实的讽喻诗不同的是，这首《暮江吟》在内容上没有对社会现实的沉重感叹，主要描写的是秋天傍晚江上的美丽景色。它的最大特点是意境自然阔大、平和活泼，语言清新、浅近、淡雅，简简单单的几句，却让我们真切地看到了一位热爱自然的诗人，真切地感受到了他真挚而又轻松喜悦的心情，那暮色江景跨越千年依然清晰可见。

诗歌的题目由三个单字组成。“暮”字，点明时间，即在日落之后；“江”字，点明地点，即在江边；“吟”字，就是吟唱，是古代诗歌的一种形式。暮、江、吟三个字，不须细说，就仿佛让我们看到，一位诗人，在黄昏时分，闲行江畔，见满江美景，欣然吟哦，这景象美极了。

诗歌的前两句“一道残阳铺水中，半江瑟瑟半江红”，写日落时分的江水。“一道残阳铺水中”，写的是黄昏时分，残阳平铺在江面之上的景象。“残阳”是指将要落到地平线以下的太阳，此时的太阳几乎和江面平齐，它仅余的一点光辉，几乎是平铺着、紧贴着江面照射过来的，所以诗人用了一个“铺”字，生动、真切、传神。另外，这个“铺”字好像还带有一定的感情色彩，具有温柔和缓的意味。你看，“铺”字连接起残阳与江水，能让我们感受到秋日夕阳的柔和，这也反映了诗人此时平和怡然的心境。

如果说“一道残阳铺水中”所展现的画面更多的是一种静态美感，那么接下来的这句“半江瑟瑟半江红”则多了一种动感之美。“瑟瑟”本来是绿色的宝石，这里是指碧绿色，白居易还有诗说“枫叶荻花秋瑟瑟”，都是一个意思。这句话的意思是，江水缓缓流动，被夕阳照射多的地方染上了夕阳的红色，另一部分没有被照射到的则呈现深碧色。“半江”两次出现，虽然是寻常语言，却形成了一唱三叹的效果，读起来有一种活泼的感觉，好像从唇齿间自然流出。

诗歌的后两句，时间已经从日落时分变为新月初升之时。第三句“可怜九月初三夜”中，“可怜”是可爱的意思，“夜”字表明此时已经到了夜晚。“九月初三夜”很自然地将描写的景致，从黄昏时分过渡到了夜晚，意思是这九月初三的夜晚多么可爱啊！这样一句由衷的赞叹，直接表达了诗人对这九月秋夜的喜爱之情。那么因何而喜？因何而感叹？紧接着的第四句“露似真珠月似弓”，给出了答案。此时，江边的青草上，已经挂满了清亮玲珑的露珠，就像镶嵌在秋夜里的珍珠；抬头遥望，只见天边新月初升，如同在宁静的夜幕上，悬挂起一张精巧的弓，这样清丽迷人的景象怎能不让人心生喜爱呢？诗人用珍珠来比露珠，用弓来比弯月，两个比喻，均自然贴切，可见诗人观察细致入微。这也反映了诗人闲行江畔时的惬意悠然，因为只有心中沉静如水，才能在寻常景致里，发现生活的美和诗意。

这首诗在写法上很有特点，有两个跨度，一个是时间跨度，一个是空间跨度。时间跨度上，从残阳西沉的黄昏，到新月初升的夜晚，时间转换极为自然，因为时间转变，描写的景致也有所不同。这首诗的空间跨度也比较明显，从遥远地平线上平铺下来的残阳，写到眼前的江水，从脚下的草凝清露，写到天边的新月初升，先是由远及近，后又由近及远，视野极为广阔，读之使人胸襟为之一开。在这广阔的天地之间，在这清丽自然的秋夜江畔，诗人从黄昏走到夜晚，在用心亲近自然。

我们说，一切景语皆情语。用这样的笔墨刻画出这样的美景，这是诗人心情的最佳代言，让我们也仿佛看到了白居易怡然通透的心境。然而诗人好像还嫌不够，于是发出一声由衷的赞叹，情景交融之外更有直接抒情，使这首写景小诗具有跌宕之势。因此，虽然我们与诗人隔了时间，也隔了空间，但每次读这首《暮江吟》，依然能感受到一种对天地自然的亲近与感动。

秋日美景胜春朝

《秋词二首》（其一）刘禹锡

自古逢秋悲寂寥，
我言秋日胜春朝。
晴空一鹤排云上，
便引诗情到碧霄。

我们现在提起唐朝，大都会说那是大唐盛世，对盛唐气象也充满了向往之情。的确，盛唐时期国力强盛，社会繁荣开放，士人心态奋发昂扬，是一个让我们骄傲的时代。这个时代也孕育了李白、岑参、王昌龄这样的诗人，他们尽情书写仗剑去国、辞亲远游的壮丽诗篇，留给我们无限的憧憬与怀想。但大唐的繁华盛景从安史之乱开始便一去不返，唐朝中期是一段矛盾多发的苦难岁月，朝堂外藩镇割据，朝堂内宦官专政、朋党倾轧，人民生活在水深火热之中。但就是在这样的社会背景下，许多志士仁人勇敢直面现实，担当起帝国中兴的重任。事实证明，他们有革除时弊的伟大抱负，也有治国安民的实际能力。他们在革新图强的过程中九死不悔，纵然被打击迫害也不改初心，有着坚贞不屈的伟大精神。所以，虽然盛唐气象不再，但中唐时期的诗人们，依然发出了时代的最强音。与盛唐诗人相比，他们更加关注社会现实，更多地在自己的诗歌中表达忧国忧民之情，也广泛借由诗歌表现自己的气节与精神。刘禹锡便是这个时期的代表诗人之一。

作为生活于中唐时期的一名士人，刘禹锡一方面锐意进取，希望通过革新政治，实现王朝的中兴，另一方面却深陷宦海沉浮，仕途走得颇为坎坷。但无论在怎样的境遇下，刘禹锡都始终胸怀天下、勤勉务实，苦难只是塑造了他日益坚定的品性，未曾动摇他积极进取的心态。所以即使身陷政治洪流中，刘禹锡也很少作低沉埋怨之语，反而更加关注生活中的美好，更加珍惜朋辈间的深情厚谊，活得也更加昂扬乐观。这在他的许多作品中，都有明显的体现，这首《秋词》就是其中极具代表性的一篇。

提起秋天，我们大多会想到秋风萧瑟、万物凋零的景象，想到肃杀冷寂的气氛，不仅我们是这样，古人也是如此，在中国古代文学中有“悲秋”的传统。战国后期的楚国有一位著名的辞赋家叫作宋玉，深秋时节，他曾经发出过这样的感叹：“悲哉，秋之为气也，萧瑟兮草木摇落而变衰。”将近千年以后，为我们所熟知的诗人杜甫，去寻访宋玉故居的时候，也曾经写下这样的诗句：“怅望千秋一洒泪，萧条异代不同时。”可见悲秋传统影响之深远。

刘禹锡的这首《秋词》，与以往抒发悲秋之情的诗篇大不相同。作为一首抒发议论的即兴之作，这首《秋词》的最大特点在于一反悲秋之传统，写出了秋日的勃勃生机与宏阔境界，诗句间尽是昂扬奋发之气。

诗歌第一句就说“自古逢秋悲寂寥”，意思是从古至今，每逢秋日人们便开始悲叹、感到寂寥，这也就是我们所说的悲秋传统。那么，诗人对这种现象的态度是怎样的呢？诗歌第二句接着说“我言秋日胜春朝”，诗人偏偏要说秋日比那蓬勃鲜亮的春天还要好还要美。这两句的意思很好理解，诗人运用了对比的手法，先说以往人们对于秋天的感受，再提出自己的观点，这个观点明显与我们所认为的“悲落叶于劲秋”相矛盾。诗人究竟为什么要这样说呢？他眼中的秋天又有怎样的绝妙风景呢？

第三句“晴空一鹤排云上”，从议论转向景物描写，色彩绚丽的秋景很多，诗人却单单拈出晴空之上的白鹤进行描摹。晴空悠悠，一只白鹤排云而上、大展宏图。“排”为推倒、冲破的意思，用在这里，赋予了画面无限的生机活力，给人辽阔畅快的感觉，也打破了秋日的肃杀凄惨氛围。所以诗人说“便引诗情到碧霄”，远望白鹤直上云天，自己的满怀诗兴也被牵引激励，直到那九霄云外。这样辽阔的境界，这样灵动的景象，这样飞扬的情思，怎能不让人感叹“秋日胜春朝”呢？

尤其值得注意的是，这首诗是诗人被贬官至朗州时所作，身处逆境的诗人非但没有唉声叹气、自怨自艾，反而奋发昂扬、壮志慷慨，面对秋日景色，不作悲秋哀叹，只作穿云破月之咏。诗人本身的精神，已经与诗歌营造的境界融为一体，这种身处逆境依然昂扬乐观的精神，最能引发我们的共鸣。秋月秋风倏忽千年，秋叶秋雨萧萧数更，希望我们也能意志坚定、百折不挠，时时品味刘禹锡为我们描绘的秋景，不仅是在秋风起的时候。

一封家书重千金

《秋思》张籍

洛阳城里见秋风，
欲作归书意万重。
忽恐匆匆说不尽，
行人临发又开封。

孔子曾经说过："父母在，不远游，游必有方。"意思是，父母还在世的话，子女就不能离开父母去远游四方，如果远游一定要有去处。这样的观念深深影响着古人，既成为他们为自己的志向积极进取的动力，又在他们心中埋下了一颗思乡念亲的种子。所以思乡怀人便是中国古代文学世界的典型主题，千里迢迢，情深意切，那些可能早已在心里默念过无数遍的话语，如果能写在一封家书上寄给自己的亲人，就是一种最妥帖的寄托了。杜甫曾在《春望》中写道"烽火连三月，家书抵万金"，岑参也曾经将"马上相逢无纸笔，凭君传语报平安"写进自己的诗作，那份游子心中的牵挂真切而感人。这首《秋思》写的也是一个关于思念与家书的故事。

诗人张籍十二岁就离开了家乡和州，一个人在外求学。最初他在鹊山漳水（一般认为在今天的河北南部一带）读书，和王建做了十年的同学，二人一起学习诗文，一起游山玩水，不仅学业每日精进，二人还建立了很深厚的友谊。这份少年时期的友情一直延续到他们生命的终点，后来二人还因为诗风的相近被世人并称“张王”。从二十二岁那年开始，张籍便四处游学，时间长达五年，足迹遍布大江南北，他结交了许多朋友，也开阔了自己的眼界，后来则为了自己的仕途而辗转漂泊。

这首《秋思》是他客居洛阳时写下的，诗歌仅仅通过一件日常生活中的小事，便将其思乡之情表达得丝丝入扣、令人动容，其中的动作与心理描写自然真实、语意寻常、情味醇厚。

诗歌的第一句写“洛阳城里见秋风”，这是整首诗的引子，“洛阳”点明诗人正客居他乡，“秋风”说明此时正是秋意深沉的时节。秋风本无形无色，自然也是不可见的，但秋风吹落了树叶，凋零了百草，所以“见”的是满目萧然，勾连起的是思乡情深，正所谓“最是秋风管闲事，红他枫叶白人头”，在这样的环境里，一颗牵挂的心无处安放，流年无情不过如此。这里还隐含了一个典故，就是晋代张翰的故事。张翰是吴郡人，也就是今天的江苏苏州人，在洛阳做官，因见秋风刮起，想起家乡的美味鲈鱼和莼菜，就说：“人生贵得适志，何能羁宧数千里以要名爵乎！”意思是，人生在世，可贵的是要舒适自得，不能违背自己的意志，怎么能远隔数千里在他乡做官，来谋取功名爵位呢？于是就命人驾着马车，回到了故乡。

思乡情切，只能写一封家书遥寄亲人，然而心中有千言万语，又岂是一封家书能够说尽的呢？“欲作归书意万重”一句便表现了诗人千回百转的心情。本来“欲作归书”写得流畅自然、水到渠成，最后却用“意万重”几个字结束，虽为夸张的虚指，却仿佛有千斤重，使我们的心绪随之凝滞，诗歌的感染力也大大加强。

这封家书到底写了什么内容，诗人未曾提及，我们也不得而知，但一定是充满牵念与温情的。信已写成，接下来就要把家书寄出去了，诗歌的三、四句描写的便是这样的场景。“忽恐匆匆说不尽，行人临发又开封”两句一写心理，一写动作，在将家书交付给信使的那一刻，又担心因为写得过于匆忙，还有事情没有交代清楚，所以信使临出发之际，诗人又将书信打开进行查验。“忽恐”二字，对心理的描摹细致入微，也体现出这封家书的难得，毕竟在交通条件极其落后的古代，家书是奢侈品。“行人临发又开封”虽然只是一个很细小的动作，但因为有前面的铺垫，读来格外真实动人，如果不是对家人牵挂心切，又怎会如此呢?

王安石在《题张司业诗》中曾经评价张籍的诗“看似寻常最奇崛，成如容易却艰辛”。在平常的语言和动作中，却能表现出最真挚的感情，王安石的确是一语中的。

一叶而知秋

《早秋》许浑

遥夜泛清瑟，西风生翠萝。
残萤委玉露，早雁拂银河。
高树晓还密，远山晴更多。
淮南一叶下，自觉老烟波。

许浑是晚唐最具代表性的诗人之一，青少年时期的许浑是一位刻苦勤勉的学子，他除了专心于经史诗赋等科举的课业之外，还酷爱写字作画。《书史》中就曾经说他“字法极不俗”，由此可见，许浑是一位多才多艺的文人。对于这一点，后世还有相关记载，说他“正字书虽非专门，而洒落可爱，想见其风度。浑作诗似杜牧，俊逸不及而美丽过之，古今学者无不喜诵，故浑之名益著，而字画因之而并行也”（《宣和画谱》）。

许浑在元和初年（公元 806 年）参加了一次考试，考试结束后他便开始漫游越中。在唐代，漫游大好河山是广大士子在正式入仕之前的普遍习惯，在当时已经成为一种风尚。许浑本来就是热爱自然的人，所以这次漫游充分满足了他游览山川、寄兴江河的愿望。一路走来，许浑逸兴遄飞，留下了大量诗作，从中我们也能感受到许浑的志向与思想。除结交名士以通仕途的愿望之外，这次漫游也是一个增广闻见的旅程。许浑在《送郭秀才游天台》一诗中写道：“云埋阴壑雪凝峰，半壁天台已万重。人渡碧溪疑辍棹，僧归苍岭似闻钟。”对独特的天台山风光进行了详尽的描写刻画。除此之外，此次漫游还有一个重要原因，那便是许浑对佛道文化的向往。唐代的天台山佛塔广布，佛宗之名享誉海内外，在许浑生活的时代，正是天台法门方兴未艾之际，并且天台山还是道教文化的兴盛之地，佛道文化对许浑而言具有独特的意义，尤其是他诗歌中的“思归”之意与佛老之学有千丝万缕的联系。

这首《早秋》是很典型的写景诗。在热爱自然又醉览山河、怡然思归的诗人笔下，初秋的景物又有哪些独特之处呢？他又会做出怎样别致的描写呢？

诗题为“早秋”，说明诗歌所表现的是初秋时节的景致，所以全诗紧扣一个“早”字来进行描写。时间上从夜晚到清晨，空间上则由低处到高空、由眼前到远方，随着时间的推移，视野越来越开阔，最后以一声喟叹收束全诗，情景相谐，韵味无穷。

诗歌的一、二句从听觉的角度入手，渲染出冷寂的氛围，为全诗奠定了清冷的基调。“遥夜泛清瑟，西风生翠萝”，“夜”点明时间在夜晚，只是夜晚为什么会“遥”呢？这便是诗人的妙思。我们说夏日时节昼长夜短，到了秋天，却是夜晚一日长似一日，所以一个“遥”字便暗示此时正是秋季。在长长的秋夜里，诗人好像听到了清亮幽微的瑟声，原来是西风吹动藤萝，枝叶摩擦，发出这般声响。

在这样宛如清瑟音起的背景下，诗人俯视只见“残萤委玉露”。古人有“腐草化萤”的说法，萤火虫盛于夏季，所以到了秋季只有很少数的几只还栖息在草叶上，夜色凉，秋露莹亮；

仰视却见“早雁拂银河”，“早雁”与“残萤”相对，夜色逐渐散去，大雁从天空飞过，拂过了那若隐若现的银河。

接下来，暮色一点点散去，高树远山都在眼前逐渐清晰。因为是初秋，树叶还没有落尽，高大的树木还有着密层层的叶子，所以说“高树晓还密”；也因为是秋天，所谓秋高气爽、天高云淡，这个时节的天空格外清净辽远，所以远山尽收眼底，此为“远山晴更多”。这两句一写近处，一写远方，写的都是典型的早秋之景。

以上三联，从听觉到视觉，由俯视到仰视，由近景到远景，“早秋”二字便是这诸多描写的主旋律，时时刻刻如瑟音清清。诗歌句句字字抓住一个“早”字，而不是晚秋那种萧瑟、衰败与凄凉。夜晚刚刚开始变长，绿萝还是那么的青翠，萤火虫还有星星点点，那是夏天的余留，北雁开始南飞，远处高树上的树叶还是那么的浓密，远处的青山笼罩在一片朝阳之中，所有的景物都是早秋时分的特点，而清新是它的主要特征。

最后，诗人悠悠感叹道：“淮南一叶下，自觉老烟波。”“淮南一叶下”化用了《淮南子》中的“以小明大，见一叶落，而知岁之将暮”之语；“自觉老烟波”中的“老烟波”指洞庭波。诗人感叹叶落知秋，遥想木叶纷纷的景象，如此感叹与初秋盛景相衬，却也是天凉好个秋。

霜叶红于二月花

《山行》杜牧

远上寒山石径斜，
白云生处有人家。
停车坐爱枫林晚，
霜叶红于二月花。

刘禹锡说“自古逢秋悲寂寥”，中国古代的大多数文人，每逢秋天到来的时候，总会感伤起来，发出悲秋的伤叹。这最早可以追溯到战国时候的宋玉，他说:“悲哉，秋之为气也。”这种悲秋的模式影响了后世数千年，大诗人杜甫在秋天到来的时候也十分感伤，写下了《秋兴八首》这组著名的诗篇。在一般人看来，秋天是肃杀的、萧条的、败落的。但秋天也有美好的一面，秋天是丰收的季节，是果实累累、五彩斑斓的季节，秋天也可以是一个充满诗情画意的季节。杜牧的这篇《山行》也是写秋天，写的是秋天里的一次山间旅行，但是没有悲伤，它展示了秋天的绚烂多彩，展示了一种对秋天的热爱之情、一种向上的精神。这是这首诗流传千古的一个重要原因，也是这首诗与其他写秋天的诗的一个不同之处。

诗歌的起句“远上寒山石径斜”，写在寒意袭人的山中，诗人沿着一条曲曲折折的石头小路一直走向山的深处。这句诗中有几个带有感情色彩的词，一个是“远”字，表明诗人在山中行走得很远了，一个是“寒”字，表明这个时候已经是深秋时节，山中的天气已经比较寒冷了，“斜”则表明山路倾斜不平，有一定的坡度，正因为是倾斜的，才需要“上”。这几个词叠加在一起，表明这一次的深秋山中之行并不是那么让人愉悦。果真如此吗？

“白云生处有人家”，诗歌的第二句发生了转折，尽管山中气候寒冷，山路曲折难行，但是让人欣喜的是，放眼望去，在白云缭绕的大山深处，竟然还有人居住。这句诗中后人争论比较多的是“生”字，唐代以来，一直都有争论。有的说是“深处”，如果是“深”字，那么这句话的意思就是，在云雾缭绕的地方有人家居住；有的说是“生处”，如果是这个“生”字，那么就是形成、生成的意思，这句话的意思也就变成了在云雾形成的地方有人家居住。比较一下，两个字还是有点差异的，“生”多了些动感。不过，不管是“深”字，还是“生”字，都表明山很高，云雾弥漫之中有人家居住。

然而，让人惊喜的不仅仅是山里人家，还有那美丽的枫树林。诗歌的第三句“停车坐爱枫林晚”，又将诗意推进了一层，同样是枫树，在杜甫的笔下是“玉露凋伤枫树林”，是那样的让人愁苦、那样的让人伤怀。但是在杜牧看来，那层林尽染之后的枫树让他喜欢得不得了，以至于停下车子来，尽情地欣赏这山间美景，尽管天色渐晚，但是诗人还是舍不得离去。

那么，到底是什么让诗人如此喜爱枫树林呢？诗歌的最后一句做了交代，即“霜叶红于二月花”，那被秋霜染红的枫叶简直红过了二月里的春花。杜甫说“山青花欲燃”，这里说“霜叶红于二月花”，那经霜的枫叶竟然赛过了春天里烂漫的鲜花，简直太让人着迷了。这是全诗的重心所在，也是全诗的高潮所在。

读了这句之后，你会发现，前面三句所有对山中景色的描写都是为这句诗做铺垫的，前面所有的景色都是为这句“霜叶红于二月花”做陪衬的。自古及今，写红叶的诗人不在少数，但是专门写枫叶之红艳的，只有杜牧一人，所以在咏写红叶的诗词中，杜牧的这首诗最为别致、最为有名，甚至形成了杜牧此诗一出，其他诗都黯然失色的局面。

四句诗层层递进，先是大笔濡染，远景扫描，写寒山、写山路，然后镜头逐渐推进，写白云、写人家、写枫林，最终做了一个特写——火红的枫叶。由大到小，由远及近，层次极为清晰，在对秋天山林景物的赞美中表现出诗人对于大自然的热爱，在对秋天山林大美的展示中，也能见出诗人豪荡的情怀、高雅的情致。

如此看来，美无处不在，美无时不在，正如法国艺术家罗丹所说：“生活中不是缺少美，而是缺少发现美的眼睛。”即使是秋天，我们也能透过杜牧的这首小诗，感受到它的美丽。

夜色凉如水

《秋夕》杜牧

银烛秋光冷画屏，
轻罗小扇扑流萤。
天阶夜色凉如水，
坐看牵牛织女星。

在晚唐的文坛，有两位成就最高的诗人，一位是李商隐，一位是杜牧，二人齐名，并称“李杜”。为了区别盛唐时期的李白和杜甫，人们称后来的李商隐和杜牧为“小李杜”。

李商隐和杜牧两个人虽然齐名，但是他们诗歌的风格差异很大。李商隐的爱情诗和无题诗写得缠绵悱恻、优美动人；杜牧的诗歌，则多有一些豪放之语，他的诗歌中，成就最高的是咏史诗和抒情诗，他的七言绝句写得最多也最好。

这里所选的《秋夕》，是一首宫词，就是以宫廷生活尤其是宫中女子的生活为表现对象的一类诗歌。古代社会中，很多帝王为了满足自己骄奢淫逸的生活，从民间征集了大量的年轻女子到宫中侍奉。很多女子到了宫中之后，甚至连君王的面都没见过，就在宫中度过了一生。白居易说：“天宝五载已后，杨贵妃专宠，后宫人无复进幸矣。六宫有美色者，辄置别所，上阳是其一也，贞元中尚存焉。”唐玄宗后期，因为唐明皇专宠杨贵妃一人，所以那些凡是好看一些的宫女都被安排到了别的宫殿，上阳宫就是其中一个宫殿。白居易写了一首《上阳白发人》，同情上阳宫中那位白发宫女的不幸："玄宗末岁初选入，入时十六今六十。同时采择百余人，零落年深残此身。"十六岁的时候被选入宫中，如今已经六十岁了，同时选入宫中的有一百多人，只有她活到了六十岁，这些宫女们命运之悲惨可想而知。同样在《长恨歌》里，白居易说"后宫佳丽三千人，三千宠爱在一身"，实际上历代皇宫中的宫女数量，远不止三千人，据一些资料记载，单是唐玄宗时期，后宫中的宫女就有六万多人。其他时期也都超过万人，由此产生了宫词，一种专门关注宫中女性生活的诗歌类型。

在中唐的时候，白居易、元稹、王建等人创作的宫词最多，所以有人就把这首诗当成了王建的作品，不过从宋代开始，就已经有人做了辨析。相比于白居易等人宫词的浅白如话，杜牧的这首《秋夕》更为含蓄，它的主色调是幽冷、凄清。

"银烛秋光冷画屏"，是环境描写。秋天的夜晚，凄清而寒冷，银色的烛光映照着印有图案的屏风，更增加了一份凄冷。这句诗中的一个关键词是"冷"，本来，宫廷的生活在人们的想象中，应当是富丽堂皇、锦衣玉食、温馨宜人的，可是作者偏偏加了一个"冷"字，这就形成了一种心理落差，引起人们的疑问：为什么会冷呢？宫女们的生活到底是什么样的呢？于是更有继续读下去的兴趣。

"轻罗小扇扑流萤"，"轻罗"是一种质地非常薄的高档丝织品，同前面的画屏一样，也是奢华的宫廷生活的表现。轻罗小扇本来是夏天用来扇风的，秋天到了，扇子便也被宫女用来扑打飞动的萤火虫，可见她是多么的无聊。这是一层意思，是表面的意思。还有一层意思，是扇子的比喻和象征意义。古代诗歌里，常常用秋天的扇子比拟那些被抛弃的女子，比如西汉女诗人班婕妤所作的一首宫怨诗《怨歌行》，诗中这样说："新裂齐纨素，鲜洁如霜雪。裁为合欢扇，团团似明月。出入君怀袖，动摇微风发。常恐秋节至，凉飙夺炎热。弃捐箧笥中，恩情中道绝。”诗歌中，班婕妤自比团扇，担心秋天一到就被扔到箱子里面，无人过问，这首诗表达了班婕妤害怕被冷落的心情。杜牧这首诗里的轻罗小扇，应当由此而来，也是有深意的。至于“流萤”这个词，自古以来也是有着特定的意义的。古书上说“腐草化萤”，意思是，萤火虫是草腐烂之后化生出来的，而只有荒凉的地方才会有腐草，这说明宫女所住的宫殿非常冷清，到处是腐草。这句诗总体看来，是写深宫之中、夜幕之下，无所事事的宫女，只能靠扑打流萤来打发时光、排遣寂寞。她内心的痛苦、忧愁与无聊，虽未明说，却已尽在其中。

诗歌的第三句“天阶夜色凉如水”，还是承接前面的凄冷。夜已很深，寒意阵阵，宫中的石阶更是如冷水一般清凉，本该回屋休息，可是那个扑打流萤的宫女呢？她在做什么？她在“坐看牵牛织女星”，只是一个动作，宫女的满腹苦楚，历历如在眼前。深夜时分，宫女依然不肯就寝，坐在冰凉的台阶上，她痴痴地望着天上的牵牛星和织女星，或许她同情牛郎织女的不幸爱情，他们天河相隔，一年只见一次；或许她在羡慕牛郎织女，至少他们一年还能够相聚一次，正如宋代大词人秦观说：“金风玉露一相逢，便胜却人间无数。”而她自己呢？

整首诗含蓄婉约、凄楚动人，看似不经意的娓娓道来，却蕴含着深深的感慨，杜牧不愧是晚唐大家。

倚楼回望多惆怅

《长安晚秋》赵嘏

云物凄凉拂曙流，汉家宫阙动高秋。
残星几点雁横塞，长笛一声人倚楼。
紫艳半开篱菊静，红衣落尽渚莲愁。
鲈鱼正美不归去，空戴南冠学楚囚。

这首诗的作者是赵嘏，他是一位生活于中晚唐时期的诗人。像所有有志文人一样，才华满腹的赵嘏也对仕途充满热情，他从家乡来到长安游历，并考取了进士，只是他的仕宦之路没有因为自己的才情而格外平顺，担任的官职一直都比较小。所以在这样的境遇下，赵嘏忧愁抑郁，满怀愤懑无处诉说，面对清冷的秋景更是感慨无限。于是，有一天天色未亮的时候，他登上了长安城的城楼，并写下了这首诗。

据说，这首诗在当时广为传诵，大诗人杜牧在读到这首诗的三、四句“残星几点雁横塞，长笛一声人倚楼”时，大为赞赏，并称赵嘏为“赵倚楼”，这也为这首诗歌增添了一些传奇色彩。我们说在中国古代文学中，从来不缺乏因为自己创作的诗词而得名的诗人、词人，这种有趣的现象也能让我们在想起他们的时候，同时记起他们最负盛名的代表作。就像北宋著名词人张先，因为曾经写下了“云破月来花弄影”“娇柔懒起，帘压卷花影”“柳径无人，堕絮飞无影”这三句脍炙人口的词句，而得名“张三影”；另一位北宋的著名词人贺铸则因为那首我们耳熟能详的《青玉案》中那句愁思浩渺的“若问闲愁都几许？一川烟草，满城风絮，梅子黄时雨”而得名“贺梅子”；“苏门四学士”之一的秦观，因为《满庭芳》中有“山抹微云”之语而得名“山抹微云秦学士”。诸如此类的事例还有很多，无一不让人心领神会、莞尔一笑。那么，让赵嘏得“赵倚楼”之名的这首《长安晚秋》又有何特别之处呢？它为什么能得到杜牧的大力赞赏并广为传唱呢？

这首诗表面上是写登高所见长安景象，但所有景语皆情语，实际上是在借景物描写，抒发自己的惆怅心境与思乡之情。最大的特点便是写景抒情言语精妙、自成章法，二者完美融合在一片开阔渺远的诗境中，更见情意深切。

诗歌的一、二句总写登高所见长安景色，“拂曙”是指天色将亮未亮的时候，点明时间；“云雾”是秋季清晨的常见景象，与第二句中的“高秋”共同点明季节，并与诗题呼应；“凄凉”二字则是秋季景物的典型特征，也奠定了全诗的感情基调。这两句是写在天色将亮未亮的时候，天地间还被清冷的雾气笼罩着，皇家宫阙高耸入云、直抵秋空。

紧接着诗歌的三、四句“残星几点雁横塞，长笛一声人倚楼”写仰视所见之景，从视觉与听觉的角度、运用动静结合的描写方法将秋景与心情表现得淋漓尽致。因为此时天色将明，天空中只有寥寥几颗星星，所以抬头只见“残星几点”，这是写眼中所见；此时本就满心怅惘的诗人忽然听到不远处有笛声传来，是为“长笛一声”，这是写耳中所闻。残星与笛声远远呼应，也勾连起诗人的无限心绪。秋意渐浓，大雁飞越关塞南飞而去，所以有“雁横塞”，这是动态描写。通过长笛之声想到远处的高楼之上应该有人正独倚楼阁，“人倚楼”是静态描写。动静结合之下，画面辽远而和谐隽永。

随着时间的推移，晓雾逐渐散去，诗人俯视城楼之下，只见“紫艳半开篱菊静，红衣落尽渚莲愁”。这两句用绚丽的色彩写紫菊、红莲，那紫色的菊花正安静地立在竹篱边，半开未开，那红色的莲花已经落尽，垂面生愁。在这里，诗人用“静”字表现秋菊之姿，“篱菊”之称更是让人联想到“采菊东篱下，悠然见南山”的陶渊明。秋菊自有出尘风致，诗人又何尝不是以菊自比？以“愁”写红莲也是诗人将自己的主观情绪移情至此，凋零之愁也是诗人的年华之叹。

写景至此，已能见出诗人忧愁苦闷的心境，归隐之意也略见端倪。最后两句则是对这种情绪的直接表达，正是因为前面的铺垫，“鲈鱼正美不归去，空戴南冠学楚囚”两句才格外具有力量。“鲈鱼正美”运用了西晋张翰的典故，据说当时张翰正在朝中担任大司马东曹掾一职，因为看到秋风吹起，所以思念家乡的菰菜、莼羹、鲈鱼脍，就说：“人生在世，最可贵的是能顺遂自己的心志，怎么能在千里之外为仕宦所羁绊，只是为了求得功名爵位呢?”说完就辞职回家了。诗人运用这个典故表达了自己的思归之情。“南冠学楚囚”则运用了《左传》中的典故。据记载，晋侯视察军用仓库，见到钟仪，问道：“戴着南方的帽子而被囚禁的人是谁?”宫吏回答：“是郑人所献的楚国俘虏。”诗人运用一个“空”字，便将那种身在长安却不得重用的情绪表达得精准真切。

整首诗借由长安秋景表达内心的苦闷怅惘，写景极具代表性，情感寄寓其中。我们跟随诗人的视线由高到低、由远及近，时间在一点点流逝，色彩从晨雾间逐渐清晰，笛声悠远，篱菊安静，弥漫的是悠长的情思、无尽的惆怅。

山水有清音／唐诗中的登临

更上层楼送远目

《登鹳雀楼》王之涣

白日依山尽，
黄河入海流。
欲穷千里目，
更上一层楼。

这是王之涣登上鹳雀楼后所作的一首五言绝句。鹳雀楼，始建于南北朝的北周时期，由北周大将军宇文护建造，本来是一座军事戍楼，故址在永济市境内的黄河边上，当时因为有鹳雀在楼上栖息，因此名为鹳雀楼。这座军事戍楼，本来是用作军事用途，即用来瞭望的，却赢得了千古美名，为什么呢？这归功于王之涣，归功于王之涣的这首登楼之作。

关于王之涣，我们知道得太少了，新旧《唐书》这样的正史都没有给他留下一笔。直到元代的时候，辛文房撰写《唐才子传》才用了不到300字对他的生平事迹做了一个简单的梳理，其中主要的还是在说王之涣和王昌龄、高适等人在旗亭赛诗的故事，关于他的其他情况，只说：“少有侠气，所从游皆五陵少年，击剑悲歌，从禽纵酒。中折节工文，十年名誉日振。”主要意思是，他年轻的时候有豪侠之气，经常和京城的一些豪门贵族子弟喝酒打猎，后来丢掉以往的志趣，开始认真读书写诗，十年之后名声大振。

王之涣只留下了六首诗，在唐朝算是诗歌流传下来的数量比较少的一位诗人。尽管如此，却有两首传名后世。在武汉大学王兆鹏教授所做的唐诗排行榜上，前四名中王之涣竟然占了两首，一首是《凉州词》，排在第三，一首就是《登鹳雀楼》，排在了第四。而且对于他的《凉州词》，有的批评家认为是唐代最好的七言绝句，甚至超过了“七绝圣手”王昌龄的那首《出塞》，评价甚高。

那么，这首《登鹳雀楼》为什么能够千古流传？其原因究竟是什么？

细读之下，笔者觉得，其主要原因在于，它典型地体现了盛唐人特有的非凡意境和超迈情怀：胸怀天下，积极进取。这首诗一个总的特征是壮。壮观、壮丽的景物，凌云的壮志，这是盛唐人和盛唐诗所独有的特征。不妨仔细地品味一下，细品之后，便会有一种神观飞越的感觉。那壮阔的景物，那磅礴的气势，更主要的是那从中得来的对于生活的领悟，读完之后，让人精神为之一振。

诗歌的头两句重在写景，“白日依山尽，黄河入海流”很容易让我们想到王维的“大漠孤烟直，长河落日圆”。这两句也是写落日，也是写黄河，不过和王之涣的两句相比，王维的这两句，更多了一些静穆，更多了一些荒凉。那是他在苍茫的大漠之上所看到的景象，而这是王之涣登上鹳雀楼后所看到的景象。尽管是一样的阔大、壮观，但王之涣的这两句少了一种荒凉，多了一份磅礴，多了一份动感，多了一份动人心魄的力量。在傍晚时分，诗人登上鹳雀楼，向前望去，一轮落日徐徐而下，即将隐没在山的尽头；奔腾不息的黄河在经过鹳雀楼后继续向东流淌，一直流到远远的大海。这是多么的壮观啊！其实，登上鹳雀楼所见之美景定会不少，但是作者只抓住了落日、远山、黄河这样几种阔大的景物，仿佛天地之间都被这些壮观的景物充满了，再也容不下别的景物了。这是诗人胸中有山河的结果。

由眼前所见的落日长河，诗人做了进一步的遐想，“欲穷千里目，更上一层楼”，想要看到更远的地方，更为壮观的景物，那么怎样才能做到呢？只有“更上一层楼”！这两句是登楼所想，是对前面两句所写的登楼所见的一种延续，水到渠成。由登楼所见，想到如果再登上一层楼，将会是什么样的情形，引人遐想。不但如此，这两句议论，更像是王之涣对于人生的一种理性思考。整首诗虽然围绕着登楼这一话题，写出了王之涣登楼时的所见所感，但也未尝不可以理解为对于人生的认识。其实，人生的道路上也有无数优美的风景，你只有不断地进取、不断地超越人生的每一次高峰，才能领略到更美的风景。俗话说，没有最好，只有更好，“更上一层楼”也成了激励人们不断进取的一种积极动力：人生纵有限，进取无止境！

疑是银河落九天

《望庐山瀑布水二首》（其二）李白

日照香炉生紫烟，
遥看瀑布挂前川。
飞流直下三千尺，
疑是银河落九天。

李白一生酷好游历，大江南北的许多名山大川都有李白登临的足迹。李白用他的生花妙笔描绘壮丽的山河，如奔腾不息的长江、黄河，高耸入云的华山、峨眉山等，无不展示了它们磅礴的气势、变化万千的身姿。“君不见黄河之水天上来，奔流到海不复回”“西岳峥嵘何壮哉，黄河如丝天际来”……在李白的诗中，气势峥嵘的西岳华山、如同美丽丝带一样从天际飘来的黄河，是那样的神奇、那样的引人入胜、那样的让人心向往之。庐山也是这样。庐山在今天的江西境内，毗邻浩荡的长江和美丽的鄱阳湖。李白一生五次登临庐山，也留下了几首歌咏庐山的诗作，其中有两首同题之作是描写庐山瀑布的，一首是五言古诗，一首是这里要欣赏的七言绝句。两首诗是同一个题目，都是写庐山瀑布的，为什么这首七言绝句流传如此之广、影响如此之远呢？以至于我们一想起庐山就会想起李白，想起李白和庐山，就会想起这首《望庐山瀑布水》。其中的原因很值得我们玩味，不妨一起看一下。

“日照香炉生紫烟”，“香炉”是指香炉峰，庐山的一座山峰，据一些资料记载，庐山有四五座香炉峰，李白所看到的在庐山的西南面。所谓香炉峰，指的是山峰的形状像古代人烧香所用的香炉，有圆圆的肚子的那种，现在在一些寺庙当中还可以看到。这句话的意思是，香炉峰被云雾笼罩着，当太阳出来的时候，阳光照射下来，缭绕的云雾就变成了紫色的了，远远看去，就像香炉峰生出了紫色的烟雾，这里用的是“生成”的“生”，而不是“升起”的“升”，就是为了表现太阳出来这样一个变化、生成的过程。

诗歌的题目是《望庐山瀑布水》，那么庐山的瀑布是什么样子的呢？诗歌的第二句就开始扣题来写了：“遥看瀑布挂前川。”远远看去，庐山的瀑布就像一条长河挂在前面，这里的“川”是河流的意思，河流本来是平着的，这里李白将瀑布想象成挂着的长河，把它竖起来了，这样的想象真可以说是奇特得很，一般的诗人都做不到这一点。但是仅把瀑布比作挂着的长河，李白似乎还是觉得不够，这条长河有多长？这条长河是怎样流动的？李白又补充了一句：“飞流直下三千尺。”那瀑布急速直下，足足有三千尺那么长。“三千尺”是夸张的说法，不是就说它有三千尺长，而是说有好几千尺。古代人写诗作文，喜欢用三、六、九来形容很多，比如，大禹治水，三过家门而不入，不是说大禹真的三次路过自己的家门，而是指很多次。诗写到这里，似乎把庐山瀑布的壮观写足了、写尽了，然而李白似乎还是意犹未尽，于是，在诗歌的最后一句，他写道：“疑是银河落九天。”何等的奇特，何等的不凡，这也只能出自李白之手，所谓不可无一，不可有二，说的就是李白。由眼前挂着的长河，李白进一步发挥自己的想象，那不就是天上的银河吗，在阳光的照射下，瀑布闪烁着耀眼的光芒，乍一看去，好像是璀璨的银河从高远的天空中落了下来。“银河”是传说中的天河，就是隔断牛郎织女的那条天河；“九天”就是天空，古代神话传说中常说天有九重之高。这里用九重天落下的银河，来形容庐山瀑布之高，诗歌到此才收笔，而庐山的印象也深深刻在每一个读到这首诗的人的脑海里了。

李白喜欢写山川河流，也擅长写山川河流，他笔下的山川河流是具体可感、动人心魄、气势磅礴的。这跟宋代诗人有很大的不同，诗歌到了宋代，情况就发生了变化。比如，同样是写庐山，到了宋代大诗人苏轼的笔下，就变成了：“横看成岭侧成峰，远近高低各不同。不识庐山真面目，只缘身在此山中。”庐山到底是什么样子的，苏轼没有告诉我们，他想借庐山讲出一个哲理：当局者迷。

两山夹沧江，豁尔开天门

《望天门山》李白

天门中断楚江开，
碧水东流至北回。
两岸青山相对出，
孤帆一片日边来。

李白喜欢写自然山水，擅长写自然山水。在李白的笔下，每一处山水仿佛都充满了灵气，仿佛都是那么的壮阔磅礴。《望天门山》就是一首描写自然山水的诗。

公元 724 年，李白从四川出发，乘船沿江东下。当船行到今天安徽境内的天门山时，李白为眼前所见到的壮丽景色倾倒、折服，于是写下了这首描绘天门山山水的名作。

这首诗歌的一个最大特点是壮阔。诗歌的第一句就气度不凡，“天门中断楚江开”写天门山所在的地理位置。天门山是怎么得名的？据古代一些地理书记载，天门山在现在的安徽境内，由长江边上的两座山组成，当涂县的东梁山和和县的西梁山隔江而立，好像上天所设的两扇门，因此叫天门山。楚江，是长江流经古楚地的一段。今天的湖北、安徽一带，在先秦时期，都是楚国的属地，长江流经这里，所以称楚江。长江从三峡奔腾而下，气势如虹，它那巨大的冲击力仿佛一下子把天门山从中间劈开，使它变成了两座山，于是两山夹峙，山水相映成趣、相得益彰，山因水变得更加奇峻，水也因山变得激流澎湃。于是就有了下一句："碧水东流至北回。"长江流到天门山，因为山的阻隔，折向北流，碧绿的江水流到这里后因为天门山而回旋转折。这句诗，乍一看，是写江水，实际上是明写江水，暗衬天门山，依然是在写天门山。正是因为山的峻拔、山的挺立和山的阻挡，才有了水的激荡、水的汹涌和水的折转。

"两岸青山相对出"依然写山，依然是那么的壮美。这句诗看似平平，甚至与诗歌的第一句"天门中断楚江开"有重复之嫌，实际上并不是这样的，如果说诗歌的第一句更多的是着眼于山的形势，更多的是写山的静态之美，是全景式的展示，那么这句则是突出一个"望"字，写作者的所见。李白乘船东下，由远而近，天门山的形象由最初的一个模糊的轮廓，逐渐变得清晰起来，于是便有了"青山"这样一个词。如果不在作者的视线范围之内，也就无所谓"青"或"不青"，否则，就是欧阳修所说的"山色有无中"了。随着自己乘坐的小船离天门山越来越近，不但山色逐渐清朗起来，而且看上去就像山在朝着自己的方向移动一样。这是视觉上的一种错觉。我们平时坐车的时候，经常会有这样的体验，当车达到一定的速度时，两旁的树木或建筑物会迎着我们飞奔而来，然后向后倒去。所以这里用了一个"出"字，这里的"出"和下句的"来"是相对而言的，有一种由内而外迎出来的感觉，这就把天门山给写活了，仿佛两岸的青山也有了灵性，向着自己的方向迎了出来。

于是有了诗歌的最后一句："孤帆一片日边来。""孤帆一片"是"一片孤帆"的倒装，就是一只孤单的小船，"帆"代表船，古代人常用局部代替整体。"日边"，太阳边上，太阳每天从东方升起，到西方落下，李白乘船从西方四川来，所以说是"日边来"。如果说诗歌的头两句是对照来写，是山和水的对照，那么这一句和上一句也是对照来写，是山和船的对照。山的迎出和船的奔来、山的高峻和船的渺小，形成了鲜明的对照，依然是在写山的壮阔之美。

这首诗同李白的许多其他山水诗一样，还有一个很大的特点，即自然。元好问有两句诗曰"一语天然万古新，豪华落尽见真淳"，是评价陶渊明的诗歌的，挪过来评价李白的这首诗，也非常贴切。该诗没有什么深奥的道理，没有生僻的字词，却把他眼前所见的壮美景色化成了一首诗，让它永远地留存在世人的心中，它是如此的自然，又是如此的逼真，好像一幅绝美的山水图，把天门山的美印在了我们的脑海。

江城美如画

《秋登宣城谢朓北楼》李白

江城如画里，山晓望晴空。
两水夹明镜，双桥落彩虹。
人烟寒橘柚，秋色老梧桐。
谁念北楼上，临风怀谢公。

宣城和谢朓楼都与李白有着千丝万缕的关系，天宝三年（公元 744 年）因得罪权贵，李白被“赐金放还”。离开长安后，李白漫游梁宋、齐鲁、江淮、吴越等地，其间还与杜甫同游梁宋、齐鲁，留下了传世佳话。在此期间，风景秀丽的宣城是李白的“常驻点”之一，他在这里也留下了很多优秀的诗篇，《寄崔侍御》《题宛溪馆》《宣州谢朓楼饯别校书叔云》都作于宣城。宣城在唐代是著名的“旅游城市”，山灵水秀，句溪和宛溪两条河水夹城而流。谢朓楼就是宣城的名胜之一，李白漫游到此，多次登楼望远，吟诗抒怀。每每登楼，李白总是感慨万千，其中原因大概有二：一是登高有感是古人作诗的常态，杜甫的《登高》、王绩的《野望》都是临高而叹的佳作；二是谢朓是李白最喜欢、最钦佩的前人之一。他曾在《金陵城西楼月下吟》中说：“解道澄江净如练，令人长忆谢玄晖。”以此表示自己对谢诗的倾心。另外，李白的人生遭际也和谢朓相似。两人都是因久负诗名而受到统治者的赏识，两人也都因得罪他人而招致谗言。受到诬陷的谢朓身陷囹圄一命呜呼了，被逐出长安的李白数次到访谢朓故地，怎能不大发感慨呢？

这首诗大概作于天宝十二年或十三年（公元 753 年或 754 年），从诗人离开长安算起，这大约已是第十个年头了。某个秋天的早晨，天朗气清，惠风和畅，诗人登上谢朓楼远眺宣城秋景，美不胜收，于是诗兴大发，提笔写下："江城如画里，山晓望晴空。""江城"即指宣城，因为临水，故而称之。诗人开门见山，以"江城如画"的感叹开头，统摄全篇。次句则点出写作的时间和天气，大致勾勒出一幅"江城早晴图"，使读者对图景内容产生了无限遐想。

那么，诗人都"望"到了什么美景呢？诗的三、四句写道："两水夹明镜，双桥落彩虹。""两水"是指句溪和宛溪。句溪在宣城东边，河道曲折，形状像汉字的"句"字，故而得名。宛溪源出宣城东南的峄山，在城东北与句溪相会，绕城合流，所以用"夹"字来描写两水的态势。清澈的溪水静静流淌，早晨的阳光照在水面上，波光粼粼，如同明镜一样。"双桥"是指横跨宛溪的凤凰桥和济川桥。这句诗的意思是：衬着绚丽的朝霞，双桥倒映在溪水中，色彩斑斓，像两道彩虹落在水中一样。以"双桥"来对"两水"，以"彩虹"来对"明镜"，对仗平稳工整。连用两比，以"明镜"来喻溪水的明亮澄澈，以"彩虹"来喻被朝霞浸染的拱桥，贴切而形象。同时，诗人又将"夹""落"两个动词放置在两句诗的中间，在静态的景色中融入了动态，整个画面因这两字而"活"了。

紧接着诗人将目光由溪水转上岸，写道："人烟寒橘柚，秋色老梧桐。"向远处望去，几处人家已经开始生火做饭了，袅袅炊烟从树林里升了出来。秋风乍起，寒意袭人，远处的橘柚林青得发黑，梧桐树也开始泛黄落叶了。“人烟”“橘柚”“梧桐”本来都是平常的景物，诗人将“寒”“老”二字嵌在其中，马上就给人以孤清之感，寒气逼人，这也正对应了诗题中所说的“秋登”。

这萧飒的秋景使诗人不禁想到自己的遭际，心怀天下苍生却只能浪迹天涯，诗人心中的悲怆之感油然而生。想到谢公和自己有着相似的遭遇，诗的最后两句自然转入了怀古之中。“谁念北楼上，临风怀谢公”，这两句先引出北楼，点明登高的地点，由楼的名字，诗人自然而然地想到了谢公，因而发出感慨：“谁能想到，这谢朓楼上正有人吹着秋风在独自怀念谢公呢?”意思就是，没有人能理解自己的情感。这就加深了诗歌的意蕴，在一般的怀古外，表达了孤高无依之感。

这首诗歌不用典故，语言平白晓畅，如出水芙蓉般清新圆美，的确是一篇登高怀古的佳作。

眼前有景道不得

《黄鹤楼》崔颢

昔人已乘白云去，此地空馀黄鹤楼。
黄鹤一去不复返，白云千载空悠悠。
晴川历历汉阳树，春草萋萋鹦鹉洲。
日暮乡关何处是，烟波江上使人愁。

不像其他的一些诗人，在正史当中很难留下一笔，崔颢在新旧《唐书》中都留下了自己的行迹。不过评价不是很高，《旧唐书》说："崔颢者，登进士第，有俊才，无士行，好蒱博饮酒。及游京师，娶妻择有貌者，稍不惬意，即去之，前后数四。累官司勋员外郎。天宝十三年卒。"大意是说，崔颢这个人考中过进士，但是有才无德，喜欢赌博饮酒，等到了京都长安的时候，娶妻专门选择那种相貌特别漂亮的，稍不满意就抛弃了，如此反复了四五次，由此可以看出他的品性确实有些问题。不过不能因人废诗，他的这首《黄鹤楼》驰名千古，以至于在王兆鹏教授的唐诗排行榜中，该诗排到了第一位，可见其影响确实很大。

自从宋代的诗歌评论家严羽说了“唐人七言律诗，当以崔颢《黄鹤楼》为第一”（《沧浪诗话》）后，这首诗就名声大噪。其实，早在唐朝的时候这首诗就有很高的声誉，《唐才子传》说，李白登临黄鹤楼，本欲题诗，看到崔颢的这首《黄鹤楼》后，为之罢笔，感慨了一句：“眼前有景道不得，崔颢题诗在上头。”看看，连李白这样的大手笔都为崔颢所折服。当然了，这则逸事可能出于传闻，未必真有其事，但是从这则逸事当中也能看出这首诗的成就的确非同一般。后来李白游金陵凤凰台，也写了一首登临诗，明显有想超越崔颢这首《黄鹤楼》的意思，该诗全文如下：

凤凰台上凤凰游，凤去台空江自流。
吴宫花草埋幽径，晋国衣冠成古丘。
三山半落青天外，二水中分白鹭洲。
总为浮云能蔽日，长安不见使人愁。

比较一下，无论是形式上还是内容上，的确都能够看到崔颢这首《黄鹤楼》对李白的影响。

崔颢的这首诗产生以后，好评如潮，那么这首诗究竟好在哪里？正如一千个人眼里有一千个哈姆雷特，自古及今，不同的人读这首诗，角度各有不同，因此所得的体会也不一样。不过还是有些共通的特征为大家所认可。比如它的意境、气象、构图等，都有着难以言传的美。它之所以能够千载传诵，一个主要的原因是，它体现了盛唐诗歌所具有的共同特征：空灵透彻，流畅自然。我们读李白的诗，读王维的诗，读孟浩然的诗，大概都有这样一种体会。崔颢的这首《黄鹤楼》也一样，它的美，空灵透彻，流畅自然，我们可以感受得到，但是如果要真切地把它揭示出来、表达出来，又觉得用什么样的语言都不到位。所以说，这首诗妙就妙在它处于可解与不可解之间。这就是这首诗歌的大美所在。

诗歌的题目叫《黄鹤楼》，黄鹤楼是三国时修建的一座名楼，旧址在今天湖北武昌黄鹤矶上，是江南的三大名楼之一。诗歌的首两句就把我们带到一个缥缈的神话世界，“昔人已乘白云去，此地空馀黄鹤楼”，相传古代有仙人骑黄鹤经过此地，也有说是三国时的费祎得道成仙，曾经在此驾黄鹤而去。不管哪一位仙人，都有一个缥缈的神话传说。但是，昔日的仙人早已乘黄鹤而去，如今剩下的除了黄鹤楼外，还有什么呢？“黄鹤一去不复返，白云千载空悠悠”，黄鹤一去，再也没有回来，只有朵朵白云萦绕在黄鹤楼上，千百年来好像不曾改变。

如果说诗歌的前四句，主要是围绕着黄鹤楼的美丽传说而展开，是远观黄鹤楼时的千古遐想，不管是缥缈的仙人传说，还是缥缈的白云，都主要是虚写，那么诗歌的后四句主要是诗人登上黄鹤楼的所见所感，落到了实处，是实写。

第五、六句是“晴川历历汉阳树，春草萋萋鹦鹉洲。”鹦鹉洲，原址在湖北省武汉的武昌城外江中，东汉末年，黄祖担任江夏太守时，他的儿子黄射在此大宴宾客，有人献鹦鹉，祢衡为黄射写了一篇《鹦鹉赋》，其中有“锵锵戛金玉，句句欲飞鸣”，鹦鹉洲因此而得名。后来鹦鹉洲逐渐地沉没了，现在的鹦鹉洲在汉阳的长江边上，是后迁的地址。

登上黄鹤楼，放眼望去，远处的长江、江边的绿树，还有鹦鹉洲上繁茂的春草，在阳光的照射下都是那样的清晰可见。萋萋的春草，又让诗人愁绪顿生，“日暮乡关何处是，烟波江上使人愁”。《楚辞·招隐士》说：“王孙游兮不归，春草生兮萋萋。”自古以来，春草一直和游子思归紧密联系着。不知不觉中，天色已晚，江面上升腾起的雾气，让诗人禁不住生出愁来：夜晚即将来临，而我的家乡在哪里呢？

整首诗以黄鹤楼为中心，纵横开阖、虚实相生、古今勾连，但读起来流畅自然、一气呵成，令人口舌生津、百读不厌。

会当凌绝顶，一览众山小

《望岳》杜甫

岱宗夫如何，齐鲁青未了。
造化钟神秀，阴阳割昏晓。
荡胸生曾云，决眦入归鸟。
会当凌绝顶，一览众山小。

关于杜甫的诗歌，不知道大家有没有这样一种感觉，即真的是很接地气，不管是表现忧愁，还是表现欢乐，不管是写人，还是写景，都好像离我们的生活很近。你看，“泥融飞燕子，沙暖睡鸳鸯”，那情景，仿佛就在我们的身边；你看，“感时花溅泪，恨别鸟惊心”，那感伤，你可能也有过。因此，读杜诗，我们可能会得出这样一个结论，杜甫就是一个现实主义诗人，他可能写不了李白的那种大开大合、豪气干云的壮美诗篇。真的是这样吗？不妨看看杜甫的这首《望岳》。

开元二十三年（公元 735 年），二十四岁的杜甫到洛阳参加进士考试，可惜的是，这一次他落榜了。第二年，杜甫背着行囊，开始了历时五年的齐赵之游，就是在今天的山东、河北一带漫游。这首《望岳》就是杜甫在齐鲁大地漫游，看到泰山时写下的。

诗歌的题目是《望岳》，所以重心当然在这个“望”字，“望”字是这首诗的诗眼。那么杜甫望泰山，看到的是什么样的泰山呢？“远近高低各不同”，用宋代大诗人苏轼形容庐山的这句诗来形容杜甫眼中的泰山，比较合适。泰山在杜甫的笔下，如抽丝剥茧般，一层层展露它的壮美与雄奇。

首联为“岱宗夫如何，齐鲁青未了”，“岱宗”，泰山是也，因为泰山也叫“岱山”，为五岳之首，所以称为岱宗。泰山是什么样子的呢？杜甫首先发问，他想知道，我们当然更想知道，“齐鲁青未了”，作者自问自答，它莽莽苍苍，矗立在齐鲁大地之上。这两句杜甫用的是设问句，展示了泰山给他的第一印象。第一眼看到的当然是它的外貌，“青”是山的颜色，“未了”乃是说绵延不断，合在一起意思是，在齐鲁大地上，泰山青翠的山色绵延不绝，无边无际。这两句是写远观泰山所看见的山色。

那么，再近一些呢？“造化钟神秀，阴阳割昏晓。”大自然好像特别钟爱泰山，把神奇与秀美都集中到了泰山之上。它高耸入云，横亘在齐鲁大地之上，它好像遮住了太阳，使得山的南面与北面形成截然不同的阴阳分明的景观，好像一个是早上，一个是傍晚。从海拔上看，泰山只有 1500 多米，只是因为处在齐鲁平原之上，所以显得特别的高大。这两句是近看，写山的气势。

诗歌的第三联为：“荡胸生曾云，决眦入归鸟。”“曾”，同“层”。山中云雾缭绕，层层叠叠，那情景动人心魄；再睁大眼睛，有飞鸟盘桓，飞入山间。这些细微的景象，是诗人用心观察到的情景，是细看。

从诗歌第一联远观所看到的莽莽苍苍，到第三联细看所看到的层云与归鸟，诗人就像一个用心的摄影师，在不断地推进镜头，让你从远到近、从全貌到特写，逐步认识泰山的壮美与神奇。

有了以上六句对泰山美景的描写，诗人禁不住热血澎湃，写道："会当凌绝顶，一览众山小。"意思是：我一定要登上泰山的最高峰，那时，俯瞰周围的群山，将会是怎样的一种情形啊！豪情壮志，虽不明说，但自在其中，所以，这两句成了后世千古传诵的名句，激励着人们勇攀高峰、不断进取。

不尽长江滚滚来

《登高》杜甫

风急天高猿啸哀，渚清沙白鸟飞回。
无边落木萧萧下，不尽长江衮衮来。
万里悲秋常作客，百年多病独登台。
艰难苦恨繁霜鬓，潦倒新停浊酒杯。

这首《登高》被前人评为杜甫七言律诗中的第一名，清代杨伦评价这首诗:“高浑一气，古今独步，当为杜集七言律诗第一。”七言律诗起源于南北朝，在唐代初年有所发展，但初盛唐诗人创作的七律多显拘谨，佳作不多，质量远不及五言律诗。到了杜甫，这一情况才有明显改观，杜甫的出现标志着七言律诗的成熟。可以说，杜甫的七言律诗是独步初盛唐诗坛的，他代表性的七言律诗有，寓居成都之时所作的《蜀相》、寓居夔州之时所作的《秋兴八首》《咏怀古迹五首》等。在唐代七言律诗的高手中，“老杜”比“小杜”更善于把握声律，杜甫在诗中说“晚节渐于诗律细”，佳作自然多出于“老杜”之手。而且，中年之后的漂泊无依，更是给杜甫的创作奠定了沉郁的情感基础。

这首《登高》作于杜甫寓居夔州的时候。因为古人有重阳日登高饮酒的习俗，所以诗歌的题目叫作《登高》。大历二年（公元 767 年）重阳节这天，百病缠身的杜甫登上夔州城外的高台，想到自己“南漂”数年，不得北归，心中不禁怅然。安史之乱虽已结束，可天下仍未安定。外有吐蕃、回纥的虎狼之忧，国内各地的割据叛乱亦此起彼伏，仅杜甫所在的西南就发生了“崔宁之乱”和“泸州之乱”等多起祸乱。与此同时，诗人的好友也先后离他而去。公元 765 年，帮助他建草堂的严武去世了，他想要去投奔的高适亦死于这一年。国运不济、生灵涂炭、挚友离世、生活窘迫、百病缠身，这些“大石头”压得诗人喘不过气。杜甫扶着栏杆极目远眺，景色苍然，心中的压力稍稍得以缓解，于是有了诗歌的头两句：“风急天高猿啸哀，渚清沙白鸟飞回。”急风、高天、哀猿、清渚、白沙、飞鸟六个意象连用，开篇就描绘了一幅天高景阔的夔州秋色图。时逢深秋，天气晴朗，秋风猎猎，吹去了所有的尘埃，诗人登上高台更觉“风急”。夔州地处峡口，山高林密，多有猿猴出没，它们的叫声久久回荡在空荡的峡谷里，甚是凌厉。俯瞰高地下的江水，由于时值枯水期，水位下降，江中的小洲在滚滚的江水中更明显了，岸两边白色的沙地也露了出来。此时，有飞鸟掠过江面，慢慢消失在了诗人的视野中，它们或是赶着回巢吧。

接下来两句是：“无边落木萧萧下，不尽长江衮衮来。”这两句从大处落笔，上句写山景，极目远眺，满眼都是将要落叶的秋树，因为“风急”所以有“萧萧”声；下句以东流的江水对上句的落木，江水流到夔州，因遇峡谷，自然变得湍急，滚滚向东而去。在“落木”和“长江”前，诗人又冠以“无边”“不尽”二词，诗句的意境随之变得更为阔大，在萧瑟的秋景中融入了雄浑奔放的气势。

诗的前四句都在描写眼前之景，将悲愁之情融化在了具体的画面中，后四句顺着写景之势，自然转入抒情之中。“万里悲秋常作客，百年多病独登台。”杜甫将深厚的情感藏在这两句诗中。“万里”表现了空间上的极远，西南诸州与帝都长安相距甚远，与中原家乡也隔着千万重山。“常作客”意为长期漂泊在异地，不得北归。“百年多病”表示自己年岁已老，且多病缠身。在这重阳时节，已是垂暮之年的诗人独自登上高处，远望故乡，想到归期无定，怎能不“悲秋”呢？接着，诗的最后两句说道：“艰难苦恨繁霜鬓，潦倒新停浊酒杯。”社会的动荡不安、自己艰辛的境遇像乌云一样久久围绕在心头，使得诗人两鬓早已斑白。登高本为解愁，这一番折腾却平添了更多的愁；诗人想要借酒消愁，一醉方休，但又因为多病已不能饮酒。这样一来，满心的愁苦何处排解？只能愁更愁！

高楼接大荒

《登柳州城楼寄漳汀封连四州》柳宗元

城上高楼接大荒，
海天愁思正茫茫。
惊风乱飐芙蓉水，
密雨斜侵薜荔墙。
岭树重遮千里目，
江流曲似九回肠。
共来百越文身地，
犹自音书滞一乡。

公元815年，因为“永贞革新”失败而被贬黜出京的革新派成员，终于等到了回京的诏令。而多年过去后，曾经的“八司马”只有柳宗元、刘禹锡、韩泰、韩晔、陈谏五人还在世。收到诏令的柳宗元喜不自胜，在回长安的途中，他写下了这样的诗句：“十一年前南渡客，四千里外北归人。诏书许逐阳和至，驿路开花处处新。”可见柳宗元对于这次被召回是充满了期待的，他的精神状态也是昂扬乐观的。然而，朝堂中的朋党倾轧始终没有结束，这次召回，最终也以再一次的贬谪蛮荒结束，韩泰去了漳州，韩晔去了汀州，陈谏去了封州，刘禹锡去了连州，柳宗元则去了柳州，柳宗元的柳柳州之名便由此而来。

关于这次贬谪，中间还有一个小插曲。据说是因为当时刘禹锡写下了《元和十年自朗州至京戏赠看花诸君子》，诗中强烈的讽刺嘲弄，触怒了当朝权贵，众人才被再次贬谪。我们今天看来这不过是一个借口而已，其中的政治暗流又岂是如此简单的。刘禹锡一开始是被贬谪到播州，播州位于今天的贵州遵义地区，在当时是蛮荒僻远之地，环境极为险恶，刘禹锡还有八十多岁的母亲需要奉养。所以柳宗元毅然上书为此力争，并请求与刘禹锡调换贬谪之地，后来在多方帮助下，刘禹锡才得以去往连州。从这件事可以看出，柳宗元是一个忠直耿介的人，和朋友之间有着很深厚的感情，尤其是与同被贬谪的这几位，可以说是患难之交。

这年夏天，柳宗元终于到达了柳州。不久以后他就登上柳州城楼，远望着朋友们所在的方向，感慨自身的遭遇，百感交集中，写下了这首《登柳州城楼寄漳汀封连四州》。

这首诗的特点在于，开头就营造出一种宏大浩渺的境界，写景错落有致，抒情沉郁顿挫，在情景交融中把自己被贬谪蛮荒、与朋友音信难通的沉痛表达得真切而深刻。

诗歌的前两句，为全诗铺展开了宏阔苍茫的背景。“城上高楼接大荒”与诗题紧密衔接，写的是诗人登上城楼，只见高耸的城楼与大荒相接。一个“高”字直接表现出登高之意，而登高为的是望远，所以呈现在诗人面前的，是荒凉空阔的天地，在那最遥远的地方，海天相接，浩荡苍茫。在这样一个广阔的空间里，诗人的心情是怎样的呢？第二句“海天愁思正茫茫”，写的就是诗人此时的愁绪，这茫茫愁思，充溢弥漫了整个天地。这两句将诗境铺展得开阔，登高望远之意也表现得生动，同时茫茫愁思浩渺无边，奠定了全诗的感情基调。那么诗人站在这高楼之上，还望见了些什么呢？又生发出了怎样的感慨呢？

只见城楼近处“惊风乱飐芙蓉水，密雨斜侵薜荔墙”，正是一番风狂雨骤的景象。狂风把出水芙蓉吹得摇摇欲坠，急雨斜着敲打着墙上的薜荔。芙蓉和薜荔何其弱小无辜？惊风密雨又何其无理无情？此情此景，怎能不让人为之揪心呢？诗人选择芙蓉与薜荔来表现风雨无情，也是因为芙蓉和薜荔在古代文学中是美好高洁的人格的象征。本是志行高洁，却平白遭此折磨，这多么像在政治洪流中坚守本心，却依然被风雨摧残的诗人自己啊！所以三、四句可以看作诗人的自比，是他对于自身命运与遭遇的慨叹。

随后，诗人由自身想到了朋友，这其实也是他登高的目的所在，所以景物描写从近景转向远景。然而，极目远眺，所见的只有“岭树重遮千里目，江流曲似九回肠”，仰视，只见山岭巨树高耸入云，遮住了自己的视线；俯视，只见江水蜿蜒曲折，挡住了远行的脚步。这两句通过对树木与江水的描写，表现了陆路难行、水路不通的现实，诗人的无限愁绪已经款款传出了。

既然登高难以望见朋友的贬谪之地，彼此之间又隔山隔水，无法相见，那么，是否可以互通书信、相互慰藉呢？第七句“共来百越文身地”，写大家都是被贬谪到了南方。古代南方少数民族有文身的习俗，“文身地”就是指代这些地区，与第一句中的“大荒”相呼应。一起被贬谪到这荒凉之地已经是让人很痛苦的事了，“犹自音书滞一乡”，连互通音信也做不到。“犹自”二字中该是蕴含了多少愤懑、沉痛啊！这两句也因此显得沉郁顿挫，情感在此时得到了极致的表达。

整首诗写景由远及近，又由近及远，既有工笔细描，又有大笔皴染，大有南荒茫茫、岁月惶惶之感。诗人的深切情感已经在那或近或远的风景中曲曲传出，抑扬顿挫中可见愁思浩荡。柳宗元的一生过得并不平顺，尤其是踏入仕途以后，接连被贬黜的现实给他带来很大的打击，所以这首登高望远、思念故人、悲叹自身的诗歌写得格外感人至深。他在《别舍弟宗一》一诗中曾写道“一身去国六千里，万死投荒十二年”，正是一样的广阔时空，一样的深挚动人。

天地浩渺，风清月明

《望洞庭》刘禹锡

湖光秋月两相和，
潭面无风镜未磨。
遥望洞庭山水翠，
白银盘里一青螺。

历史上，许多著名诗人都被人们赋予了不同的雅号，比如，李白被称为“诗仙”，杜甫被称为“诗圣”，王维被称为“诗佛”，白居易被称为“诗魔”，那么，作为一名同样才华卓著的诗人，刘禹锡的雅号是什么呢？是“诗豪”。“诗豪”之名的由来，还要归功于刘禹锡的至交——白居易。白居易与刘禹锡在年轻的时候因为志趣相投，经常作诗唱和。白居易曾经赞扬刘禹锡的诗“刘君诗在处，有神物护持”，并在《刘白唱和集解》中提出“彭城刘梦得，诗豪者也。其锋森然，少敢当者”。可见“诗豪”之名，不仅指刘禹锡的诗风豪放雄健，也代表了刘禹锡刚健不屈、奋发昂扬的精神风貌，此后，人们也都普遍接受了这一观点。今天当我们走近刘禹锡的时候，当我们细心品读他的诗歌的时候，就会发现刘禹锡的确是无愧于“诗豪”之名的。

刘禹锡不仅满腹才华，而且很有能力，很有抱负，但是在中唐那段动荡的时期，这样的卓越正直之士反而会遭到旧官僚集团的打压，所以刘禹锡的一生可以说是颠沛流离。然而，即使在这样的境遇中，他也未曾放弃自己的理想，未曾辜负国家与人民，这份坚持与宠辱不惊的气度，也成了他人生的底色，让人心生敬佩。

公元 824 年，刘禹锡奉命从夔州转任和州，就是从今天的四川奉节转官到了安徽和县。和州为上郡，地理位置和经济条件都比夔州好很多，所以这次转任，其实算得上免除降职处分的一个标志，这对于已经被贬谪弃置将近二十年的刘禹锡来说，是莫大的喜悦。所以他沿江东下，一路前行，一路咏吟，留下了许多气势雄放、描写大好河山的诗篇，这首《望洞庭》就是他在经过洞庭湖时所作。

提起洞庭湖，大家一定能想起许多著名的诗篇，比如“八月湖水平，涵虚混太清。气蒸云梦泽，波撼岳阳城”。范仲淹在《岳阳楼记》中也曾说：“予观夫巴陵胜状，在洞庭一湖。衔远山，吞长江，浩浩汤汤，横无际涯；朝晖夕阴，气象万千。此则岳阳楼之大观也。”那么在刘禹锡的笔下，洞庭湖又有着怎样的独特风光呢？

这首诗最大的特点在于想象生动丰富、化大为小、别有风味，意境宁静空灵，气势却不失宏阔磅礴。

诗歌的第一句“湖光秋月两相和”，为我们描绘了一幅宁静空灵的秋夜洞庭图：湖面无波，秋月温柔，湖水与月色相互映衬。“和”为融合、和谐之意，只用这一个字，便表现出洞庭湖的宁静悠远。随后，诗人接着写“潭面无风镜未磨”。夜间风静，湖面上没有一丝涟漪，广阔的洞庭湖，就像一面未曾磨拭的镜子。将湖面比喻成镜面，生动形象，只有这样的湖面才与天边宁静的月光相得益彰，只有这样的画面才能营造出一种天地浩渺、风清月明的境界。经过诗人的一番描写，八百里洞庭在安静月夜里的如画美景，就好像在眼前一样，真的是空灵极了。

第三、四句诗人的目光从湖面转向湖中的洞庭山，“遥望洞庭山水翠，白银盘里一青螺”，诗人运用比喻的手法，将月光照耀下的湖面比喻成白银盘，将黛色远山比喻成一枚小小的青螺，巧妙地将洞庭山水描绘成玲珑精巧的景致。银色与青色的色彩描写，更是为画面增添了许多活泼的感觉，诗人对洞庭湖的喜爱之情溢于言表。将广阔山水比作银盘青螺，也是诗人博大心胸的体现，因为胸中有天地，所以八百里洞庭不过就是盘子大小的一个景观。

诗人用极具想象力的笔触，描写眼中所见洞庭盛景，从广阔湖面到洞庭山，那缥缈温柔的月光，始终在诗中与湖水相映，使画面充满了空灵浪漫的感觉，而比喻手法的运用，更是使这画面跳脱有趣，因此写景整体上表现出既疏阔又精致的特点。我们从中也可以发现诗人对于这美丽景象的喜爱之情，感受到诗人热爱山水、热爱生活的心，更能体会到他纳山水于心间的英雄气概。所以我们说，这首小诗清丽飘逸而又气势磅礴，不愧是咏吟洞庭的名篇佳作。

风景依稀似去年

《江楼旧感》赵嘏

独上江楼思渺然，
月光如水水如天。
同来望月人何处，
风景依稀似去年。

赵嘏是中晚唐时期很有名气的一位诗人，连当朝皇帝都读他的诗歌、知道他的大名，同时赵嘏也是一位感情非常丰富的诗人。据《唐摭言》和《唐才子传》记载，早年的时候，赵嘏把家从淮安迁到了润州，就是现在的江苏镇江。他有一个小妾，特别受宠爱，因为要进京参加科举考试，他就把这个小妾留在了自己的母亲身边，伺候她。这年中元节的时候，因为到鹤林寺游赏，他的爱妾无意中被浙西节度使看上，于是就被这个浙西节度使给抢了过去。第二年春天发榜的时候，赵嘏高中，就写了一首诗寄给这个浙西节度使，诗曰："寂寞堂前日又曛，阳台去作不归云。当时闻说沙吒利，今日青娥属使君。"（《座上献元相公》）这个浙西节度使读了这首诗之后，觉得自己做得有些过分，于是就派人把这个小妾送还给当时还住在京城长安的赵嘏。当时赵嘏正要出京，途经潼关外的横水驿，看到对面来了一队人马，队伍非常壮观，于是就向对方打听是干什么的，对方回答说，是浙西节度使派人送赵嘏的娘子入京，这时，赵嘏的爱妾在队伍中认出了他，二人抱头痛哭。两天之后，他的爱妾因为悲痛过度，气绝身亡，于是，赵嘏就把她葬在了横水的北岸。赵嘏由此一直郁郁寡欢，40多岁就死在了官任上。

人有悲欢离合，月有阴晴圆缺，季节往复，流年无情，每一个瞬间都是独一无二的，因为它们从不重来。物是人非的感慨，在中国古典诗词的世界里，悠悠荡荡，偶尔留下一两声沉重的叹息，隔了千载光阴，如今读来依然是那样的打动人心。我们与诗人心意相通，古今之别便会在瞬间消弭于无形。

这首《江楼旧感》便表达了人事无常之叹与抚今思昔之情。当时诗人因为落第回到了自己的家乡，在一个月色温柔的夜里，诗人登上了江边的一座小楼，面对月色江景，他想起了去年这个时候曾经和友人一起登高望月，然而此时只有自己孤影流连。仅仅一年的时间，风景依旧，然人事已非。诗歌整体自然流畅而又意蕴深沉、缭绕有情，言语间颇具盛唐之气。

诗题中的“江楼”点明了地点是江边小楼，“旧感”二字言简意赅地表现出了全诗的感情基调。作者此时身处江楼，心里却在感念旧友，这为诗歌的展开做好了铺垫。

诗歌的第一句“独上江楼思渺然”与诗题紧密呼应，一个“独”字点明自身的孤单处境，“渺然”是悠远的样子，“思渺然”形容思绪绵延。诗篇开头便直言事件与心情，诗人独自登上江边的小楼，远望江景，不禁满心惆怅。那么，登上小楼的诗人究竟看到了怎样的景象呢？

诗歌的第二句接着写“月光如水水如天”，只见月色温柔澄净，如同江水，而江水中倒映出天空的影子，又如同天空尽在眼底。这句诗以动态的江水写静态的月光，又将远处高处的天空与近处眼底的江水融为一体，营造出一种动静相宜、浩茫和谐的氛围，为全诗笼罩上了一层浪漫悠远的色彩。

眼前明月皎洁、江水悠悠，本该令人陶醉，但诗人为何“思渺然”呢？诗歌的最后两句给出了答案——“同来望月人何处，风景依稀似去年。”原来诗人想到了一年前曾和友人相伴望月，只是如今不知友人何在。这江景月光都依稀如昨，光阴却无情更改人间事，相会之时的喜悦都成了如今的思念，又怎能不让人思之黯然呢？明代学者评论这两句诗时说，人们都说崔护的《题都城南庄》“人面不知何处去，桃花依旧笑春风”这两句写得妙，但仔细品读之下，发现没有赵嘏“同来望月人何处，风景依稀似去年”这两句写得隽永、悠远、意味。

这首小诗韵味悠远恬淡，落笔之处为我们留下了丰富的想象空间，表达的今昔之叹也是我们每一个人时时刻刻在经历的人生。刘希夷曾在《代悲白头翁》中感慨“年年岁岁花相似，岁岁年年人不同”，张若虚也曾在那首名动天下的《春江花月夜》中写道“人生代代无穷已，江月年年只相似”。暮去朝来，春秋代序，我们在时间面前既渺小也无奈，但也因此学会了珍惜，在相见之时便酣畅对谈，在分别之际便坦然接受，继续行走在各自的时空里，耐心等候下一次相遇，山高水远，缘分可期。

江南与漠北

／

唐诗中的山水、田园与边塞

重阳还来就菊花

《过故人庄》孟浩然

故人具鸡黍，邀我至田家。
绿树村边合，青山郭外斜。
开筵面场圃，把酒话桑麻。
待到重阳日，还来就菊花。

中国自古以来就是一个农业大国，因此在古代的诗词散文等作品中，关于农村、农业和农民的优秀作品有很多。早在先秦的时候，《诗经》里就有不少跟农业生产有关的诗歌，最著名的是那首《豳风·七月》，从年初的修理农具准备春耕生产，一直写到了年终的祭祀，把农民一年四季的生产活动描写得十分细致。到了东晋的时候，大诗人陶渊明因为不肯为五斗米折腰，毅然挂冠归隐田园，在他的诗歌中也有不少优秀的描写田园生活的诗歌，他是我国第一位田园诗人。

孟浩然是盛唐时期田园诗派的代表，他一辈子没有做过官，常年隐居在湖北的鹿门山。他虽然没有像陶渊明那样亲自参加农业劳动，体味农村生活的艰辛，但同当地的农民有所接触。《过故人庄》就是他应邀到一位农民朋友家做客而写下的一首名作。

这首诗最大的一个特点是淳朴，淳朴的景物、淳朴的农村生活、淳朴的感情，就像一股来自田野间淳朴的风，让人陶醉，让人向往。

诗歌的题目叫作《过故人庄》，就是拜访老朋友的田庄。是什么原因促成了这次的田庄之行呢？“故人具鸡黍，邀我至田家。”原因很简单，就是老朋友准备好了饭菜，邀请自己来做客。这里的黍就是黄米饭，鸡和黄米饭是农村特有的饭菜，但这里不一定是实指，而是农家饭菜的一种代指。《论语》当中记载了这样一个故事，孔子的学生子路有一次跟随孔子出行，落后了，遇到了一位老人，老人留子路在他家过夜，并且“杀鸡为黍而食之”。这里，老人家招待子路的饭菜就是鸡和黍。孟浩然这里所说的“故人具鸡黍”，应该就是从《论语》当中化用来的，不是实指，而是表示用农村特有的饭菜来招待好朋友，言下之意，孟浩然的这位农村朋友非常的热情，准备好了酒菜，邀请他前来做客，所以孟浩然欣然前往。

“绿树村边合，青山郭外斜”，写作者到田庄所看到的景色，绿树合抱着村庄，城郭外横卧着青青的山峦。郭是外城，就是在城门外加筑的一道城墙。《孟子》中说“三里之城，七里之郭”，《木兰辞》里有“爷娘闻女来，出郭相扶将”，都是指的外城。这里指的是城镇，是和村落相对而言的，杜牧有句诗是“水村山郭酒旗风”，也是这个意思。这里是作者对远近风景的描写，向近处看，山村被绿树所环抱，向远处看，城镇依山而建。李白《送友人》里有“青山横北郭，白水绕东城”，景物也大略相同，都是非常的淳朴、自然。

诗歌的第五、六句“开筵面场圃，把酒话桑麻”，是写具体的在农家做客的情形。酒席上诗人面对的就是农家的打谷场和菜园子，这也都是地地道道的农村景象，房屋周围就是宽大的场院和整齐的菜地。酒席间所谈论的话题，也无非庄稼长得怎么样、今年的收成会怎么样这一类的话题。桑麻，指的是桑树和麻，桑叶可以养蚕取茧，麻也可以抽丝，二者都可以织布，解决穿衣的问题，这里是用桑麻来代指农业生产问题。陶渊明《归园田居》里有“相见无杂言，但道桑麻长”，孟浩然“把酒话桑麻”这句应当与陶渊明的《归园田居》这两句有一定的联系。

宾主推杯换盏，闲话着农村的那些人和事，彼此相谈甚欢，于是又有了一个约定：“待到重阳日，还来就菊花。”重阳日就是九月九日，是古代一个重要的节日，古人在这一天有登高、饮菊花酒的习俗。菊花傲霜凌寒，向来被看作高洁品格的象征，东晋的陶渊明独独喜爱菊花，写有“采菊东篱下，悠然见南山”，从那之后，菊花就被看作隐士的象征，被称为“花之隐者”。孟浩然这句诗也有这一层意思。这句诗中“就”字用得好，“就”是接近、靠近的意思。这个“就”字，以前有个刻本脱漏了，有人打算补上一个字，有的说补个“赏”字，有的说补个“醉”字，还有的说补个“对”字，但都不如这个“就”字用得妙，“就”就是接近它、靠近它，可以赏菊，可以采菊，也可以对菊饮酒，总之，可以做和菊花有关的许多事情，所以“就”字用得最贴切、最自然。言语之中，还有一层喜爱的情感隐含在里面。

整首诗记述了孟浩然到一个农庄做客的过程，它像一幅淳美的农村风光图，自然、宁静、质朴、清新，信口说来，没有一丝刻画的痕迹。有人说它有陶渊明诗歌的特点，的确如此。在这淳朴的风光背后，是作者对田园生活的无比喜爱。

山水有禅音

《鹿柴》王维

空山不见人，
但闻人语响。
返景入深林，
复照青苔上。

鹿柴是王维的别墅——辋川别业的一个景点，地点在终南山。辋川风景秀丽，自古以来就有"终南之秀钟蓝田，茁其英者为辋川"这样一个说法，意思是终南山最美的风景在蓝田，而辋川又是蓝田最美的地方。王维考中进士以后，开始出来做官，但是，在唐玄宗后期，李林甫专权，政治比较黑暗，所以王维很矛盾，于是四十岁左右的时候，王维就在终南山的辋川山谷买下了一处山庄。这个山庄原来是初唐时候的著名诗人宋之问所有，王维买下之后，重新进行了修缮、布置，营建成了新的园林别墅，这就是著名的辋川别业。他从此过上了一种半官半隐的生活。在这里，王维经常和自己的好朋友孟浩然、裴迪等人一起游览辋川的风景，彼此唱和，陶醉于山水之间。这个别业总共包括 20 处景点，鹿柴是其中的一个景点。这 20 处风景，王维非常喜欢，对于每一处风景，他都写了一首绝句，后来编成了一本诗集，名字就叫作《辋川集》，《鹿柴》是其中的第五首。

王维的这首《鹿柴》跟他的那首《鸟鸣涧》一样，也是写山林生活的幽静，只是用笔的重点有了不同。《鸟鸣涧》主要是以动托静、以动衬静，重点在于声音，《鹿柴》则是在声音之外，又加入了光影，通过光影的变化来表现山林的幽静。

诗歌的第一句“空山不见人”，重点在一个“空”字，跟《鸟鸣涧》里那句“夜静春山空”的“空”是一个意思，指空旷、空阔，好像根本看不到一个人影。是真的空得连一个人都没有吗？并非如此，看不见人的踪影，只可以听到人说话的动静，这样写是为了说明，山林非常的茂密，非常的幽静。有人把这两句同陶渊明的“结庐在人境，而无车马喧”相比，说王维很得陶渊明诗歌的精髓，其中辋川组诗最为接近，不同之处是，陶渊明《饮酒》诗中的两句是闹中取静，王维这两句是静中见动。不管怎样，都是通过动和静的对比，来写人内心的宁静，景物描写是为表现人的思想服务的。

如果说诗歌的前两句是从大的方面写鹿柴的风景，那么诗歌后两句就像拍电影一样，用了个特写。“返景入深林，复照青苔上”，把镜头聚焦在太阳快要落山时那束残阳，“返景”的“景”读作“影”，返影，就是太阳快要落山时透过云彩发射的光芒，这束阳光通过密密匝匝的树林，直射下来，又照在了青苔上。如果说前两句“空山不见人，但闻人语响”主要是通过空旷来写山林的幽静，这两句则是通过山林的幽深来写幽静。古木参天，遮天蔽日，透过树林间的缝隙，一束阳光直射地面，照亮了地面上的青苔。这里用的是明暗的对比，通过光影的变化，来写山林的幽深寂静。当然了，写山林的幽静，还是在写人的幽静，写景也是在写人。

王维是一位多才多艺的文人，诗歌、绘画、音乐样样精通，在诗歌的写作当中，时常也会引入绘画和音乐的技巧。这首五言绝句，虽然只有20个字，但是对声音的运用、对光影的布局，都非常用心。诗歌重点表现空山的幽静、幽深，但是偏偏从有声、有色的方面开始写，这就更加衬托出山林的空寂了。

另外，王维是一位对佛禅思想濡染很深的文人。王维写幽静、幽深的山林，实际上是为了表现自己的禅悟、禅思，因此，诗歌当中的一些形象和景物的描写是有很深的禅理、禅味的。人生如草芥，也像莓苔一样渺小，那透过深林射下的一缕阳光，未尝不像"醍醐"般让人彻悟，这或许也是王维对于禅的理解。

闲人有闲趣

《鸟鸣涧》王维

人闲桂花落，
夜静春山空。
月出惊山鸟，
时鸣春涧中。

王维写过《皇甫岳云溪杂题五首》，就是在皇甫岳隐居的地方——云溪别墅写了五首诗，鸟鸣涧是皇甫岳云溪别墅的一个景点，这首诗是五首诗当中的第一首。王维在唐玄宗开元年间曾经游历江南，在他的好朋友皇甫岳的云溪别墅小住了几日。云溪别墅坐落在五云溪，所以叫云溪别墅。五云溪就是古代的若耶溪，现在名叫平水江，是绍兴市境内一条著名的溪流。皇甫岳也是一个隐士型的文人，王维曾经给皇甫岳作过写真赞，赞文这样说："有道者古，其神则清。双眸朗畅，四气和平。长江月影，太华松声。"大意是皇甫岳有一股清气，他的眼睛清朗明畅，内心非常的平和，他的意态就像长江水映出的清清的月影，也像华山之上风吹过松树响起的松涛之声。

这首诗最突出的一个特点是闲静。不管是写人，还是写景，都把闲静写足了。

诗歌的一开始就直接说人的安闲宁静："人闲桂花落。"人闲静到了什么程度？到了可以觉察到桂花的飘落，这是何其闲静啊！桂花之小巧，尽人皆知，而桂花的飘落更可以说是悄无声息，但是偏偏被诗人给注意到了、感知到了，这正是诗人内心宁静的一种体现。试想，如果一个人心烦意乱，他会不会觉察到如此细微的事物的变化呢？当然不会。所以，这里作者说“人闲桂花落”，人闲静得甚至可以感知到桂花的飘落。

诗歌的第二句也是写静，“夜静春山空”，写山的静。山静到了什么程度？夜晚山中静得出奇，好像空无一物。山中悄无声息，好像一切都静止不动了似的，因此在作者看来，这好像是一座空山，什么都没有，因为什么都没有，所以才会如此的沉静。由此也引起了诗歌的下面两句——“月出惊山鸟，时鸣春涧中”。山中是如此的寂静，以至于月亮升起来的时候，好像使得栖息的山鸟受到了惊吓，它不时地在春天的山涧中鸣叫着。这里面“惊”字用得很妙，月亮升起来，本来没有任何声息，没有一点点动静，作者偏偏用了一个“惊”字，好像是月亮的升起，惊动了山林中的鸟儿。这个表达新鲜、新奇，由此让我们想到，这个山林真的是太幽静了，连月亮升起来都能把鸟儿惊醒，惹得鸟儿不时地啼叫。所以这两句和上一句是密切关联的，依然是在表现山的幽静、空寂，不过是用动的表象来写静的本质。由此看来，这后两句表面上是写山鸟的情形，实际上仍然是在写山林的幽静，只是，它用了一种衬托的手法，化动为静、以动衬静，山鸟的惊醒和不时的鸣叫是为了衬托山林的幽静。这也会让我们想起南朝诗人王籍的一首诗，诗的名字叫作《入若耶溪》，其中有两句特别有名，即“蝉噪林逾静，鸟鸣山更幽”。蝉和鸟的鸣叫更能够衬托出山林的幽静，这和王维的那两句有相通之处。或许王维在云溪别墅小住的时候，也想起了王籍的这首《入若耶溪》，受到了他的启发，于是写下了这样一首诗。

一首小诗有静有动，人、夜、山都是静的，花落、月出、鸟鸣是动，动是为了托静；有景有人，景是山林之景，人是幽居之人，写景是为了写人，写山林的幽静实质上是写人内心的寂然无声、了无挂碍。前人解读这首诗说：“闲事闲情，妙以闲人领此闲趣。”一连用了四个“闲”字，以“闲”为中心来理解这首诗，可以说是领略到了这首诗的妙境。

如此看来，王维所描绘的《鸟鸣涧》与其说呈现了一幅宁静的春山夜图，不如说给现代人提供了一种应该追寻的心理状态。如何在物质生活极大丰富、生活节奏越来越快的现代社会，在喧嚣烦扰的城市生活中，为自己的心灵寻找到一块可以诗意地栖居的闲静之地？这首小诗应该会给我们带来一些有益的启示。

空山清泉可久留

《山居秋暝》王维

空山新雨后，天气晚来秋。
明月松间照，清泉石上流。
竹喧归浣女，莲动下渔舟。
随意春芳歇，王孙自可留。

我们经常说，景物的美与不美，与人的心境有很大的关系。同样是秋天，在不同人的眼里可以呈现出不同的风貌，有的人会想到春华秋实、果实累累，有的人会想到萧瑟、衰败和凄凉，有的人则会想到天高云淡、秋高气爽。战国时期的楚国文人宋玉说："悲哉，秋之为气也，萧瑟兮草木摇落而变衰。"也是从那个时候开始，中国古代的文人就开启了悲秋模式，所以唐代诗人刘禹锡《秋词》的第一句说："自古逢秋悲寂寥。"言下之意，自古以来，人们面对秋天的到来，多会产生悲秋的情绪。但是刘禹锡又说："我言秋日胜春朝。"在他的眼里，秋天比姹紫嫣红的春天要强很多。那么，王维这首《山居秋暝》中的秋天是什么样子的呢？既不是萧瑟，也不是寥廓，而是清新。《山居秋暝》就像一幅清新的山水画。这首诗的关键字也是一个"清"字。

诗歌的第一句"空山新雨后"，起笔就对清新的环境作了典型的交代。“空山”已经让我们联想到了苍翠欲滴的浓密山林，更何况在一场秋雨过后，那山林的清新程度更甚了。王维擅长写空山，如他的《鹿柴》里有“空山不见人”，他的《鸟鸣涧》里有“夜静春山空”，这里又说“空山新雨后”。空山之“空”不是光秃秃的、一无所有，而是因为人迹罕至，俨然成了一个与世隔绝的世外桃源。这里面说空山，不仅是说山的空静，更深一层是说人，说人的内心空静，说人的内心极为清净，没有任何的挂碍。我们曾说过，王维于佛禅濡染很深，这里面其实也有佛禅的意味。

诗歌的第二句是“天气晚来秋”。如果说诗歌的第一句是从地点上跟题目联系起来，写山的清新，那么第二句则是从时令、天气上着眼，秋天的景色多种多样，这里让我们想到的是明净爽朗，雨后的山林清新而澄澈，充满了秋的气息。那么到底有哪些美景呢？诗歌的中间两联作了具体的刻画。

第三、四句是：“明月松间照，清泉石上流。”这多么的清新，月是明月，泉是清泉，一在天上，一在地上，画面感特别的强烈，分明让我们感受到整个山林到处是清新的景物。皓月当空，如水的月光从松树间轻轻地洒落下来；山石之上，有流水淙淙铮铮，像玉石声般清脆悦耳，引人入胜。月光和流水，一静一动，简直把山林的美写神了。

如果诗歌写到这里就止住了，我们对秋天雨后山林的景象也已经能够有一个比较全面的认识了，但是总感到还缺了点什么。那是什么呢？是人！古人画山水画，如果仅仅模山范水，总有些不足，如果添上一两座茅堂草舍，或是二三个人影婆娑，那画就会灵动许多，因为画中有人。

王维是一个艺术造诣极深的诗人、画家，当然也注意到了这一点，所以诗歌的第三联写道：“竹喧归浣女，莲动下渔舟。”

就是写人，写在山里居住的人们。在景物和人的选择上，王维也别具匠心，都是那样的清新可喜。竹子和莲花，在中国古代诗歌中都是很独特的意象，杜甫有“绿竹半含箨，新梢才出墙。雨洗娟娟净，风吹细细香”，这是一首写竹子的名诗，从中可以看到竹子的清新；莲花，“出淤泥而不染，濯清涟而不妖”，那清新的形象更是千百年来为读者所称道。王维选择这样两种独特的植物，一方面是看到了它们形象的清新；另一方面，还有比兴象征的意蕴在里面，竹子是岁寒三友之一，莲花也是花中君子，两者都是高洁品格的象征，在古诗中很常用。选择这样两种植物，王维肯定是有深刻寓意的，是用这两种植物来比人。不仅如此，在人物方面，这首诗也选择了两个比较独特的形象，一是洗衣服的姑娘，一是打鱼的渔夫。两种形象在古诗中也都很独特，也是同样的清新可人。听，竹林一阵喧闹，那是洗衣归来的年轻姑娘们边说边笑；看，那莲池里荷叶轻轻地摆动，那是打鱼的渔夫在划动他们的小渔船。两句诗，一个写听觉，一个写视觉，给人足够的想象空间，让人回味无穷，诚可谓妙哉！没有世俗的喧嚣，有的只是大自然的宁静与和谐，这情景真的是美极了。于是，诗人很自然地产生了这样一个想法：“随意春芳歇，王孙自可留。”春天的花很容易凋谢，那就让它凋谢了吧，不值得嗟叹；这山林的秋天简直太美了，“我”大可以长久地居住下来，言下之意，就是要做一个隐居山林的隐士。诗人在最后一句反用了淮南小山《招隐士》“王孙兮归来，山中兮不可久留”的意思，表明自己对秋日山林景色的留恋。

虽然也是写秋天的诗，但是王维眼中的秋天没有衰败，没有萧条，没有感伤，有的是清新的景物、可爱的人物、绝美的生活，那情景，让人神驰，让人向往。透过这首小诗，我们也看到了王维恬淡、自然和高洁的心性。

日夕牛羊归

《渭川田家》王维

斜阳照墟落，穷巷牛羊归。
野老念牧童，倚杖候荆扉。
雉雊麦苗秀，蚕眠桑叶稀。
田夫荷锄至，相见语依依。
即此羡闲逸，怅然吟式微。

田园诗在中国古代诗歌的天地里以其朴质清新的风貌为我们所熟知、喜爱，在一定程度上可以说，它是对农家生活的一种审美的感受与描写。诗人以一颗诗心去体会田园景致与农家风俗，为我们留下了无数动人的吟唱。当自然田园遇见西下夕阳，其中的情意与况味便分外悠长深沉。这可能与华夏先民“日出而作，日落而息”的生活轨迹有关，因为夕阳西下，便意味着劳作结束把家还，炊烟升起的方向，便代表着自己的归途。这样的思想在《诗经》中就有直观的表现，《诗经·王风·君子于役》一篇中写道：“鸡栖于埘，日之夕矣，羊牛下来。君子于役，如之何勿思？”夕阳西下时分，群鸡回窝，牛羊归家，诗中的这位妇女想到了自己那还在服兵役的丈夫。“如之何勿思”一句，表达了主人公深切的思念，也体现了夕阳西下本来应该是归来之时，所以才会在这样的时刻格外牵挂远行人。

在陶渊明的诗中，劳作结束后的归家途中则充满了诗情画意。他的《归田园居》中用“山气日夕佳，飞鸟相与还”一句，生动地展现了自己轻松愉悦的心情，一个“还”字，说明自己身有所归、心有所依，如此才是真闲适。与之形成对比的，比如王绩的那首《野望》，其中也写到了相似的情景：“牧人驱犊返，猎马带禽归。”只是面对这样的景象，诗人四顾无知音，所以也只能生发出“相顾无相识，长歌怀采薇”的叹惋。我们说，心若没有安定之所，眼前就算有再美好的景物，自己也只能是个无处可依的旁观者。这种心情在这首《渭川田家》中也有很明显的体现，这首诗同样描绘了一幅美好宁静的田园画卷，诗人也同样怀着一颗徘徊不定的心。

写下这首诗的时候，正是王维进退两难之际。开元二十四年（公元 736 年），宰相张九龄被李林甫排挤出朝廷。王维此前一直与张九龄交好，在官场也得到过张九龄的提携，可以说是张九龄政治集团中的一员。所以这件事对王维造成了很大的影响，他深感在政治上失去了依傍，不知道接下来的路该怎样走。

诗题中的“渭川”即渭水，是黄河的一条支流，诗人这首诗描写的就是渭水两岸田家的生活图景。

诗歌的第一句“斜阳照墟落”点明了时间是在夕阳西下之时，所以村庄都笼罩在斜阳中。“穷巷牛羊归”则是黄昏时分村庄的典型景象，一个“归”字点明了全诗的主题。接下来的六句都是在写不同的“归”，内容丰富、层次分明。

三、四句“野老念牧童，倚杖候荆扉”的意思是，一位老人正惦念着自己那外出放牧的小孙子，所以拄着拐杖倚靠在门口等候。这是写家中之人的等待，画面充满了温情。

五、六句则宕开一笔，写自然界的小生灵。“雉雊麦苗秀，蚕眠桑叶稀”，意思是，茂盛的麦田里，野鸡正在呼唤自己的伴侣；稀疏的桑叶底下，蚕也开始准备吐丝做茧。野鸡有伴，蚕也有窝，它们都有自己的归依。田家风景无尽，诗人却只选择了这两种小动物入诗，主要是为了以此体现“归”的主旨。

七、八句写劳作归来的农夫，只见他们荷锄而至，互相问好聊天，说着劳作的事情，轻松又闲适。这两句以外出劳作之人为描写对象，与前面所写的“野老”形成呼应，虽然没有写家中妻儿的等候，但读者能够想象出那样的画面。

所以目睹了这一切的诗人不禁心生羡慕之情，“即此羡闲逸，怅然吟式微”，万物众人都有所归依，只有自己彷徨无措，不如就此归隐去吧！“式微”二字出自《诗经 · 邶风 · 式微》中的“式微，式微，胡不归?”诗人借此表达自己的归隐之意，同时呼应诗歌开头的“归”字，使诗歌具有玲珑圆满之意味。

黄昏时候的一点落日余晖，静悄悄地笼罩大地，归巢的飞鸟不慌不忙地在空中留下稀疏的剪影，生活在大地上的人们若有归途，则心思安定，笑语依依，若不见归处，便如枯藤瘦马、断肠人在天涯。

玉山曾醉凉州梦

《凉州词二首》（其一）王翰

葡萄美酒夜光杯，
欲饮琵琶马上催。
醉卧沙场君莫笑，
古来征战几人回？

唐代的诗人里面，王翰的名气也是非常之大。尽管现在看到的《全唐诗》里面，只收录了他的 14 首诗歌，但是这一首《凉州词》，就足以奠定他在唐诗史上的地位。

王翰是并州人，也就是今天的太原人。据《唐才子传》记载，王翰年轻的时候豪放不羁，生活非常的奢侈，喜欢狂饮，家里面养了很多的名马，同时蓄养了很多的歌伎。王翰平日里出言不俗，常常自比王侯。张嘉贞任并州刺史的时候，对他很好；张说任宰相的时候，也很欣赏他，特地把他从并州召到了朝中做官，后来张说不做宰相了，王翰也被贬为仙州别驾。仙州在今天的河南叶县，仙州别驾也就是仙州刺史的佐官。后来因为在仙州同朋友一起饮酒取乐无度，被别人告发，又被贬为道州别驾。道州在今天的湖南永州境内，这个地方在古代非常偏远，大家都比较熟悉的柳宗元也曾经被贬谪到永州，他所说的那句“永州之野产异蛇”中就是这个永州。然而，王翰还没有到道州就死在了途中。

王翰豪荡的性格和行为也对他的诗歌创作产生了很大的影响，他所创作的诗歌多是豪放壮丽之语，当时的很多诗人像祖咏、杜华都很崇拜他，跟他一起游处。杜华的母亲更是对杜华说：“我曾经听说过孟母三迁的故事，现在我要是重新选房子，就让你和王翰做邻居，那就够了。”杜甫也有一首诗说：“李邕求识面，王翰愿卜邻。”王翰的名气之大，可见一斑。

王翰的这首《凉州词》正如同他的性格，可用一个词来形容：豪放！

“葡萄美酒夜光杯，欲饮琵琶马上催。”既然是一首边塞诗歌，把与中原不同的边塞风物写到诗歌当中，是合情合理的事情。但是选择什么样的边塞风物入诗，因为每个人的性格或者喜好不同，就会产生很大的差异。比如岑参，也是一位著名的边塞诗人，他最喜欢的是在边塞诗歌当中展现西域雄奇壮丽的风光，如“北风卷地白草折，胡天八月即飞雪”“轮台九月风夜吼，一川碎石大如斗，随风满地石乱走”，这些都与中原有很大的不同。

王翰的兴趣点在哪儿呢？是边塞将士的生活，这与他的豪侠生活有着很大的关系。诗歌的开头两句就给我们展现了一幅与中原完全不同的风物，一是葡萄酒，二是夜光杯，三是琵琶，这些都不是中原的物产，而是全都来自西域，这些物品新鲜而奇特。更重要的是，这几种物品的排列体现了王翰的一腔豪气。王翰抓住了将士出征前的那个瞬间，本来，即将到来的战争肯定会让临行前的战士们心情特别的紧张，但是作者写到了葡萄美酒，写到了夜光杯，写到了琵琶，本意是要听着琵琶，来一番豪饮。试想一下，那是何其豪放啊！但是，壮行的酒宴还没有开始，马上的军乐就奏响了，这是在催促战士们尽快出征。

此次出征，结果会怎样？这是谁也无法猜到的，那么就索性醉上一回吧："醉卧沙场君莫笑，古来征战几人回？"千万不要笑话那些醉卧沙场的战士们，自古以来，战争无数，有多少战士浴血边疆、长眠沙场？这两句，延续了诗歌头两句纵情豪饮的豪放，但是情感无疑变得慷慨起来、悲壮起来。

的确，自古以来，战争无数，但是仔细想一想，又有多少能够称得上正义的战争呢？很多封建统治者打着开疆拓土的旗号，实际上是为了满足一己私欲，这包括历史上号称最为强盛的汉朝和唐朝。在数不尽的战争中，最让人伤怀的是那些普普通通的战士，他们常年驻守边疆、行军打仗，很多人最终战死疆场。杜甫说："边庭流血成海水，武皇开边意未已。"（《兵车行》）这是对那些穷兵黩武的统治者最直接的控诉。无疑，这首《凉州词》中也有这样的讽谏意味，只是更加的含蓄。

春风不度玉门关

《凉州词二首》（其一）王之涣

黄河远上白云间，
一片孤城万仞山。
羌笛何须怨杨柳，
春风不度玉门关。

《凉州词》是唐朝时候流行的一种曲调，类似于现在的流行歌曲，这种曲调来源于西域，就是今天的新疆一带。根据一些资料记载，唐玄宗开元年间，陇右节度使郭知运搜集了一批西域的曲谱，进献给唐玄宗。唐玄宗熟悉音乐，也非常喜欢音乐，就让管理音乐的官署——教坊把它们翻唱成中原的曲谱，而且给它们配上新词，重新加以演绎，于是就成了别具风情的一种新曲子。在给这些新曲子命名时，就以这些曲子原来所在地的名字为曲调名。当时的文人都很喜欢这些曲子，纷纷为这些曲子配词，于是产生了很多同名的歌词，就是我们今天所看到的唐代的诗歌。比如，《凉州词》就是产生于凉州的一种曲子，王之涣、王翰，还有孟浩然都用这支曲子来填写歌词。由此看来，《凉州词》是当时的歌曲名，不是诗歌的题目，今天我们大多都把它当作诗的题目了。

凉州是唐代的西北重镇，驻地在今天的甘肃省武威市凉州区。自古以来，凉州号称进入河西走廊和新疆的东大门。在古代的军事地理中，凉州的位置也非常重要，怎么个重要法呢？它承担着隔断青藏高原和蒙古高原游牧民族联系的任务，中央政府只要占据凉州这个地方，就能在向西的战略上取得优势地位，掌握主动性。这首题目中包含凉州地名的诗歌，当然也是以边塞为表现对象，写的是那些在边疆戍守的将士们的所思所想，传达的是作者对于边疆将士的同情。不过由于产生于唐朝盛世，这首诗很明显地带有盛唐人特有的悲壮、慷慨、大气磅礴。

诗歌一入题，就展现了一幅苍茫壮阔的雄伟景象，“黄河远上白云间”，目光顺着黄河向上游望去，那黄河一直通向远方，一直通向遥远的看不到头的天地相接之处。如此看来，就像黄河是从天边飘来的一样，这让我们想起了李白一首诗中的两句，也是写黄河的，有异曲同工之妙，那就是：“西岳峥嵘何壮哉，黄河如丝天际来。”在李白的这两句诗里，虽然用了一个很巧的比喻，把黄河比作从天边飘来的丝带，但是相通之处是，都是从天际奔流而来，气势都是相当的壮观。

“一片孤城万仞山”是写山、写城，镜头逐渐拉近了。如果说诗歌的第一句写从天边奔流而来的黄河是远镜头，这一句就是中景，在崇山峻岭之中，一座城池孤零零地矗立着。“万仞山”，极言山势之高，用的是夸张的手法，同时用了对比的手法，把万仞山和一片孤城作对比，高高的山峰更加映衬出这个边关重镇的孤单，由此也引出了在这里守关的将士们。他们是怎么样的呢？因为常年在外戍守边疆，有家难回，所以只能借助当地的乐器来纾解一下想家的痛苦。“羌笛何须怨杨柳”，“羌笛”是产自羌地的笛子。羌，是中国古代西部的少数民族，主要分布在今天的甘肃、青海、四川一带。这种产自西北少数民族的乐器声音比较哀怨，孟浩然就说："异方之乐令人悲，羌笛胡笳不用吹。"（《凉州词》）李益的一首边塞诗也说："不知何处吹芦管，一夜征人尽望乡。"杨柳，就是"折杨柳"曲，古代北朝的乐府，因为"柳"和"留"同音相谐，所以古人常常有折柳送别的习俗，于是产生了《折杨柳》这样的曲子。"羌笛何须怨杨柳"这句话的意思是：羌笛啊，你不要再吹那让人伤心幽怨的《折杨柳》曲子了。这是为什么呢？"春风不度玉门关"，因为玉门关太过遥远，春风是吹不到这里的。这句话实际上是双关语，表面的意思是边关比较寒冷，春天来得比较晚，因此杨柳绿得也很迟，这和上一句中的杨柳有所呼应。另外一层更深的意思是什么呢？那就是，由于边关路途遥远，皇帝的恩宠永远也不会覆盖到这里来。因为，"春风"这个词，在古代的时候也经常被比作恩泽。宋代的欧阳修有过这样两句诗："春风疑不到天涯，二月山城未见花"，这里的"春风"也有这样两重意思。

作为一首边塞诗，王之涣这首《凉州词》的动人之处在哪里呢？一是独特的边疆风景，一是感人的思乡之情。从边塞荒凉悲壮的景物，写到了那些常年戍守边疆的将士，他们独守孤城，那种悲凉，那种苍凉，想来让人落泪。在阔大的景物背后，隐藏着诗人对于守边将士的无限同情，因此也打动了千年以来读者的心。

可能由于这首诗太有名气、传播太广，围绕这首诗也产生了一些趣闻逸事，比如王之涣、王昌龄等人旗亭赛诗的故事，把《凉州词》由诗改为词的故事，等等。未必实有其事，但也反映了《凉州词》在唐代和后世影响都非常大。

谁将旗鼓取龙城

《出塞二首》（其一）王昌龄

秦时明月汉时关，
万里长征人未还。
但使龙城飞将在，
不教胡马度阴山。

盛唐诗坛，群星璀璨，佳作如林。一流的大诗人有李白、杜甫、王维、孟浩然、高适、岑参等，每个人都各有特色。其中，王昌龄是一位和李白、杜甫等人齐名的大诗人。王昌龄与李白、孟浩然、高适、王维等人都有很深的交往，比如李白和王昌龄互有诗歌往来，最为大家熟悉的是李白写给王昌龄的那首《闻王昌龄左迁龙标遥有此寄》，其中的名句是："我寄愁心与明月，随风直到夜郎西。"可见两人友谊比较深厚。诗人之间的往来唱和留下了一段段文坛佳话，也成就了王昌龄在唐代诗坛的美名。他被称为"七绝圣手"，就是说他的七言绝句是写得最好的。他的这一首《出塞》更是被称为唐代七言绝句的压卷之作，也就是最好的一首。更有后代学者把这首诗推为唐代绝句中的第一名，评价不可以说不高。但也有学者不以为然，认为这一首诗比不上王翰的《凉州词》（葡萄美酒夜光杯），也比不上王之涣的《凉州词》

（黄河远上白云间）。这几首诗到底谁高谁低，一千多年来一直争论不休。

在古代，与边疆少数民族政权之间的关系问题始终是困扰着中原汉族政权的一个大问题，在先秦时期，《诗经》中就有不少反映边疆问题的诗歌。唐朝虽然号称中国历史上非常强盛的一个王朝，但是边疆问题依然存在，为了维护王朝的稳定，唐王朝在边疆驻扎了很多的军队。另外，唐代的读书人靠参加科举考试进入仕途的路子比较窄，所以不少读书人希望到边疆从军，建立战功，从而迅速得到升迁。初唐时候的杨炯就说“宁为百夫长，胜作一书生”（《从军行》），这是初唐和盛唐时期很多读书人共同的心声。

王昌龄早年家境贫寒，生活非常困顿，为了改变命运，他漫游西北，奔赴边塞，曾经到过玉门关一带，希望在边疆建立自己的功业。《出塞二首》，就是在西北边塞写下的，这是其中的第一首。诗歌的题目叫作《出塞》，就是到塞外去，这个题目是汉代乐府的一个旧题目。王昌龄就是借用这个旧题目来写新诗。

盛唐时期的许多边塞诗有一个共同的特点，即壮阔雄浑，王昌龄的这首《出塞》也不例外。但是，这首诗的一个不同之处在于，它不但写了壮阔雄浑的景物，而且把壮阔的景物、悠远的历史和深沉的感慨融合到了一起。

“秦时明月汉时关”，诗歌的第一句就把我们带进了悠远的历史时空，展现了一幅苍茫的边关景象。一轮明月高挂天空，照耀着遥远的边关，自秦汉以来，好像一直都是这样。这句话用的是互文的修辞手法。什么叫互文呢？就是两句话看上去像说两件事，实际上是互相呼应、互相补充，说的是一件事。像这句“秦时明月汉时关”，意思是明月还是秦汉时的明月，边关还是秦汉时的边关，你不能理解为秦朝时的明月，汉朝时的边关。

就像我们读《木兰辞》，其中有两句是“将军百战死，壮士十年归”，你不能理解为：经过上百场战斗，将军都战死沙场了，在十年之后，只剩下壮士们回来了。

紧接着一句“万里长征人未还”，从写景转到叙事、转到写人，在万里之外，守卫边疆的将士们还不能回还。这一句和上一句连在一起说就是，千百年边关战事不断，有多少人长久地戍守边疆，无法回家和亲人们团聚。这里既有对国家命运的关心，也有对驻守在边关的将士的同情，感情比较复杂。为什么会造成这样的局面呢？王昌龄作了这样的思考：“但使龙城飞将在，不教胡马度阴山。”这里有一个名词需要先解释一下，那就是“龙城”这个地名，关于这个地名有两种说法，一种说法是汉代大将军卫青跟匈奴作战，“奇袭龙城”中的龙城，地点不确定；另一个说法是卢龙城，地点在今天河北境内的喜峰口一带，是汉代的时候右北平郡的驻地，汉代的飞将军李广曾经在这里练过兵。因此，对于这两句就有两种解释，一种是说如果有卫青、李广这样的名将在，那么北方的少数民族就不会度过阴山，侵犯中原。阴山，在今天的内蒙古中部和河北北部，是中国北方的天然屏障。另一种解释是，如果有飞将军李广在，那么就不能让敌人度过阴山。这两句是王昌龄的所思所想。边关战事连绵不断，李唐王朝虽然屡战屡胜，但是也给人民带来了沉重的负担，许多战士为了戍守边关，有家难回。因此，他多么希望有一位能征善战的英雄能够一战定乾坤，彻底解决边疆问题。这两句诗铿锵有力，振聋发聩，洋溢着诗人豪迈而深沉的情感，同时也带有作者对朝廷的不满。正是当朝统治者所用非人、边关将帅无能，才造成了今天这样的局面。这也是王昌龄的感慨所在。

大漠孤烟，长河落日

《使至塞上》王维

单车欲问边，属国过居延。
征蓬出汉塞，归雁入胡天。
大漠孤烟直，长河落日圆。
萧关逢候吏，都护在燕然。

中国古代的读书人在成年之后，大多数会选择入仕这条路，盛唐时期的诗人更是这样，包括醉心于佛教、喜爱隐居生活的王维。王维在唐玄宗开元年间（有说开元九年，即公元 721 年，也有说是开元十九年，即公元 731 年）考中进士之后，开始了他的仕途之路。当然，和大多数诗人一样，王维的仕宦之路也不是一帆风顺的。为了能够在仕途上有所作为，王维向当时的宰相张九龄献诗，为张九龄所赏识，被授予了右拾遗这样一个官职。拾遗是个谏官，谏官是个什么样的官呢？是负责对君主的过失直言规劝并使其改正的官职，虽然官小但是权力不小，王维还比较满意。但在开元二十五年（公元 737 年），张九龄被贬为荆州长史，这样一来王维的仕途之路必然也会受到一些影响。与此同时，在大唐帝国，一场突发的战争正在进行着，河西节度副使崔希逸战胜吐蕃，于是唐玄宗命王维以监察御史的身份奉使凉州，到前线慰问这一年三月战胜吐蕃的将士们，察访军情，并任河西节度使判官。表面上看，这只是一次出塞，其实是王维被支出中央，被排挤出朝廷。在去的路上，王维走到萧关的时候，看到眼前景色，情思涌动，为我们留下了这首千古名篇《使至塞上》。

“单车欲问边，属国过居延”，语言接近口语，意思是轻车前往边塞去慰问边关将士，千里迢迢，路过了居延。居延在今甘肃张掖县西北。在这里要注意一下“单车”这个词，诗人本是出塞慰问边关将士，而且将士们又是刚刚打了胜仗，诗人却是单车前往边塞，随从少，规格不高，暗示了此次出塞是诗人被排挤出朝廷。

接下来是：“征蓬出汉塞，归雁入胡天。”表面来看是写景，而且写的是西北边塞地区特有的景象。飞蓬飘出汉塞，大雁翱翔云天，实际上是以蓬草和孤雁自比，王维是说自己就像这蓬草和大雁一样，无依无靠，这就写出了他内心的孤独和抑郁。这两句和诗歌第一句中的“单车”相互呼应，由此能够看出诗人被排挤的苦闷与孤独。

“大漠孤烟直，长河落日圆”，历来被认为是千古名句。在浩瀚的沙漠中一缕孤烟直冲云天，在无尽头的黄河上落日浑圆。这两句将塞外风光的那种奇特与壮美描绘了出来。苏轼曾经说过，王维“诗中有画”，确实是这样，读到这句就好像有一幅荒漠的图景展现在我们面前。在《红楼梦》“香菱学诗”的情节中，香菱向黛玉学写诗，看了王维的这首诗之后说出了这样一段话：“‘大漠孤烟直，长河落日圆。’想来烟如何直？日自然是圆的。这‘直’字似无理，‘圆’字似太俗。合上书一想，倒象是见了这景的。要说再找两个字换这两个，竟再找不出两个字来。”读了王维的诗，就好像看到了一幅画，而为了呈现这种“图画感”，诗人用字也极为妥帖。几个形容词的选用非常讲究，首先用了一个“大”字，描绘出塞外荒漠的辽阔；接下来又用“直”来写荒漠的烟，塞外荒凉，升起的一缕烟当然就格外引人注目，此处有一种坚毅、劲拔的美；荒漠没有植被的生长，更没有山峰的阻拦，所以这里的黄河用了一个“长”字来形容，将这种画面感描绘了出来；最后用一个“圆”来写落日，就像香菱说的那样，看起来确实太俗，可是让我们感受到了苍茫之意。不仅如此，如果我们结合作者当时的心境来分析，还可以体会到一种孤独和寂寞，不愧为千古名句，就连王国维看后也不禁感叹“千古壮观”。

最后两句为：“萧关逢候吏，都护在燕然。”走了那么久，终于到达了萧关，这时恰巧碰到了候人，他告诉诗人，守将还在前线呢。这里有两个词需要解释一下，一个是“萧关”，萧关又名陇山关，故址在今宁夏固原东南。另一个词是“燕然”，是指燕然山，也不是王维此行的目的地，诗人借用了汉代一个著名的地名，东汉窦宪带兵追击来犯的匈奴，一直追到燕然山，在此地刻石纪功。这里的燕然，代指前线。

这首《使至塞上》一直被认为是王维的代表作，诗人将重点放在了他最擅长的写景方面，他能够抓住景物的特点，并将自己的情感融入其中，使其富有画面感，诗情与画意相统一。王维不仅能将山水田园风光写到极致，面对浩瀚辽阔的塞外风光，亦能将它们展现得淋漓尽致，真不愧为大师手笔。

不是将军勇，胡兵岂易当

《塞下曲六首》（其二）卢纶

林暗草惊风，
将军夜引弓。
平明寻白羽，
没在石棱中。

卢纶是一位出生于盛唐时期，而后经历安史之乱的诗人，也是“大历十才子”之一。所谓“大历十才子”是指在唐代宗大历年间活跃于诗坛的十位诗人，这十位诗人创作风格相近，又在长安参加了许多重要的诗歌唱和活动，所以在当时声名远播，卢纶就是其中极具代表性的一位诗人。其实，每次我们因为一首诗而走近一位诗人的时候，总会发现那些在文学史上熠熠生辉的诗人，在那遥远的时空里，大多过得并不顺遂，这或许是因为人生不如意之事十之八九，或许是因为动荡时代里文人注定身不由己。卢纶也是这样，他曾经多次参加科举考试，但每一次都是名落孙山，最后在朝中权贵的帮助下，才做了几年小官，所以从他的经历看，他的一生很不如意。但是，卢纶用诗歌证明了他的才华，以文名流芳于世，其豪放的气概光照千古。

《塞下曲》为组诗，共有六首，分别描写了发号施令、将军射猎、率兵追敌、凯歌庆功等军营生活，诗歌写得豪迈雄壮，整体气势恢宏，历来为人们所称道。这里要品读的是这组诗中的第二首，也是我们最熟悉的一首，这首诗讲述的是西汉李广将军的故事，但是其中又加上了诗人的主观创造，语言简洁，但是极为洒脱爽利，情节安排也使李广将军的英雄形象更为突出，可以说是一首颇有趣味的小诗。

汉代的李广将军又被称为“飞将军”，他勇敢刚强、身先士卒、体恤部下，是一位非常令人信服的将领。司马迁在《史记·李将军列传》中曾说“李广才气，天下无双”，给予了他极高的评价。汉文帝十四年（公元前166年），匈奴大举入侵边关，李广毅然从军，抗击匈奴。因为他善于用箭，杀死和俘虏了众多敌人，立下了军功，就被升为中郎将，跟在皇帝身边保护皇帝。他曾经多次跟随文帝射猎，击杀猛兽，汉文帝亲自见证了他的勇猛，不由得慨叹说：“惜乎，子不遇时！如令子当高帝时，万户侯岂足道哉！”意思是，李广生不逢时，如果是在汉高祖刘邦的时代，这样的武艺与勇气，一定能跟随高祖南征北战，立下功勋，做个万户侯都不在话下，言语之间充满了对李广的赞赏与惋惜之情。除此之外，为了表现李广将军的勇猛，司马迁还在《史记》中记载了一件小事，原文是这样写的：“广出猎，见草中石，以为虎而射之，中石没镞。视之，石也。”意思是说，李广外出打猎的时候，见到草丛里好像埋伏着什么东西，他以为那是老虎，就拉开弓箭直接射了过去，一箭过去，整个箭头都没入其中了，走近了一瞧，原来是一块石头。

卢纶将这个故事援引入诗，又是以怎样的笔墨进行具体描绘的呢？诗歌的第一句是“林暗草惊风”，昏暗幽深的山林里，忽然刮起了一阵大风，草丛随之起伏抖动。这是环境描写，也是为故事的发生进行一番铺垫，与《史记》不同的是，诗人特意强调了时间是在晚上，这就为后面的误射做好了准备，使故事更加符合常理。接下来，对于李广将军的射虎之举，诗人写道“将军夜引弓”，恍惚之间好像正有一只老虎藏身于草丛深处，所以将军拉起了弓箭，锋利的箭在夜色里直奔那模糊的身影而去。随后，却没有再多的动作了，这一方面显示了将军对于自己箭术的自信，另一方面也是在暗示射中的可能并不是老虎，否则不会半分声响也没有。

诗歌的三、四句写道“平明寻白羽，没在石棱中”，等天色已亮，将军顺原路寻找昨夜射出去的箭，却发现那箭头射进了一块巨石的石棱之中。将射箭与寻箭故意隔开一定的时间，从而加强故事的感染力，诗人在此处的处理不可谓不巧妙。诗歌到此戛然而止，给我们留下了无限的想象空间，一箭射入巨石棱，这该是怎样的孔武有力呢？有这样的将军坐镇，敌人岂不是闻风丧胆？

历史上，李广的确忠勇无比，“飞将军”之名就是匈奴人对他的称呼。唐代诗人王昌龄在《从军行》中还曾慨叹“但使龙城飞将在，不教胡马度阴山”，可见后人对李广将军的敬慕之情。

车马飚轻尘

/

诗人的旅行

抹不掉新愁与旧愁

《宿建德江》孟浩然

移舟泊烟渚，
日暮客愁新。
野旷天低树，
江清月近人。

我们都知道，在唐代的诗人里，孟浩然和王维齐名，二人并称“王孟”，名气非常大。但是跟王维、李白、杜甫这些诗人不一样的是，孟浩然终身为布衣，就是一辈子没有做过官。是孟浩然天性疏放，不喜欢做官吗？并不是如此。纵观孟浩然的一生，他还是有着强烈的功名之心的。早在二十多岁的时候，他就辞别家中的亲人，在长江流域漫游，到处拜见名公巨卿，希望能够得到引荐、重用，但是没有什么收获。三四十岁的时候，他又几次到洛阳和长安求官、参加进士考试，但也都是一无所获。在落第后写的一首诗中，他说：“皇皇三十载，书剑两无成。山水寻吴越，风尘厌洛京。扁舟泛湖海，长揖谢公卿。且乐杯中物，谁论世上名。”（《自洛之越》）这种痛苦的经历跟杜甫的有些相似，杜甫也是“骑驴三十载，旅食京华春。朝扣富儿门，暮随肥马尘。残杯与冷炙，到处潜悲辛”。在孟浩然看来，三十年的苦苦追寻，到头来却是两手空空，这怎么能不让他失望至极呢？于是，他想索性纵情于山水吧，不要再去想什么功名之事。可是真的能忘掉吗？显然很难。在孟浩然四十多岁的时候，他第二次来到都城长安求官，结果还是没有收获。这说明在孟浩然的心底，始终怀有一颗功名之心，这也给他带来了很多的愁苦。这一首《宿建德江》就是孟浩然第一次到长安参加进士考试，落榜之后漫游江浙一带写下的。建德江，在今天的浙江，是流经建德的新安江的一部分。作者泛舟江上，天色将晚，靠岸停船，有感而发，写下了这样一首五言绝句。

跟他的许多山水田园诗一样，孟浩然的这首《宿建德江》也是以平淡见长。平淡的主题、平淡的景物、平淡的情感，看似不经意的书写，却蕴藏着让人动容的力量。

诗歌的第一句“移舟泊烟渚”，娓娓道来，意思是，移动小船，把它停靠在江中一个烟雾迷蒙的小洲边。什么叫“渚”？古人说，水中可以居住的地方叫作“洲”，小洲则叫“渚”。乍读起来，读者会产生这样的疑问：为什么要停船靠岸？小洲又为什么会烟雾迷蒙？下句作了回答：“日暮客愁新。”原来是到了傍晚，应该靠岸投宿了，因为到了傍晚，太阳落山了，所以水面上升腾起的雾气让小洲迷蒙起来。太阳落山，夜晚将至，让这位纵游吴越的诗人愁情顿生。为什么日暮会生愁呢？因为在古代文学作品中，日暮常常和家联系在一起，太阳落山了，是回家的时候。《诗经》里说“日之夕矣，羊牛下来”，陶渊明也说“山气日夕佳，飞鸟相与还”，连牛羊到了晚上都知道下山回圈，鸟儿都知道飞回鸟巢，更何况人呢？所以李白也说：“日暮乡关何处是。”但是何谓“客愁新”呢？小时候刚读这首诗的时候有些不理解，愁就是愁，还有什么新旧之分呢？现在如果结合孟浩然此前长安落榜的遭遇，一下子就会明白了。孟浩然落第之后心情抑郁，本来想通过纵情吴越山水，来消解自己内心的愁苦，但是没有想到，夜晚的到来让他这位客游他乡的人又平添了一份愁苦：看着眼前迷蒙的小洲，他想着自己的人生归宿，不禁要问，家乡何在？前程何在？相对于原来进士落第的愁苦，这份乡思和对前程的忧思不就是新愁吗？作于同一时期的另外一首《问舟子》更明确地表达了孟浩然对于前程的担忧，也可以作为这首诗“客愁新”的一个注解，诗曰：“向夕问舟子，前程复几多。湾头正堪泊，淮里足风波。”由此看来，“日暮”是这两句诗的一个关键所在，因为日暮，所以要“移舟泊烟渚”；因为日暮，所以“客愁新”。

诗歌的后两句“野旷天低树，江清月近人”，是写景的名句，同样是不露痕迹、自然而然。放眼望去，原野十分空旷，因而远处的天空看起来好像比近处的树还要低，这是抬眼向远处看；天空中的月亮倒映在清清的江水里，也好像离人更近了，这是低头向近处看。这里面，孟浩然写到了原野、天空、树木、江水和月亮，这些景物都很常见，但是这两句诗当中用了四个形容词——旷、低、清、近，仔细品味一下，便会觉得很有韵味、很有意境了。因为空旷，所以能见到的是天低于树；因为江水清澈见底，所以觉得月亮离人很近。空旷的原野、清澈的江水，又不知不觉中给人一种凄凉之感，这个时候当然更会觉得家乡很遥远。所以这两句虽然是写景，没有说到愁，但实际上愁已经包含在了里面，这也是对上面那句“日暮客愁新”的具体诠释。由此看来，虽然是写景，但是满腔的愁苦已经蕴含其中。

驾轻舟一日千里

《早发白帝城》李白

朝辞白帝彩云间，
千里江陵一日还。
两岸猿声啼不尽，
轻舟已过万重山。

这首诗是李白五十九岁的时候所写，虽然是一首晚年时期的作品，我们从这首诗的字里行间依然能够清晰地看到李白飘逸的风采、乐观的精神和奔放的思想，没有一丝一毫的暮年之气。这是为什么呢？原来，安史之乱爆发后，唐玄宗的第三个儿子李亨继位，这就是唐肃宗，唐玄宗退位，被尊为太上皇，同时分封他的其他儿子任各地的节度使，就是做各地最高的地方军政长官，准备以此来抗击叛军。他的第十六子李璘就被任命为江南西路等四个地方的节度使，以及江陵郡大都督，镇守江陵，就是今天的湖北荆州。李白一直怀有建功报国的理想，认为这次机会来了，就进了李璘的军营。没想到，公元 757 年永王李璘带兵谋反，后来失败被杀，李白也因此受到牵连。两年后，李白被流放到夜郎，这是西南地区的一个古国，在今天的贵州桐梓一带，有个成语叫夜郎自大，说的就是这个地方。当李白沿着长江逆流而上，到达白帝城的时候，忽然收到了赦免他的诏书，于是立刻乘船东下，回到江陵，并写下了这首千古传诵的名篇《早发白帝城》，来表达自己当时无比喜悦的心情。

诗歌的第一句“朝辞白帝彩云间”，首先交代了出发的时间、地点，时间是早上，地点是白帝城。白帝城在今天重庆奉节白帝山上，西汉末年公孙述占据了蜀地，就是今天的四川、重庆一带，在山上建了一座城，因为城中的一口水井常常冒白气，远看像一条白龙，龙在中国古代是帝王的象征，公孙述借此自称“白帝”，同时把自己建造的这座城命名为“白帝城”。“彩云间”三个字也带给我们丰富的想象空间，因为白帝城在白帝山上，从江面向上望去，白帝城高耸入云，就好像在云彩中一样，隐隐约约、若有若无，这是一个意思；李白乘船东下的出发时间是在早上，此时，天气晴好，阳光照射着天上的雾气，云蒸霞蔚、五彩斑斓，这是又一层意思。

诗歌的第二句“千里江陵一日还”，表明李白此行的目的地。“千里”是说距离遥远，从白帝到江陵，大约有1200里，这里取的是整数；“一日”是说时间短暂，这样也就形成了鲜明的对照，也引起了我们强烈的好奇心，在古代交通极不发达的情况下，怎么可能一日千里呢？原来，从白帝城到江陵的这一段长江，落差非常大，因此水的流速非常快，尤其是在丰水期，因此古代有“朝发白帝，暮到江陵”这样一种说法。郦道元《水经注》记载：“三峡七百里中，两岸连山，略无阙处。重岩叠嶂，隐天蔽日。自非亭午夜分，不见曦月。至于夏水襄陵，沿溯阻绝。或王命急宣，有时朝发白帝，暮到江陵，其间千二百里，虽乘奔御风，不以疾也。”这段话的大意是，七百里三峡，两岸重岩叠嶂、遮天蔽日，到了夏天涨水的时候，上下交通阻绝，有时候赶上皇帝的命令亟须传达，早上从白帝出发，晚上就到了江陵，其间有 1200 里，即使驾着快马、乘着风也没有这么快。从这段文字中我们可以看出，一日千里并不是一种夸张的说法，李白这首诗的前两句实际上也是对“朝发白帝，暮到江陵”的一种形象表达。第二句中还有一个“还”字需要注意，“还”在这里是“返回”的意思，李白以戴罪之身一路西行，准备去往四川，意想不到的是，当他到白帝城的时候，喜闻被赦罪的消息，因此，这里的“还”不仅仅是空间上的一种返回，更是一种心理上的、对自由的回归，从一个戴罪之身恢复了自由，这怎能不让李白喜悦呢？

诗歌的第三、四句“两岸猿声啼不尽，轻舟已过万重山”，是写沿途所见所闻。从白帝城沿江东下，穿行于崇山峻岭之间，两岸连绵不断的山峦把长江拘束得激流不断。“万重山”是极言山峦重叠不断、不可胜数。在古代的时候，长江两岸的山峦之中，时常有猿猴的啼叫。古诗有：“巴东三峡巫峡长，猿鸣三声泪沾裳，巴东三峡猿鸣悲，猿鸣三声泪沾衣。”说的是三峡两岸的高山上，常有猿猴的哀鸣，它们凄厉的叫声，让人听了之后也会止不住悲从中来。李白这里说“两岸猿声啼不尽”，意思是两岸猿猴的叫声不住地传来，但李白并没有悲从中来，反而好像对此非常欣赏，为什么呢？因为李白这一次是遇赦而还，心情大好，即使听了凄厉的猿鸣，他也不为所动。

整体上看来，轻快是这首诗的主调，一日千里是轻快，轻舟掠过千山万水是轻快，诗人乘坐的小船是轻快的，诗人的心情更是轻快的。整首诗读起来有一种神观飞越的感觉，读着读着，好像自己也置身于一叶轻快的小舟之上，瞬息之间掠过千万座山峰，那种快意、那种飘逸，只有李白才有。

漂泊天地一沙鸥

《旅夜书怀》杜甫

细草微风岸，危樯独夜舟。
星垂平野阔，月涌大江流。
名岂文章著，官因老病休。
飘飘何所似，天地一沙鸥。

杜甫是唐代最伟大的现实主义诗人，留下了大量反映民生疾苦、揭露社会现实的诗作，所以他的诗作有“诗史”之称。但在那些闪耀着现实主义光芒的诗篇之外，杜甫也写下了许多即景抒情的诗歌，无论是将融融春日写得妙趣横生的“迟日江山丽，春风花草香”，还是以拟音化的描写而著名的“留连戏蝶时时舞，自在娇莺恰恰啼”，都表现出了杜甫当时的愉悦心境，让我们在杜甫那严肃的面容后，也看到了他亲切灵动的一面。除了感怀于春色娇媚，杜甫也会因暮色深沉、山川江流而触发心事，尤其是在人生暮年、在漂泊的旅途中，诗人的一颗心会更加敏感。

这首诗的题目为《旅夜书怀》，顾名思义，写的是诗人在旅途中的感悟。天色已晚，诗人由眼前所见之自然景象，反观自己的人生处境和内心情怀，满怀的枨触与大自然的迥远空阔相生发，为我们留下了这样一首气势磅礴、横绝今古的佳作。

关于这首诗的具体写作背景，历来有不同的说法。有的说是大历三年（公元 768 年）春舟经荆门时作，有的说是大历五年（公元 770 年）自衡州往潭州时作。比较普遍的说法是杜甫于永泰元年（公元 765 年）四月写成。广德二年（公元 764 年）春，杜甫的好友严武被任命为成都尹兼剑南节度使，严武举荐杜甫为节度参谋、检校工部员外郎，杜甫在成都节度使幕府中住了几个月。因不习惯幕府生活，第二年的正月，杜甫辞去了节度参谋的职务，返回了草堂。然而这年四月，他的友人严武去世，杜甫在成都失去了依靠，于是他只能和家人从成都乘舟东下，经过嘉州、渝州到忠州，也就是经乐山、重庆到达了忠县，这首诗便是杜甫在去往忠州的途中所作。针对这一说法，有人提出疑义，比如诗中“星垂平野阔”一句所描画的图景，与忠州一带的峡谷地貌不合，但又有人说这可能是诗人在晚上夜色苍茫中的视觉偏差，正是诗人诗情的体现。总之，对这首诗的具体写作背景尚不能下一个定论，但我们能大致推测出当时诗人正处于人生的失意时期，他的心情是压抑郁闷的，这点应当没有异议。在这样的背景下，我们再来看这首诗。

诗歌的前两句“细草微风岸，危樯独夜舟”，写的是眼前的景物。只见江岸上那细弱的小草正随风飘摇，江中有一叶孤舟，高高的桅杆兀自耸立。草之细弱、夜舟之孤单，字面上说的是物，其实说的都是诗人自己，诗人是用比兴手法，来表达自己的孤苦无依。三、四句视线一转，作者挥笔写下了“星垂平野阔，月涌大江流”这样宽阔宏大的诗句。星空低垂，原野便显得格外空阔；月光映衬下，大江奔流。在这样宏阔的背景里，自己却犹如江岸之草、水中孤舟，其中的凄凉孤寂之情，不言自明。这两句，既为我们描绘出广阔的境界，又因为一、二句的描写而给我们以深刻的对比感受，情感深沉且细腻。

经过以上的景物描写，诗人进一步抒发自己的感慨，说“名岂文章著，官因老病休”，意思是自己的名声并非出自诗文，休官则是因为自己年老多病。这两句诗应当是反话，杜甫在当时就是因为诗歌而广为人知，这次休官的真正原因在于受到了朝臣的排挤。他之所以这样说，是想表达自己内心的苦涩和不平之意，是一种对时局的批判和反抗。

如今诗人的处境是怎样的呢？诗歌的最后两句说：“飘飘何所似，天地一沙鸥。”诗人运用了比喻的手法，将自己比作天地之间的一只沙鸥，天地何其辽阔，自己却飘摇于风中，无所依凭。这样的孤苦伶仃中又蕴含了诗人怎样的愤懑心情呢？

全诗情景交融、意境雄浑、气象万千，不仅对景物的描写细致而宏阔，并且利用景物之间的对比，烘托出了一个独立于天地之间的孤独者的形象，寄寓了诗人的身世飘零之感与抑郁不平之意。

他乡遇故知

《江南逢李龟年》杜甫

岐王宅里寻常见，
崔九堂前几度闻。
正是江南好风景，
落花时节又逢君。

“开元盛世”是“贞观之治”后唐朝社会经济发展的又一个高峰。杜甫在《忆昔》中曾经对盛世风貌做出了这样的描绘：“忆昔开元全盛日，小邑犹藏万家室。稻米流脂粟米白，公私仓廪俱丰实。九州道路无豺虎，远行不劳吉日出。齐纨鲁缟车班班，男耕女桑不相失。”诗人用饱含深情的笔墨描绘出了自己记忆中的开元盛世，我们从中也能看出当时经济发达、人民富裕、社会安定和谐，自上而下皆是一派欣欣向荣的景象。

国力如此强盛、政局如此安定，作为统治者的唐玄宗也是一派昂扬奋发、一展宏图的气势，盛世局面着实可喜。除此之外，当时的文化艺术也进入大繁荣时期，不仅产生了大量的著名诗人和诗作，而且音乐艺术也逐渐成熟。唐玄宗本人就是一位音乐家，他自小熟知音律、精通歌舞，还特意设置了一个机构——“梨园”，来培养音乐、舞蹈人才，白居易的《长恨歌》中就曾提到“梨园弟子白发新”，所以我们今天才会称戏班、戏园为“梨园”，称戏曲演员为“梨园子弟”，当时唐玄宗甚至还会亲自去梨园指导乐工，可见他对于音乐的痴迷。如此一来，优秀的乐工便深得当时的人尤其是王公贵族的赏识，这首诗中的李龟年便是其中之一。

李龟年是当时著名的乐曲家、演唱家，他还有两个兄弟，分别叫作李彭年、李鹤年。他们兄弟三人都极有文艺天赋，其中李彭年擅长舞蹈，李龟年、李鹤年则擅长歌唱，李龟年还擅长筚篥、羯鼓等乐器，作曲更是不在话下。由于他们技术精湛，王公贵族便经常请他们去演唱，他们每次得到的赏赐都成千上万。他们在东都洛阳建造了宅第，其规模甚至超过了公侯府第。

然而，安史之乱一夜之间便将这一切粉碎殆尽，李龟年也历尽波折辗转到了江南。曾经的繁华荣宠都不复存在，如今的漂泊狼狈之状怎能不让人感慨万千呢？更何况山河亦面目全非，两位故人相逢，人事俱非，只能发出一声苍凉的叹息。

诗歌的前两句用来回忆往昔，“岐王宅里寻常见，崔九堂前几度闻”写曾经李龟年的情境以及自己与李龟年的相遇。“岐王”是唐玄宗李隆基的弟弟，名叫李范，以好学爱才著称，擅长音律，对李龟年极为爱重，经常请李龟年表演，所以诗人才会说“寻常见”。“崔九”指的是崔涤，他在兄弟中排行第九，是当时担任中书令的崔湜的弟弟。唐玄宗在位时，他曾任殿中监，出入禁中，是唐玄宗极为宠信的人，诗人以李龟年出入“崔九堂前”表示李龟年在当时的受欢迎程度。这两处本来是名士贵族聚集之地，体现了开元盛世的繁华气象，也寄托了诗人对于过往岁月的无限怀念。

后两句写当下的重逢，这个时节本来应该是江南风景秀美、人们竞相出游享乐的时候，今日逢君却是残花凋零、盛景难再，人也早已沧桑得不成样子，这样的重逢真是令人愁断肠。“正是江南好风景，落花时节又逢君”两句写得看似平淡，其中却寄托了诗人深沉的感慨，是全诗情感的高潮。

这首诗最大的特点就在于诗中虽然没有一处正面涉及时世身世，但透过诗人的追忆感喟，表现出了安史之乱给唐代社会和文化带来的巨大影响，以及给人们造成的巨大灾难和心灵创伤。所以《唐宋诗醇》中评价这首诗："言情在笔墨之外，悄然数语，可抵白氏（白居易）一篇《琵琶行》矣。……此千秋绝调也。"清代黄生《杜诗说》则评论说："今昔盛衰之感，言外黯然欲绝。见风韵于行间，寓感慨于字里。即使龙标（王昌龄）、供奉（李白）操笔，亦无以过。乃知公于此体，非不能为正声，直不屑耳。有目公七言绝句为别调者，亦可持此解嘲矣。"

荣枯更迭，繁华过眼，当日故人同遭离乱，落花时节一夕相逢，沉默无言间心却早已苍老。

襄阳好风日

《汉江临泛》王维

楚塞三湘接，荆门九派通。
江流天地外，山色有无中。
郡邑浮前浦，波澜动远空。
襄阳好风日，留醉与山翁。

这首诗是王维到岭南任职，途经湖北襄阳的时候写下的。开元二十八年（公元740年），四十岁的王维升为殿中侍御史，秋冬之际，赴岭南任南选。什么叫南选呢？就是从唐高宗时期开始，因为两广等地距离中原比较遥远，所以朝廷就允许选拔土人做官，但有时所选不当，于是朝廷就从都城长安派出郎官或者御史作为选补使，去选取适当的人才。

襄阳是湖北西北部的一座重要城市，地理位置非常重要，汉江穿城而过。王维泛舟汉江，心有所感，写下了这首五言律诗。

王维是一个全能型人才，不但诗写得好，而且精通音乐、擅长绘画，所以苏轼说："味摩诘之诗，诗中有画；观摩诘之画，画中有诗。"也就是说，他的诗歌和绘画互相打通了。那么，这一首像山水画一样的律诗，是什么样的一种风格呢？粗读之下，第一感觉就是气象阔大、雄浑。

诗歌的开头两句就发语不凡："楚塞三湘接，荆门九派通。"对汉水的重要地理位置作了交代。汉水是长江最大且最长的支流，它发源于秦岭，流经陕西的汉中、安康，湖北的十堰、襄阳、荆门等地，到汉口流入长江。汉水流经的区域，在春秋战国时期是楚国的北部边境，所以称为"楚塞"；"三湘"则指的是湖南洞庭湖南北、湘江一带；"荆门"，是现在湖北的荆门市，在襄阳的南面，汉水从襄阳向南经过荆门最终汇入长江；"九派"，就是长江，因为长江在湖北、江西一带，分为很多支流，所以就称这一带的长江为九派。这两句的意思是，古楚大地与三湘大地接壤，在这片土地上，汉江浩浩荡荡，汇入长江。这两句是大笔皴染，宏观地展现了古楚大地壮美的山河；这两句是铺垫、渲染，但是阔大的气势已经足以让我们震撼。

下面两句则是直接写汉江，"江流天地外，山色有无中"，汉江水滔滔汩汩、向南奔流，好像一直奔流到了天地之外，而两旁的高山重峦叠嶂、若有若无。这两句是这首诗中的名句，重点写汉江的山水，依然是大气磅礴，好像天地之间只有汉江在奔腾不息，那气势有点像王维的另外一首诗中的两句："大漠孤烟直，长河落日圆"（《使至塞上》），风景虽然不同，但是境界是一样的阔大、气象是一样的雄浑。这一联的后一句"山色有无中"特别为后来的人们所激赏，宋代词人欧阳修原封不动地把它引到自己的词中，可见这句诗的影响之大。这两句也很容易让我们想到李白写山水的一个名句："山随平野尽，江入大荒流。"（《渡荆门送别》）对比来看，有异曲同工之妙。

"郡邑浮前浦，波澜动远空"，依然是写景，景物依然是那样的壮阔，那样的动人心魄。因为诗的题目是《汉江临泛》，所以这两句要和泛舟，也就是与在水上行船勾连起来。诗人乘船泛于江上，江上波涛汹涌，小船随着波涛的涌动一起一伏，所以坐在船上的诗人向远处望去，襄阳城也像在水中浮动一样，江面上波涛汹涌，好像遥远的天空也跟它一起晃动。这一联的后一句“波澜动远空”和杜甫的“江间波浪兼天涌”是一个意思，只是杜甫的那句更加着实一些，而王维的这一句多了一些空灵和悠远，同样是豪壮，但是王维的这句诗是豪壮而不失空灵。

诗歌的前六句全是写景，头两句是为汉江作铺垫、作衬托，但也是写景；后四句则是直接写汉江的山水之景。诗歌的最后两句转入了抒情，既然襄阳城和汉江的景色如此的壮美、令人陶醉，那么索性就留下来吧，与山简一醉方休：“襄阳好风日，留醉与山翁。”“好风日”，是说风景和天气都很好，山翁则是西晋时候的名士，他是魏晋时期“竹林七贤”之一山涛的儿子。据《晋书·山简传》记载，山简特别好饮酒，而且是每次必醉，他镇守襄阳的时候，经常到当地一个豪门那里去饮酒，那一家有一个养鱼池，是一处游乐胜地。山简每到这里，常大醉而归，曾对人说：“此是我高阳池也。”由此这个养鱼池就改名“高阳池”。所以当时有人给山简编了一首歌：“山公时一醉，径造高阳池。日暮倒载归，酩酊无所知。复能乘骏马，倒着白接篱。举手问葛强，何如并州儿？”这首歌的大意是，山简经常到高阳池来喝酒，傍晚的时候，醉倒在马背上，被驮回来，酩酊大醉之后已没有什么知觉了，但是朦胧中还能坐起来骑在骏马上，可是白头巾在头上戴倒了，这个时候，他还会问自己的部将葛强：我和你这个并州人比怎么样？那醉态，想象一下，简直是太可爱了。王维这里用了山简的典故，目的是说，襄阳的风景太美了，他真想和山翁一起醉倒。不舍之情，宛然若见。

夜泊枫桥听钟声

《枫桥夜泊》张继

月落乌啼霜满天，
江枫渔父对愁眠。
姑苏城外寒山寺，
夜半钟声到客船。

这首《枫桥夜泊》曾被选为流传最广泛的十二首唐诗之一。它的作者张继也因这一首诗火遍了大江南北，成为家喻户晓的诗人。在日本，这首诗的流传度也很高。据说，日本来华的旅游者，由于这首诗的关系，到苏州必去寒山寺。有些日本人家的客厅中，还悬挂有《枫桥夜泊》的诗碑拓片。

读诗先识人。这首诗的作者张继在当时名气并不大，正史中没有他的传记，生卒年也都已经无从考证了。天宝十二年（公元 753 年），他金榜题名，考中了进士，这本该是件喜事，张继却欢喜不起来。此时的唐王朝奸臣当道、忧患重重，加之张继性格刚直，自然很难和同僚相处融洽。初到长安时，他就曾作诗说：“终年帝城里，不识五侯门。”在拜谒之风盛行的唐代，他不拜权贵、不访名门，这样的张继在当时绝对是一朵奇葩。天宝十四年（公元 755 年），也就是他进士及第的第三年，安史之乱爆发了，为了躲避战乱，他流落到了江南一带，足迹涉及无锡、苏州、会稽等地，又经历了淮西节度副使刘展叛乱，并且目睹了战后苏州的残破景象。这首《枫桥夜泊》应该就作于此次苏州之行中。

“枫桥夜泊”，意思就是夜晚停船在枫桥旁边过夜。诗的首句说“月落乌啼霜满天”，根据常识“月落”一般在下半夜或者临近黎明之时。可见，这首诗作于万籁俱寂之时。不知是什么惊动了栖息的乌鸦，从树梢上传来了几声乌啼，死寂的夜被这凄楚的啼叫声打破了。诗人往外一瞧，见到漫天的飞霜。霜是在地上凝结而成的，那这“霜满天”难道是诗人的错觉吗？并不是！可以想象一下，自己就是张继，半夜时分，月亮已经快要完全落下去了，天地混沌，所有的景物都是灰蒙蒙的。此时的岸上已经开始起霜了，环顾小船四周，到处都是白茫茫的寒霜，加上光线昏暗，自然有漫天飞霜的感觉了。这样写霜并不是张继独创，唐初张若虚也在《春江花月夜》中写道“空里流霜不觉飞”，可见在面对寒霜这种景象时，古人是有同感的。

诗的第二句写道：“江枫渔父对愁眠。”其中的“江枫”指的是两座桥，“江”就是江村桥，“枫”是枫桥。江村桥和枫桥一个在南，一个在北，两相对望。孟浩然有《江村桥雨吟》：“西城雨色暮时稠，浮浪轻来一点鸥。曾作江村桥上立，风依酒幌客依愁。”开头两句，意象密集而不显局促，构造了一幅朦胧清冷的水乡夜泊图。这幅图画的核心就是一个“愁”字，这大概就是王国维所说的“一切景语皆情语”吧！

就在诗人沉浸在这凄清的图景中难以自拔时，寒山寺的钟声悠悠而来。“姑苏城外寒山寺，夜半钟声到客船”，“寒山”不单单是寺庙的名字，也因名字而与前两句凄清之景相衬，有了别样的意味。关于夜半闻钟还有一段公案，千百年来的评诗者对“夜半时分能否听到钟声”争论不休。我们姑且不去参与这一争辩。因不见寺庙、空闻钟声，故而显得声音悠远。它紧扣着“夜泊”而来，不仅衬托出了夜的寂静，也以声音激活了前面句子所描绘的图画，融合了情与景，给人以美的享受，也拨动了后世无数羁旅者的心弦。

人迹板桥霜

《商山早行》温庭筠

晨起动征铎，客行悲故乡。
鸡声茅店月，人迹板桥霜。
槲叶落山路，枳花明驿墙。
因思杜陵梦，凫雁满回塘。

温庭筠是晚唐时期的著名诗人、词人。他出身于一个没落的贵族家庭，从小就天资聪颖，而且认真好学，所以他不仅多才多艺，而且对于诗词尤其精通。熟悉温庭筠的都会知道，他还有一个雅号叫作“温八叉”。为什么他会得到这样一个有些奇怪的名号呢？原来，在唐代的时候，科举考试是以诗赋为考查内容的，每场考试都会限韵，要求按照官韵来作，而温庭筠才思极其敏捷，每当这时候，他就将双手互相交叉、松开再交叉，重复八次就得出了八韵，大家都非常敬佩他，所以他就得了这样一个美称。但是从这件事我们也可以看出，才华过人的温庭筠参加过许多次科举考试。按理说，有这样的才能、这样的反应力，是不该屡试不中的，这其实和他的性格有很大关系。温庭筠不仅诗情浪漫，而且恃才不羁，经常讽刺权贵，还曾在一次考试中破坏考场纪律，所以一直都未曾取得正式的功名，自然也无法得到重用。好在当时的宰相令狐绹对他还算是比较赏识，他经常能够自由地出入宰相府。可是，他过于露才扬己，最终把令狐宰相也得罪了。据史料记载，当时的皇帝唐宣宗特别喜欢听《菩萨蛮》词，于是令狐绹就让温庭筠替他写词，秘密地进呈给皇帝，而且告诉他，这件事一定要保密，没想到，温庭筠没过多久就把这件事说出去了。还有一次，令狐绹向他请教一个典故，他张口就说了出来，还对令狐绹说："这也不是什么生僻的典故，相公工作之余还是读点古书吧。"从此之后，令狐绹就渐渐疏远了他，故此，温庭筠在仕途上一直也没有太大的发展。

唐宣宗大中十三年（公元 859 年），温庭筠被贬黜为隋州隋县尉，隋州即今天的随州市，位于湖北省北部。当时徐商镇守襄阳，将他征为巡官，温庭筠便从长安出发去往襄阳，这首《商山早行》便是温庭筠经过商山时所作。行经此地的温庭筠虽然祖籍山西，但因为长期住在长安，所以早已将长安当作了自己的故乡，此次远行，他的心中对长安充满了眷恋与不舍，这份去国离乡的惆怅，便借由这首诗歌款款传出。

该诗叙事简易、抒情婉转、情景相生、虚实结合，最大的特点在于通过一个"早"字来表现羁旅行役之感。诗歌正文通篇无一个"早"字，却处处可见"早"的踪迹，由此更能体现思乡之情。

诗歌的开头"晨起动征铎，客行悲故乡"，点明了自身的境遇。清晨时分，马车上的铃铛已经摇晃有声，自己即将远离故乡，心中因此充满了悲伤。"晨起"二字与"早行"相照应，"悲故乡"三个字则点明了诗歌的主题。

诗歌的三、四句"鸡声茅店月，人迹板桥霜"，是历来传诵的名句。为什么这两句这么有名呢？因为它只用了几个名词

（意象）的叠加，没有一个关联词，没有一个形容词或者抒情的短语，便真切地描绘出了典型的清晨景致，呈现出了诗人内心的悲伤。“鸡声”初鸣，天色熹微，前夜在山中“茅店”投宿的诗人早已起身，而此时，天边还挂着明月，路上人迹稀少，木板桥上覆盖着一层寒霜。这些都是在天色初晓的时候才有的景象，虽然无一字说到旅途的劳苦，但其中的仓皇之感与远行之悲已尽在眼前。这两句常常会让我们想起元代“曲状元”马致远《天净沙 · 秋思》中的“枯藤老树昏鸦，小桥流水人家，古道西风瘦马”。这也都是一些名词的直接叠加，也没有任何的关联词，留下了大量的空白需要读者自己去填充，给人以充分的想象空间。

接下来的两句继续写眼前的景物，随着时间的推移，太阳逐渐升高，阳光正好，于是诗人看见槲叶落满了山路，枳花在阳光的照耀下正明艳艳地开在驿站的土墙上。这样美好的景象让诗人不禁想起了昨夜的梦境，梦里诗人回到了故乡，就在那里的池塘中，野鸭和大雁正在水中尽情嬉戏。“杜陵”在这里代指长安，“杜陵梦”与“悲故乡”相呼应。对梦境的具体描写，使思乡之情抒发得生动而自然。

离乡的每一步，都充满了对过去的眷恋和对前途的迷茫。天色尚早，赶路的人就要开始新一天的奔波，昨夜的梦境依然清晰，只是这孤单一身仍是远行人。

万里送行舟

／

唐诗中的离别

海内存知己

《送杜少府之任蜀州》王勃

城阙辅三秦，风烟望五津。
与君离别意，同是宦游人。
海内存知己，天涯若比邻。
无为在歧路，儿女共沾巾。

王勃是初唐时期一位天才诗人。为什么说他是天才诗人呢？我们首先来看一下他的出身，王勃出生在绛州龙门的望族，爷爷王通是隋代名满天下的学者，前面讲到的王绩是他的叔公，他的哥哥王勔二十岁就考中了进士。唐代科举考试分为明经和进士两科，考试的内容、难易程度，还有录取人数都有区别。相比较而言，进士科比较难，在当时有这样一种说法，“三十老明经，五十少进士”，意思是，如果三十岁考中了明经，那已经算是比较晚的了，如果五十岁考中了进士，在当时的人们看来，也算是比较年轻的了。如此看来，王勔二十岁考中进士，那可真算得上少年天才。在这样的家族环境影响下，天赋异禀的王勃很快就成为当时一颗耀眼的明星。《王勃传》记载，他六岁就能写出文辞俱佳的文章，相当于小学一年级就已经能写出高考优秀作文了。九岁的王勃就已经熟读《汉书》，阅读之余，他对

《汉书》研究专家颜师古所作的注解有许多不认同的地方，就自著了《指瑕》10卷，来挑颜师古书中的错误。大约十六岁时，可能因为他“神童”的名声太大了，朝廷特别准许他参加制科考试。这是一种什么样的考试呢？根据资料记载，制科是当时一种不定期的考试，参加制科考试的人员由朝中大臣推荐，然后参加一次预试，最后由皇帝亲自出考题，亲自主持面试，这是专为选拔特殊人才而设置的一种考试。考试的结果自然是顺利通过，王勃也就成了当时最年轻的朝廷命官。接到录取通知书后，王勃从老家龙门来到了帝都长安。刚到没几天，他就被沛王李贤召到府内做修撰官，其实就是皇子的“秘书”，是个美差，年少的王勃满心欢喜。正所谓乐极生悲，天才的成长道路总是曲折的，王勃因文采成名，也因文采遭祸。当时，长安的年轻人流行玩斗鸡游戏，沛王和他的弟弟英王都是斗鸡好手。一天，两人约好大战一场，比个胜负。赛前，沛王就让王勃写一篇文章助助威，挫挫对手锐气。王勃欣然接受任务，洋洋洒洒写了一篇《檄英王鸡文》，就是给英王下战书，这篇战书效果很好，沛王很高兴。可是没承想，王勃引以为豪的这篇战书却触犯了当朝皇帝唐高宗敏感的神经。在这位皇帝父亲眼里，这已经不是简单的小孩子游戏中的戏谑之说，而是挑拨皇子关系的文章。当即，王勃就被逐出了王府，不久之后，长安也待不下去了。无奈之下，十九岁的王勃背起行囊，离开了伤心之地长安，到四川、重庆一带漫游，之后辗转南方。这篇《送杜少府之任蜀州》应该作于在长安的这几年，这一段时间是王勃人生最为顺利的时期，因此，诗歌虽然写送别，但并没有哀愁和伤感。

诗题中的“少府”，是唐代对县尉的通称。题目的意思是，一位姓杜的好朋友要离开长安去西南地区任县尉，这一别不知有没有再相见的机会，王勃就以诗赠友，祝福、激励好朋友。

诗的首联实写送别的地点和友人将要去的地方。“城阙辅三秦”，“城阙”指的就是帝都长安，“三秦”是指长安附近的关中一带，秦末时期的项羽曾把这一带分为三国，所以后世称其为三秦之地。这一句的意思就是：辽阔的三秦之地护卫着长安城，我在这里送别好友。“风烟望五津”中的“五津”指蜀地的五个渡口，一个“望”字点出距离之远。“风烟”二字再次渲染蜀地之远，弥漫着风尘烟雾，极目远望也看不清楚蜀地在何方。这两句诗，一写眼下之景，一写缥缈之景，远近相称，突出了杜少府此行的路途之远。句中没有用常见的折柳、送别酒这些意象，而是把离别之意蕴含在阔大的景物中，为接下来的昂扬感慨奠定了基调。

颔联“与君离别意，同是宦游人”，直接从前两句的写景拉到了写内心的感受。杜少府到蜀州去做官是背井离乡，王勃留在长安任职也是离乡游子，两人实质上都是为了工作、为了理想而“宦游”。王勃以此来宽慰即将远去的朋友，以减轻他的离愁。“同是天涯沦落人”的情景也带来了淡淡的离别伤感。

颈联笔锋一转，“海内存知己，天涯若比邻”一扫颔联的伤感，用昂扬的诗句展现了乐观开朗的心态和博大的胸襟。“海内”和“天涯”都表示距离上的遥远，“比邻”则意为相隔很近。远的是地理距离，近的是心与心的距离。正是在远近对比中，知己之间友谊的深厚得到了完美展现，离别的忧伤化为惜别的勉励。

尾联进一步抒发高昂的意气。“无为在歧路，儿女共沾巾”，“无为”就是无须、不必的意思，“歧路”是岔路口，意思是送别、分手之处。王勃这句诗，意在鼓励好友乐观面对人生，不必在分别时像青年男女那样哭哭啼啼。这两句重申颈联的勉励之意，以爽直刚健的文辞结束全诗，再次表现了诗人阔大的胸襟。

天下谁人不识君

《别董大二首》（其一）高适

千里黄云白日曛，
北风吹雁雪纷纷。
莫愁前路无知己，
天下谁人不识君。

这首诗名为《别董大》，在解释“董大”是谁之前，我们先来了解一下中国古代的姓名制度。

姓名就像我们的代号，往往寄托着父母的期望或祝愿，但是和我们不同的是，古人不仅有姓有名，还有字有号。《礼记·檀弓上》说：“幼名，冠字。”“幼名”指的是在婴儿出生3个月以后由父亲取名，“冠字”指的是在孩子成年的时候加字，《典礼上》规定“男子二十，冠而字”，“女子许嫁，笄而字”。那么“名”和“字”的区别主要在哪呢？“名”因为是父亲或者其他长辈取的，只能用于长辈对晚辈的称呼或者自称，平辈或者晚辈就要用“字”来称呼，这也解释了为什么在古代对尊者或平辈“直呼其名”“指名道姓”都是很不礼貌的行为。“号”又称“别号”，一般是文人为了表示自己的志向、信念而给自己取的。

除了姓名字号之外，古人还有许多用来称呼别人的不同方式，比如这首诗中的“董大”指的是当时著名的音乐家董庭兰，“董大”并不是他的真实姓名，而是用他的姓加上他在家族中的排行形成的一种称呼。相似的例子还有很多，比如大家都很熟悉的刘禹锡被称为刘二十八，柳宗元被称为柳八，秦观被称为秦七，黄庭坚被称为黄九，等等。除此之外，还有许多很有意思的方式，比如韩愈又称韩昌黎，柳宗元又称柳河东，这是用地名来代替人名；蔡邕又被称为蔡中郎，这是用官职来代替人名；杜甫、杜牧分别被称为老杜、小杜，这是在姓氏前面加形容词来代指并区别同姓的人。诸如此类，数不胜数。

解释完了“董大”之后，我们再来品味诗题中的“别”字。“别”即送别之意，所以显而易见，这是一首典型的送别诗。

人的一生要经历无数次告别，对于古人而言，每次告别都意味着空间上的隔山隔水和时间上的相见无期，所以，那种离别的感受会更加深刻。也正因为如此，我们才能在众多的送别诗中体会诗人们的一腔深情。

提起送别，我们想到的大多都是依依不舍、眷恋伤怀，在大唐盛世，送别却有着多样的色彩。有“送君南浦泪如丝，君向东州使我悲”（王维《齐州送祖二》）的悲切，也有“海内存知己，天涯若比邻”（王勃《送杜少府之任蜀州》）的洒脱；有“劝君更尽一杯酒，西出阳关无故人”（王维《渭城曲》）的担忧，也有“莫愁前路无知己，天下谁人不识君”的豪迈。

高适生活在盛唐时期，是边塞诗派的代表人物。他将边塞的壮丽景物和戍边将士的生活写入诗中，气象壮阔豪纵，语言质朴有力，留下了诸如“君不见沙场征战苦，至今犹念李将军”（《燕歌行》）之类的佳句。在这首送别诗中，他也保持了自己一贯的豪迈气度，将离别之意放于苍茫天地之中，自信昂扬的心态令人钦佩。

“千里黄云白日曛，北风吹雁雪纷纷”写的是送别之时、送别之地的环境。那是怎样一幅画面呢？放眼望去，只见满天的乌云遮蔽着天空，太阳也只剩下一个昏暗的影子，凛冽的北风呼啸而过，南下避寒的大雁匆匆而去，纷纷扬扬的雪花从天而降，天地一片幽暗苍茫。这两句诗没有过多的修饰，但是这种质朴的语言反而让画面更加清晰真实，在大雪纷飞的时候，天色与往常是不一样的，诗人对于昏黄天色的描写可谓精妙。

离别本来就是令人肝肠寸断的事，更何况在这样严酷的环境中。我们会好奇，诗人接下来会怎样表现自己的牵挂不舍呢？谁知诗人写完前两句后，笔势一转，写道：“莫愁前路无知己，天下谁人不识君。”先抑后扬，将诗歌的感情推向高潮。前路漫漫，生死未卜，诗人却说：不要担心前方没有知己，普天之下，还有谁不认识你呢？这是诗人对朋友最好的祝福，也是深沉的勉励。

漫天风雪也挡不住、埋不掉的，是真挚的友情，是一往无前的信念，是一个时代的飞扬纵横，也是一个普通人的执着和希望。

一片冰心在玉壶

《芙蓉楼送辛渐》王昌龄

寒雨连天夜入湖，
平明送客楚山孤。
洛阳亲友如相问，
一片冰心在玉壶。

在盛唐的著名诗人里面，王昌龄对七言绝句下的功夫最大，写得也最多、最好，所以被后世誉为“七绝圣手”。王昌龄的七言绝句写得比较多的、比较成功的题材中，除了大家比较熟悉的边塞诗外，还有一类就是送别诗。这首《芙蓉楼送辛渐》就是其中的名篇。

《芙蓉楼送辛渐》共有两首，这里选的是第一首。芙蓉楼在润州，就是今天的江苏镇江，西晋的时候，润州刺史改建润州城的西南楼为万岁楼，西北楼为芙蓉楼。辛渐，是作者的朋友，关于他的具体情况今天已经不得而知了。

王昌龄虽然比较擅长考试，但是在官场上一直不顺。他一生当中曾经两次受到过贬谪的处分，一次是被贬谪到了岭南，就是今天的两广一带，一次是被贬谪到了龙标，在今天的湖南怀化一带。对于具体因为什么被贬谪，历史上没有详细的记载，《唐才子传》只说他“晚途不矜小节，谤议腾沸，两窜遐荒”，可能是因为王昌龄不拘小节得罪了一些人，甚至是朝中的权臣，所以获罪。

开元十五年（公元727年），王昌龄考中进士，然后被授予秘书省校书郎，这是一个品级很低的官职，主要的工作就是校勘书籍、订正讹误。这当然不是王昌龄的理想所在，而且考中之后的几年内他一直没有得到升迁，于是在七年之后又参加了博学宏词科的考试。考中之后，改授汜水丞，这也是一个小官，汜水在河南荥阳，现在只是河南荥阳的一个镇，汜水丞也就相当于一个县的副县长。他在这个位置上干了三年之后，因获罪被降职发配到了岭南，开元二十七年（公元739年）被赦免，第二年回到了长安，当年的冬天又被任命为江宁丞，江宁位于现在的江苏南京。这首《芙蓉楼送辛渐》就是王昌龄在江宁送好朋友辛渐回洛阳的时候写下的。

有人要问了，从现在的江苏南京去洛阳，应当是向西北方向走，为什么要向东走，先到镇江呢？这不有点南辕北辙了吗？原来，在大运河开凿之后，由东南到西北时，很多文人都选择了水路，因为水路有很多优点，一是平稳，二是省力。当时的润州正处在大运河和长江的交汇处，所以辛渐回洛阳，要先沿江东下到润州，然后再顺着运河北上。

这首送别诗的一个最大特点是情真意切。读这首诗的时候，笔者经常会想，古代人在离别时为什么都是那么的伤心？这可能跟古代人恋乡恋土有着很大的关系，为了功名，许多文人常年漂泊在外，因此当好朋友离开的时候，也就会不自觉地由人及己，想到自己的遭遇或者处境，因此会有一种惺惺相惜的伤感。还有一个原因可能是交通不便，一旦分别，什么时候再次见面实在是一件不可预知的事情，有可能从此天人永隔，所以有时候，生离也就是死别。因此在分别的时候，这些大男人们都格外的悲伤。这首诗也是这样，虽然通篇看不到一个“愁”字，却是愁苦满篇。但是，愁苦却不失壮阔，凄凉却不失坚定。

诗歌的头两句“寒雨连天夜入湖，平明送客楚山孤”，写了雨，写了山，还加了两个形容词：“寒”和“孤”。雨是寒雨，而且是“寒雨连天”，那连绵不绝的秋雨就好像诗人心中的愁苦，迢迢不断，那种秋雨中的凄冷也可以想象到。那么，山呢？山是孤山。其实，山无所谓孤不孤单，说它孤单，是因为它被附加上了人的情感。老朋友一走，自己将孤身一人客居他乡，这怎么能不让人伤怀呢？所以楚山也好像和他一样变得孤单起来了。诗歌的头两句用的是古代诗歌写作中常用的比兴手法，明明是自己内心有很多的愁苦，明明是自己有一肚子的不舍，却要说雨，却要说山，好像雨和山也懂得了诗人的心思，跟他一起悲伤难过起来。

既然是送别，老朋友要到什么地方去呢？诗歌的第三句和第四句说：“洛阳亲友如相问，一片冰心在玉壶。”原来辛渐此行的目的地是洛阳。洛阳在古代是著名的城市，是唐朝的东都。王昌龄这次来江宁之前曾经在洛阳逗留了很长时间，迟迟不肯赴任，所以引起了一些人的猜忌和怀疑，恰逢老朋友要回洛阳去，那就托他给洛阳的亲友带个信吧，请告诉他们：我的心就像那玉壶里的冰一样，纯洁无瑕。这一句出自南朝诗人鲍照的“清如玉壶冰”，经过作者化用，变成了千古名句。

诗歌虽然写的是离别的愁苦与悲伤，但是形象非常鲜明而且阔大。连天的寒雨、送客的楚山，以及诗人正直高洁的品格，都让我们觉得非常的壮丽和伟大。

西出阳关无故人

《渭城曲》王维

渭城朝雨浥轻尘，
客舍青青柳色新。
劝君更尽一杯酒，
西出阳关无故人。

唐代的很多诗人有一些标志性的雅号，比如称李白为“诗仙”，不仅仅是因为贺知章第一次见到他之后惊呼他是“谪仙人”，更是因为李白的诗歌透着一种天风海雨逼人、不食人间烟火的浪漫精神；再比如，称杜甫为“诗圣”，是因为他的诗歌中有心系国家、心系百姓的崇高情怀。那么，王维有什么雅号呢？王维的雅号是“诗佛”。

王维为什么会被称为诗佛呢？有两个方面的原因，一方面，他是一个虔诚的佛教徒，他的名和字都与佛教有关系，王维字摩诘，本于印度佛教的著名居士维摩诘，这是一位著名的在家大菩萨。因为王维全家都信佛，所以他给自己取了这个表字。王维对佛教虔诚到了什么程度呢？《唐才子传》说他“笃志奉佛，蔬食素衣。丧妻不再娶，孤居三十年”。他不仅日常的穿衣吃饭都像佛家那样，吃着素食，穿着简朴的衣衫；而且妻子去世后，他没有续娶，孤独地过了三十年。这真的是够虔诚的了。另一方面，王维写的许多诗歌，尤其是他在辋川别墅闲居的时候，写的大量的山水诗歌很有佛禅的意味。

王维是盛唐时期一位多才多艺的文人，他不但诗写得很好，是山水田园诗派的代表诗人，和孟浩然并称“王孟”，而且精通音乐，擅长绘画。他的诗歌也是多种艺术相通的，宋代的大诗人苏轼曾经这样赞美王维和他的诗：“味摩诘之诗，诗中有画；观摩诘之画，画中有诗。”

王维一生留下来的诗歌有400多首，内容很丰富，有边塞诗，有山水田园诗，也有赠别诗。《渭城曲》就是一首赠别之作。

好朋友元二要到西北边疆去，王维摆酒相送，写下了这首千古传唱的《渭城曲》。“渭城”是作者送别朋友的地点，就是秦代时的咸阳城，汉代时改名为渭城，在长安的西北方、渭水的北岸。唐朝的时候，从当时的都城长安向东去，一般要在渭水南岸的灞桥送别，李白有词曰“年年柳色，灞陵伤别”；向西去，则要在渭水的北岸渭城举行饯别酒会。

这首诗又叫《阳关三叠》，因为诗歌当中有“阳关”两个字，“三叠”就是诗歌除了第一句，每句都要再唱一遍。这首诗还有一个别名叫《送元二使安西》。元二是王维的一位好友，这位朋友姓元，在家族中排行第二，所以称为“元二”。“安西”是唐代在西北边疆设置的一个军事重镇，全称叫作“安西都护府”。安西都护府的驻地在今天新疆的库车县一带，距离现在的陕西西安非常遥远。

从字面上看，这首诗很好理解，“渭城朝雨浥轻尘”就是早上渭城下了一场阵雨，雨不大，但打湿了车马扬起的尘土，使空气变得十分清新；“客舍青青柳色新”是写在这场阵雨的清洗之下，旅舍的房屋露出了它本来的模样，青青的，柳树在雨水的滋润之下，也变得更加葱翠。这里面实际上还暗含了一层意思，那就是送别。柳者，留也，古人有折柳送别的习俗，所以诗中说到了“柳色新”，也包含这一层意思。诗歌的头两句主要描写送别的时间、地点和环境。

至于诗歌的后两句，更是一点阅读障碍也没有。“劝君更尽一杯酒，西出阳关无故人”，简直就是脱口而出的大白话，意思是：朋友啊，你再干了这杯酒吧，向西出了阳关之后，就再也见不到老朋友了。虽然浅白，但是贴心、动人。阳关在今天的甘肃敦煌西南，是通往西北边疆的交通要道，和玉门关南北相望，因为在玉门关的南面，所以叫阳关。从玉门关和阳关再往西就进入了茫茫的戈壁沙漠，人烟非常的稀少，更别说老朋友了。所以王维的言下之意是，本来阳关距离长安已经非常遥远，那里已经见不到老朋友了，更何况元二还要到比阳关更远的安西，那就更见不到老朋友了。

既然这首诗字面上如此简单，那么为什么此曲一出，就被人们广为传唱，而且被推为“古今送行曲第一”呢？笔者觉得，一个主要的原因是，他用最浅显、最明白的话语，表达了一种最为真挚的感情，所以打动了千百年来的每一个读者。人生总是离多聚少，即使社会发展到了今天，出于各种各样的原因，儿女有时会离开父母，妻子有时会离开丈夫，更不用说好朋友之间的分别了。王维的这首诗就把人们生活当中常常遇到、常常发生的情景，用诗的语言，升华为一种普遍的人人都能感同身受的依依惜别之情，说出了千百年来人们一直想说却没有说出的感受。虽然感伤，但不是哀哀怨怨、悲悲戚戚，有的只是埋藏在心里的深情厚谊，不需要用语言表达的真情实感。因此，它赢得了无数人的共鸣，变成了古今绝调，甚至被谱为琴曲，流传至今。

烟花三月下扬州

《黄鹤楼送孟浩然之广陵》李白

故人西辞黄鹤楼，
烟花三月下扬州。
孤帆远影碧山尽，
唯见长江天际流。

唐代诗人当中，李白绝对可以称得上一个有着仙风道骨的奇人。他一生遍游名山大川，更喜欢行侠仗义，结交天下名士，所以当李白第一次到长安的时候，贺知章见到了他，竟然惊呼：这不是天上的神仙下凡了吗?！然而，就是这样一个看起来十分自负的诗人，年轻的时候竟然也是个追星族！李白追的是谁呢?那就是大名鼎鼎的孟浩然。

在年龄上，孟浩然长李白十二岁；在诗坛上，孟浩然也比李白成名早。李白二十四岁的时候离开了四川老家，顺着长江东下，开始了他的游学求官生涯。在湖北安陆一带，李白一住十年，就是在这十年期间，李白结识了襄阳人孟浩然。在《赠孟浩然》中，李白表达了自己对这位诗坛前辈的崇拜："吾爱孟夫子，风流天下闻。"在当时的李白看来，孟浩然就像一座挺立的山峰，是那样的高不可攀，让他顶礼膜拜。如此看来，当时的李白就是孟浩然的铁杆粉丝。这首诗作于李白在安陆的时候，公元730年，李白听说孟浩然要去扬州，就约孟浩然在今天的湖北武昌相会。临别时，李白写下了这首诗，送给他的偶像孟浩然。

诗歌的题目叫《黄鹤楼送孟浩然之广陵》，“黄鹤楼”在今天湖北武昌的黄鹤矶上，传说古代仙人子安曾经骑着黄鹤经过这里。又传说，三国时的费祎曾经在这个地方成仙，乘黄鹤而去，所以叫黄鹤楼。唐代诗人崔颢曾经写过一首《登黄鹤楼》，有诗句曰“昔人已乘白云去，此地空馀黄鹤楼”，就是源于这个美丽的传说。“广陵”，位于今天的江苏扬州。

“故人西辞黄鹤楼”，诗歌的第一句就扣题来写，交代了送别的地点。在李白看来，即将东行的孟浩然就如同古代那位驾鹤的仙人，具有让人崇拜的风骨。于是，黄鹤楼所系连的美丽神话传说，与眼前即将出行的老朋友结合了起来，让我们千载之下能够想见孟浩然的风姿。“故人”，就是老朋友。在湖北安陆寓居的十年间，李白曾多次与孟浩然游处，甚至亲自登门拜访，所以这里说是故人。因为要沿江东下，所以是“西辞”。送行的地点是黄鹤楼，那么送行的时间是什么时候？孟浩然此次东行又要到哪儿去？诗人很自然地接上了这样一句——“烟花三月下扬州”，原来时间是在三月，孟浩然此行的目的地是扬州。这句诗中让我们感到好奇的还有“烟花”这个词。这里的烟花不是我们通常所说的“烟花爆竹”的那个“烟花”，而是泛指绮丽的大好春光。江南三月，暮春时节，早已是草长莺飞，繁花似锦，因此这里用“烟花”一词来修饰江南的三月，我们可以通过这个词，想象江南三月的美丽。扬州，地处江淮要塞，古时候十分的富庶、繁华。南朝时候有个故事说：有几个读书人，在一起谈论自己的志向，一个说要做扬州刺史，就是想当扬州市的市长，一个说想要当个富翁，一个说想当个神仙，骑鹤升天，最后一个说要“腰缠十万贯，骑鹤上扬州”，前面三个人想拥有的，他都想得到。孟浩然这一次去扬州，正值百花盛开的春天，扬州的美景或许也使得诗人李白心向往之。

第三、四句是“孤帆远影碧山尽，唯见长江天际流”，如果说前面两句说的是送行的对象孟浩然，那么这两句则把笔锋一转，开始写自己。老朋友即将远行，李白的心中充满了不舍，老朋友乘坐的那条小船渐行渐远，直到消失在天的尽头，他还是不肯转身回去，看着看着，只剩下那滚滚的长江向遥远的天边兀自流淌着。这两句写李白的惜别之情。唐代的许多诗人都写过送别诗，最为著名的是王勃的那首《送杜少府之任蜀州》，诗中比较著名的是：“海内存知己，天涯若比邻。无为在歧路，儿女共沾巾。”意思是，不要像那些多情的儿女一样，在分别的时候，悲悲戚戚，只要彼此心有灵犀，即使天各一方，也像在一起一样。李白的这首诗表达了同样的情感，尽管依依不舍，他只是把这种不舍埋在心里，化作送行的目光。

两位风姿超绝的诗人，一段难忘的友情，没有悲凉，没有凄恻，有的只是青春的友谊、青春的别离，给诗坛留下了一段千古传诵的佳话，让我们千载之下依然能够想见他们的风神，依然能够为之动容。

最苦人间是别情

《金陵酒肆留别》李白

风吹柳花满店香，吴姬压酒唤客尝。
金陵子弟来相送，欲行不行各尽觞。
请君试问东流水，别意与之谁短长。

开元十二年（公元 724 年）春天，二十四岁的李白出川，开始了他的漫游生活。他沿长江东下，经重庆的巫山、湖北的荆州、湖南的洞庭湖和江西的庐山，在这一年秋天到了金陵，就是今天的江苏南京。第二年春天，李白离开金陵，准备前往扬州，这首《金陵酒肆留别》就是作于这一次离开金陵的时候。

李白写过不少赠别诗，大家最熟悉的是那首《赠汪伦》。那首小诗，是写给泾县的村人汪伦的，李白认为汪伦对他的友情比桃花潭的水还深。那么，这首诗又是给什么人写的呢？从诗歌的题目《金陵酒肆留别》看，很显然，地点是在金陵的一个小酒店里，“留别”，就是临别的时候写诗赠给送行的人。留别何人？题目没有交代，在诗歌的第三句当中才点了出来，是“金陵子弟”，就是李白在金陵认识的朋友。李白生性豪爽，轻财好义，一掷千金，喜欢结交天下名士，所以朋友遍天下。从头年秋天到这个春天，也就半年的时间，李白已经在金陵结识了很多朋友。临别之际，金陵的朋友们都赶来为他饯行，这首赠别诗就是写给他们的。

离别之作，古往今来不下万千，就是李白的诗歌也不下百首。那么这首诗的特点是什么呢？笔者觉得，是浅而有味，淡而有致。虽然用的是最为直白、浅显的话语，却写出了一派浓郁的江南春光，道出了一腔浓郁的惜别之情。

诗歌的头两句就浅得不能再浅了，简直像口语一样：“风吹柳花满店香，吴姬压酒唤客尝。”柳絮飘飞的时候正是江南暮春时节，南朝文学家丘迟《与陈伯之书》中这样描写江南三月的美景：“暮春三月，江南草长，杂花生树，群莺乱飞。”于是草长莺飞便成了三月江南旖旎风光的代表。李白这里别出新意，没有写草长莺飞，而是写漫天飘飞的柳絮，用它来代表暮春的江南。最为出奇的是“满店香”三个字，柳絮并不是春花，当然也没有什么特别的香味，有的可能只是淡淡的春天的气息，但是这气息无处不在，甚至充满了整个酒店，而这恰好被敏感的诗人给捕捉到了，给写出来了，这就是李白的独特之处。所以后来有人说：“柳花之香，非太白不能道。”这就是李白的创新了。不但江南春光让人陶醉，不忍离去，金陵酒肆女主人的热情好客更是让李白流连忘返。“吴姬压酒唤客尝”，吴姬就是吴地的女子，“吴姬”两个字虽然很平常，但也很容易让我们联想到娇媚婀娜、风姿绰约的江南美女。李白的《对酒》也说到了吴姬：“蒲萄酒，金叵罗，吴姬十五细马驮。青黛画眉红锦靴，道字不正娇唱歌。”这首《对酒》诗中对吴姬的描写，可以看作对“吴姬压酒唤客尝”的生动注解。风光大好，人又美丽热情，这怎能让人忍心离去，所以这两句写江南风景和人的句子，实际上也有弦外音，暗示着作者不忍离去。

所以自然引出了诗歌的第三、四句：“金陵子弟来相送，欲行不行各尽觞。”也是浅显得很，完全是大白话，什么人来送“我”？是金陵子弟。怎么个送法？送行的和被送的都端起酒杯，一饮而尽。这里面既有年轻人特有的豪爽，更饱含着离别的深情。所以说，也是浅语含深情。

到了诗歌最后两句，谜底该揭晓了，即将离开金陵，半年来结下的友情到底有多深呢？“请君试问东流水，别意与之谁短长。”因为南京下临长江，他们离别的小酒店或许就在江边。长江之长，众所周知，这里，作者用了拟人的方法，非要问一问东流的长江水，那离别的情意和它相比，到底哪个短、哪个长。这看上去有点不可理喻，长江又不是人，怎么作答呢？情意本来不可以量化，把二者放到一起，却又分明让人能够感受得到那离别情意的绵长。这两句也会让我们想起《赠汪伦》诗歌中的最后两句：“桃花潭水深千尺，不及汪伦送我情。”两者的不同之处是，《赠汪伦》是用桃花潭的深浅作为参照物，来衡量汪伦对自己的深情厚谊，而且明确地说出“不及汪伦送我情”，斩钉截铁；这首《金陵酒肆留别》最后两句，是用江水的长短来比照离别的情意，而且用的是反诘的手法，看似有些不确定。实质上，二者是异曲同工。

桃花潭水深不过友情

《赠汪伦》李白

李白乘舟将欲行，
忽闻岸上踏歌声。
桃花潭水深千尺，
不及汪伦送我情。

唐代的诗人中，李白是当之无愧的第一流大诗人，因此受到当时很多读书人的崇拜，用现在的话说，就是有很多的朋友和粉丝。大诗人杜甫就是其中的一个，在杜甫所写的一首诗中，他这样高度评价自己的这位朋友：“白也诗无敌，飘然思不群。”意思是说，李白的诗歌天下第一，他的才思真是与众不同。大诗人贺知章更是把李白称为“谪仙人”。“谪仙人”什么意思？就是说李白是天上的神仙下凡，这个评价可真不低呀！

李白曾经写过不少诗歌，送给他的朋友和粉丝们。有人做过粗略的统计，说有160多首，他的朋友和粉丝中就有大家熟悉的杜甫、孟浩然等人。这些人大多数也都是诗人，只有一位比较特别，那就是汪伦。汪伦是什么人？古书上说他是泾县的一位“村人”。“村人”是什么意思？就是乡下人、农村人。李白怎么和一个农村人搭上了关系呢？原来，在天宝十四年（公元 755 年），李白到泾县游览桃花潭，当地人汪伦热情招待，不但陪同游览，而且把自己家酿的美酒拿出来款待李白。临走的时候，汪伦又来送行，这让李白大为感动，于是写下了这首《赠汪伦》，表达自己对朋友的一片感激之情。

诗歌的头两句是叙事，直接写当时的情况，大意是：我李白坐上小船，正准备出发，忽然从岸上传来踏歌的声音。“踏歌”，古时候的一种歌唱方法，唱歌的时候手拉着手，脚踏着地来作为节拍。今天我们看一些少数民族的舞蹈时还经常能够看到这种情形，人们手拉着手围成一圈，或者排成一排，一边唱、一边脚踏着地作为节拍，这可能是古代歌舞的一种遗留。

这两句诗看似很平，写的是诗人李白离开泾县时的情景，但是如果仔细品味一下可以发现，诗歌的情景安排独具匠心。独具匠心在哪里呢？那就是，诗人在这里采用了未见其人先闻其声的方法，故意卖了个关子，让我们产生强烈的好奇心。李白要走了，忽然间又传来踏歌的声音，这歌声是谁唱的呢？又是为谁而唱的呢？这让我们非常想接着往下读，一睹究竟。于是有了诗歌的下两句：“桃花潭水深千尺，不及汪伦送我情。”

一读之后，恍然大悟，原来是汪伦赶来为李白唱歌送别，谜底到此揭晓。桃花潭是李白这一次泾县之行的游览对象，在泾县县城西南一百里，古书上说，桃花潭水深不可测。李白在这里说它“深千尺”，是形容非常深，李白常用这样的方式来写他所看到的景物，比如他形容庐山的瀑布“飞流直下三千尺”，形容傲立的松树“直上数千尺”，都是夸张的手法。但是这并不是李白这首诗所要表述的重点。李白这首诗的重心在诗歌的最后一句“不及汪伦送我情”上，意思是，桃花潭的水已经够深的了，但是如果跟汪伦对我的深厚情谊相比，那还是远远比不上的。感情的深浅本来是很抽象的，摸不着看不见，只能意会不能言传，但是李白在这首诗里用一湖实实在在的潭水作为比较的对象，这样，原本抽象的感情，一下子直观了，一下子具体了，我们仿佛看到了汪伦对李白的一腔深情。说到这里，有个故事，是关于李白此次桃花潭之行的。故事说，汪伦是李白的铁杆粉丝，为了能请到李白，汪伦特地给李白写了封信，信中说自己家这边有十里桃花、万家酒店，李白一看便欣然前往，到了之后才发现，十里桃花指的是桃花潭方圆十里，所谓的万家酒店实际上只有一家，是姓万的人开的酒店。不过，好在有汪伦的热情好客，这已经足够了。

在这次的泾县之行前，李白曾经三次到过长安，他很希望能够凭借自己的才华，为国效力，实现自己的人生理想，但是官场的种种情形最终让他极度失望。与之相比，泾县的乡野之人汪伦对李白的一片赤诚，让他感动不已，于是写下了这首赠别的小诗，来歌颂两人之间的友谊。友谊有伟大的，有平凡的，最关键的是要真挚。李白的这首小诗让我们深深感受到了他与一位普通朋友之间的深厚友谊，虽然只是一次短暂的接触所结成的友谊，但是它朴素、真实，没有任何功利的色彩，这种朴素和真实，让人千年之后仍然为之感动。

落日故人情

《送友人》李白

青山横北郭，白水绕东城。
此地一为别，孤蓬万里征。
浮云游子意，落日故人情。
挥手自兹去，萧萧班马鸣。

李白的送友之作，数量不少，有人做过统计，有 160 多篇，这里面有大家耳熟能详的给孟浩然的《赠孟浩然》《送孟浩然之广陵》等，也有送给杜甫的，尽管很少，却也有。这首《送友人》顾名思义也是一首赠别之作，所赠者何人？诗里没有交代。据明代人曹学佺的《蜀中广记》记载，这首诗应该是赠给四川内江人范崇凯的。明代的周复俊辑录《全蜀艺文志》，收这首诗的时候，题目直接写作《送友人内江范崇凯》，两个文献都这样记载了，想必这首诗是为送范崇凯而作的。

这个范崇凯又是什么人呢？据资料记载，他是开元年间的状元，特别有文学才华，他向唐玄宗进献的《花萼楼赋》被誉为“天下第一赋”，他的家乡人以此为荣，就把家乡的一座山改名为“花萼山”。他的弟弟范元凯也有文才，当时兄弟二人被称为“梧冈双凤”。

除了这首《送友人》之外，李白还曾经为范崇凯写过其他几首诗，其中有两首叫作《赠范金卿》，诗里表达了自己对范崇凯的崇敬之情。还有一首叫作《送友人入蜀》，跟这首《送友人》有点相似。可见，在当时李白应该是范崇凯的粉丝。

这首题目为《送友人》的五言律诗，是在什么时候、什么地方作的，已经不可考证了，但是这并不妨碍我们对诗意的理解，更不能影响它在诗歌史上的重要地位。它所传达出来的李白与好朋友之间的真挚友情，以及李白的依依惜别之情，让我们今天读来，都会情不自禁地为它点赞。那么，除了这种真挚的友情外，它还好在哪里呢？那就是善于用具体可感的形象来抒情，不但展示了一个如在眼前的送别场面，而且景中有情。

诗歌的头两句为“青山横北郭，白水绕东城”。山是青山，水是白水，水因为在阳光的照射下，波光粼粼，所以叫作白水，还有人说，水因为清澈透明，所以叫作白水，也可以说得通。这两句写送别的环境，是说，青山横卧在城的北面，白水流淌在城的东面，一个城市，有山有水，于是便有了灵气，这样清明的风物，本应该让人流连忘返、深深地陶醉，可是让人伤怀的是老朋友即将离去。“此地一为别，孤蓬万里征”，这两句是说，老朋友从这里离开，从此踏上了万里的征途。万里，是夸张的说法，形容路途非常的遥远。一、二句写景，三、四句写事，景是乐景，事是伤心事，反差很大，有点以乐景写哀情的意思。那么，送行的人和被送的人心情如何呢？第五、六句作了渲染：“浮云游子意，落日故人情。”“游子”就是远游的人，这里当然指的是被送之人；“故人”则是送行的人，就是李白。被送的人，就像那飘浮的白云一样，心神不定；送行的人，则像那薄暮时分的太阳，迟迟不肯落下。两句话用了两个比喻，非常的形象、逼真，又是那样的贴切自然。虽然没有具体写怎样的不忍分别，可是已经让我们看到了满纸的离愁。人们经常说，唐诗兴象玲珑、含蓄蕴藉，李白这两句，完全当得起。形象具体可感，情感真挚生动，这是唐诗的最高境界，比喊一千句一万句“我不想让你走”，要来得真切、来得感人。

写到这里，诗人似乎意犹未尽，紧接着续上了这样两句：“挥手自兹去，萧萧班马鸣。”尽管不忍离去，但是离别已经势在必然，所以挥一挥手，从这里走吧，但是马儿也好像不忍离群，所以萧萧长鸣。马都这样，那人呢？更是不忍离别了。以马的不忍离群，来衬托和渲染人的不忍离去，惜别之情又进了一层。

倏忽数年再重逢

《赠卫八处士》杜甫

人生不相见，动如参与商。今夕复何夕，共此灯烛光。
少壮能几时，鬓发各已苍。访旧半为鬼，惊呼热中肠。
焉知二十载，重上君子堂。昔别君未婚，儿女忽成行。
怡然敬父执，问我来何方。问答乃未已，儿女罗酒浆。
夜雨翦春韭，新炊间黄粱。主称会面难，一举累十觞。
十觞亦不醉，感子故意长。明日隔山岳，世事两茫茫。

乾元二年（公元 759 年），两京已经收复，但是社会局势依然动荡不安。经此巨难，国家元气大伤，无数百姓流离失所，短短数年，竟不知有多少生离死别在不断上演，正是“国破山河在，城春草木深”。诗人杜甫在这一年的春天，从洛阳返回华州，在途中与自己昔日的好朋友卫八重逢，悲喜交集之下，写下了这首《赠卫八处士》。“处士”指的是隐居的人，那么诗人的这位朋友应该是隐居不仕的，只是他的具体身份现在已无从得知，只知道他姓卫，在兄弟当中排行第八。但是，这并不妨碍我们对这首诗歌的理解，不妨碍我们感受其中的深情与悲痛。

同样是与故友重逢、把酒对谈，孟浩然在《过故人庄》中，为我们描绘了清丽娟秀的自然画卷，朴素真挚的情谊更是让我们向往感动。“故人具鸡黍，邀我至田家。绿树村边合，青山郭外斜”，这样宁静和谐的田园图景，独属于太平盛世；“开轩面场圃，把酒话桑麻。待到重阳日，还来就菊花”的洒脱风致，也只能发生在安定的时代。那么，乱世之中的重逢，又会有怎样的景象呢？诗人又会生发出怎样的感慨呢？

诗歌的前两句“人生不相见，动如参与商”写离别，“参与商”指的是天上的两个星宿，参、商二星，一在西，一在东，此出彼没，永不相见。这两句诗的意思是，我们的一生中多有离别，而一经离别，就像参、商二星，难以相见，表达了诗人对离别难见的感慨。也正是因为这样，所以今日的重逢才这样难得，“今夕复何夕，共此灯烛光”写出了诗人与友人久别重逢的欣喜。时值战乱，烽火连三月，家书尚且抵万金，更何况是现实中的会面。若是太平年岁，可能也不会有如此深沉的感喟吧，今夕何夕，悲喜交集。

数载未见，如今二人皆是鬓发苍苍，诗人由此感怀时光之无情，所以说“少壮能几时，鬓发各已苍”。战乱更迭，最关心的便是亲友的安危，当问及老朋友的现状时，却听闻有大半都已不在人世，这样的消息让诗人顿感沉痛灼心。“访旧半为鬼，惊呼热中肠”也是诗人对世道的无声批判。友人半零落，天人永隔，而今日之重逢真的是让人在沉痛之余也充满庆幸，所以诗人感叹道“焉知二十载，重上君子堂”，意思是：怎么会想到二十年后我还能再次来到你家做客呢？

“昔别君未婚，儿女忽成行”二句从抒情转为叙事，意思是：想当年我们分别时，你还没有成婚，倏忽数载，如今却是儿女成群了。一个“忽”字表达了光阴似箭、日月如梭的流年之叹。“怡然敬父执，问我来何方。问答乃未已，儿女罗酒浆。夜雨翦春韭，新炊间黄粱”，面对远道而来的客人，友人的儿女彬彬有礼地询问自己从何处而来。“父执”出自《礼记·曲礼》“见父之执”，意思是父亲的好朋友。关于与友人儿女的问答对话，诗人仅用一句“问答乃未已”轻轻带过，转而描写友人对自己的款待。“儿女罗酒浆”，写卫八让自己的孩子准备好了美酒；“夜雨翦春韭”，写卫八冒着春雨剪下鲜嫩的韭菜作为菜肴；“新炊间黄粱”，写新煮成的掺着黄米的米饭。有酒有菜，饭香缭绕，这样的招待，自然而又周到，体现了二人友情之深厚。

接下来的四句写与友人对饮的情景：“主称会面难，一举累十觞。十觞亦不醉，感子故意长。”因为感慨于会面的艰难，所以二人并没有浅斟细酌，而是一口气喝了十大杯酒，主客二人内心的激动可见一斑。“感子故意长”写出了诗人此刻的感受，从前与现在的一切，好像都在一瞬间交会于眼前，这中间的倏忽数年，诗人经历了太多的悲欢离合，也看过了太多的人情冷暖，如今与自己的老友把酒对谈，万千感慨涌上心头。

最后两句写得低回婉转，让人感同身受。适逢乱世，零落辗转，期待再见，却不知人事起伏，再见何期。“明日隔山岳，世事两茫茫”两句可谓千回百转，蕴纳无限感伤。

离愁恰如春草

《赋得古原草送别》白居易

离离原上草，一岁一枯荣。
野火烧不尽，春风吹又生。
远芳侵古道，晴翠接荒城。
又送王孙去，萋萋满别情。

白居易的诗平易通俗、浅近自然，他和元稹并称“元白”，和刘禹锡并称“刘白”，是可以和李白、杜甫并肩的唐代“三大诗人”之一。值得一提的是，这一首《赋得古原草送别》是年仅十六岁的白居易的应试之作，也是他的成名之作。

那么，诗题中的“赋得”两个字是什么意思呢？原来，在唐代的进士考试中，要考诗赋，诗赋考试要限定题目，规定从古代人写的句子当中选题，选完之后要在前面加上“赋得”两个字，由此所产生的这种应试之作，也被称为“赋得”体。具体到白居易的这首诗，“古原草送别”就是科场考试的命题。这种“赋得”体的作法与咏物诗类似，由于要求严格、束缚比较多，“赋得”体中的绝佳之作寥寥无几，白居易的这首考试诗却千古流传。

据一些资料记载，白居易到长安参加科举考试，刚到京城的时候，名气并不大，就带着自己的作品，去拜会顾况。顾况当时任著作佐郎，虽然官不大，但是他很有名气，而且很少夸奖别人。他一看到白居易的名字，就打趣说长安“米价方贵，居亦弗易”，意思是，长安米价正贵着呢，你名字虽然叫白居易，但是想住下来可不是一件容易的事，言下之意是，长安可不是轻易能够站住脚、混得开的地方。可是当他读到“野火烧不尽，春风吹又生”两句时，不禁赞赏道：“道得个语，居亦易矣。”意思是，能写出这样优秀的诗句，住下来太容易了，并且道歉说，自己前面说的话是开玩笑的。从此之后，顾况逢人就推荐白居易，逢人就夸奖白居易。从这个故事里，我们可以看到这首诗在当时就得到了广泛承认。而且千载之下，依然广泛传诵，这是为什么呢？

笔者觉得主要是因为，白居易用最为平易简练的语言，描绘出最为广阔浩荡的画面，对“原上草”做出了极富生命力的诠释。

诗歌的首两句：“离离原上草，一岁一枯荣。”破题来写，着重写草的茂盛与生命力。“离离”，是茂盛的样子。“一岁一枯荣”一句，通过两个“一”字的叠用，形成一种咏叹的效果，联系“枯荣”两个字，便是说，这茂盛的野草啊，年复一年，秋天枯萎，春天繁茂，生生不息。

怎样的“一岁一枯荣”呢？第三、四句“野火烧不尽，春风吹又生”做了具体展开，继续描写野草旺盛的生命力。试想，在那无边无际的古原上，熊熊野火燃烧了满原的枯草，看上去，满眼的荒芜，但是那只是暂时的，只待一场春风吹过，便可唤醒那蛰伏在地下的野草之魂，于是古原再度生长成浩浩荡荡的草的原野。这几句连在一起，一幅自然的画面，在我们的心中逐渐浮现，我们也会在这浅切的语言中，感受到一种蓬勃的力量、一种不屈的生命力。

诗的第五、六句“远芳侵古道，晴翠接荒城”，还是写野草，只是视野更加阔大，在前四句对野草的自然生命进行充分表现之后，诗人把目光投向更远的整个原野。“芳”是“远芳”，这里指野草清香，弥漫古原之上；“翠”是“晴翠”，是说绿草青青，沐浴在阳光之下。“侵”和“接”两个字写野草浩荡，一直长到古老的驿道上，连接起了荒芜的城郭。这是紧接着前四句，对古原之上野草的旺盛生命力的具体化展现，给我们以直观可感的印象。

通过对“草”与“古原”的描写，诗人已经铺展开一幅壮阔图景，野草繁茂浩荡绵延，直到远方，在这样美丽宏阔的背景下，却要送别远行之人。诗歌的最后两句“又送王孙去，萋萋满别情”，用了《楚辞》中的一个典故，即“王孙游兮不归，春草生兮萋萋”，就转向了送别。“又送王孙去”中的“王孙”本来是指贵族后代，这里是指送别的友人，这一句直接点明送别这一主题，语言质朴平易，与上文相接自然流畅。最后，诗歌以“萋萋满别情”作结，将古原草与送别情巧妙自然地融为一体，古原野草依然浩荡，只是好像叶叶关情，那离愁弥漫了整片古原。后来南唐后主李煜在《清平乐》中写道“离恨恰如春草，更行更远还生”，秦观也在《八六子》中开篇即言“倚危亭，恨如芳草，萋萋刬尽还生”，二者皆与“萋萋满别情”有异曲同工之妙。这样一来，前面着重表现的野草的生命力与遍布古原的浩荡之势都得到了升华——这古原野草纵有千重风姿，也只是我为你送别的背景，这古原野草的浩荡绵延，恰似你我离别的千般哀愁。诗歌到此戛然而止，其中深情却感动人心。

《赋得古原草送别》不仅是一首绝佳的应试诗，而且对景致与情感的关系把握也非常到位。我们跟随诗人一起，首先看到的是蓬勃旺盛的野草，清香弥漫，翠色逼人，连绵成海。在这样的图景里，却要送别，于是，所有的风景都变成离愁的载体，古原草与送别情水乳交融。这首诗的精妙之处，不仅在于诗人描绘了茂盛的古原草，展现了古原草旺盛的生命力，更在于他写送别不是一味地沉迷于离愁，而是把这种离别的愁思，放在壮阔的诗境当中。因此，离别之情虽然缠绵，但也不失昂扬。我们在读这首诗的时候，既能感受到萋萋芳草、离人远行的美和悲，更能深切感受到诗人的满怀深情。千年之后，这份体会与感动，也像野草一样，春风吹又生。

满天风雨下西楼

《谢亭送别》许浑

劳歌一曲解行舟，
红叶青山水急流。
日暮酒醒人已远，
满天风雨下西楼。

许浑是唐高宗时的宰相许圉师的六世孙，可谓出身名门，虽然到他的先祖一辈时已经家道中落，但许浑始终追求建功立业，具有远大的志向与抱负。史料记载，他“幼颖悟，善诗词，顷刻千言，出人意表”，自小便具有过人的才能。少年时代的许浑因为家境艰难，还曾经“隐读”于苏州洞庭西山，虽然条件艰苦，但是读书不辍、壮志不已，为以后的文学创作与仕进之路打下了坚实的基础。令人唏嘘的是，曾经写下“会待功名就，扁舟寄此身”的许浑，所处的却是一个苦闷压抑的时代。时至晚唐，科举黑暗，吏治腐败，许浑屡试不中，直到年届五十，才勉强得了宣州当涂县县尉这一官职，所以才会有《陪宣城大夫崔公泛后池兼北楼宴》中的“一尉沧州已白头”之语。

晚唐时期的朝堂环境非常黑暗，许浑也一直处于进退两难的矛盾境地，一方面，他希望自己能实现经世济民的愿望，另一方面，官场的黑暗又让他失望至极，所以许浑几次归隐又几次出仕，在诗歌中也表现出了截然不同的自我形象。但是，究其本质而言，许浑淡泊清雅，所以他的诗歌颇有“清致”，这点也历来为人所称道。说到这里，与“清致”风格相关的，还有后人对许浑诗作的一个评价，叫作“许浑千首湿”，是“湿润”的“湿”。这是因为他的诗歌中运用了大量的“水”意象，姿态万千、清洁出尘的“水”，可以说是直接促成了他的“清致”之风。

这首《谢亭送别》，不仅在一首诗中将“水”写得各具特色，而且借此将离别的主题表现得深情款款，是晚唐离别诗中的代表作品。

诗题中的“谢亭”又叫“谢公亭”，位于宣城北面，是南齐著名诗人谢朓在宣州担任太守时所建。因为他曾经在这里送别自己的朋友范云，所以自此以后，谢亭便成为宣城的送别之地。李白曾经在《谢公亭》中写道:“谢亭离别处，风景每生愁。客散青天月，山空碧水流。”而且他曾多次登临谢亭，并在这里为自己的叔叔李云饯别，写下了为我们所熟知的《宣州谢朓楼饯别校书叔云》。

诗歌第一句“劳歌一曲解行舟”，写友人乘船离去的情景。在古代，离别的时候，有以歌相送的习惯，比如李白那首著名的《赠汪伦》中就说“李白乘舟将欲行，忽闻岸上踏歌声”，歌声悠扬婉转，情意尽在其中。这首诗中的“劳歌”本来是指在劳劳亭送别的时候所唱的歌，后来代称送别之歌。“劳歌一曲解行舟”就是说送别之歌一曲方罢，友人就解开缆绳，登上了远行的小舟。一首歌的时间而已，离别仿佛瞬息之间就到了眼前，心中的不舍与悲伤又何必多言呢?

“红叶青山水急流”，友人登舟而去，诗人的目光也随着友人望向远方，只见两岸青山巍巍、红叶灿灿，这样亮丽的颜色在眼前铺展开来，本是乐景；江水浩荡，水流湍急，那小舟行得迅疾，友人因此渐行渐远，却为哀情。所以“红叶青山水急流”一句是以乐景写哀情，外在景物越艳丽，越能反衬诗人内心的悲凉，如同江淹在《别赋》中写的“春草碧色，春水绿波，送君南浦，伤如之何?”

诗歌的第三句:“日暮酒醒人已远。”送别友人以后，诗人并没有立即离去，而是在谢亭之上，独酌独饮，饮酒之事本来就是“借酒浇愁愁更愁”，就着满怀悲伤，诗人很快一醉不起。直到太阳落山，诗人才悠悠醒来。此时此刻，天空飘起了雨，江面上一片迷蒙，自己的朋友也早已行至远方，踪影全无。“日暮酒醒人已远”写的是诗人醉酒之后醒来的怅然所失之感。因为伤离别，所以才会喝醉，因为醉而复醒，所以更见孤单伶仃之状，可谓语词沉痛。情感已经积聚酝酿到如此地步，好像只是在等待一句沉重的悲叹，诗人却反其道而行之，不抒胸臆，只作景语。

于是在诗歌的最后，被这种怅惘的情绪包围的诗人，一个人神思黯淡地走下了谢亭。诗歌的最后一句“满天风雨下西楼”，言语简明，在那样的背景下，却显得格外情意悠长。秋雨淅沥，秋风寒凉，亭下是滔滔江水，身旁是茫茫江雾，一天一地的凄清中，只有诗人自己黯然神伤、默默无言。

同一首诗歌中，水的形态从“急流”之江水到漫天之风雨，诗境灵动又满溢着悲伤。既有以乐景反衬哀情，使得悲哀加倍，又有以景语代情语，情景交融。技巧与情感，相辅相成，红叶远山，江水送行舟，自友人离去，独酌醉卧，一夕风雨琳琅。

梦回依旧扬州

《寄扬州韩绰判官》杜牧

青山隐隐水迢迢，
秋尽江南草木凋。
二十四桥明月夜，
玉人何处教吹箫。

杜牧和扬州的缘分真的不浅，他一生当中曾经两到扬州，而且，第一次到扬州，待了三年，时间可不短。

公元 833 年，受淮南节度使牛僧孺的邀请，三十一岁的杜牧来到扬州，担任节度使推官，主要管理案件诉讼工作，后来转任掌书记，改做文书，受到牛僧孺的重视。直到公元 835 年，因为被朝廷任命为监察御史，杜牧才离开扬州。在扬州的三年生活，让生当壮年的杜牧享尽了人间的繁华，他整天出入歌楼酒榭，整日里眠花宿柳，以至于邀请他去的牛僧孺都担心起他的安全了，每天派几十个士卒换上便装，暗中保护他。离开扬州的时候，牛僧孺在饯行的酒宴上劝杜牧应当注意节制自己的行为，否则会伤害身体、耽误前途。杜牧还辩解说，自己一向是比较检点的。牛僧孺笑而不答，让侍从取出一个小书箱子，当着杜牧的面打开。杜牧一看，原来都是当初跟踪、保护他的士卒打的报告，有一百多个，上面密密麻麻地写着，某年某月某日某晚，住在某家，平安无事。杜牧一看，羞愧不已，以至于若干年后，杜牧对于早年的风流生活也多有后悔之意，写道："十年一觉扬州梦，赢得青楼薄幸名。"

杜牧为什么如此放纵自己？归结起来，其中的原因大概有三个。一是与杜牧的家庭背景有一定的关系。杜牧早年家世比较显赫，他的祖父杜佑曾经做过宰相，因此少年时的杜牧，就养成了放诞风流的习性。

二是跟当时扬州城的繁盛、唐代人的生活风气有一定的关系。唐朝时的扬州城在全国是最为繁华的城市之一，有的人甚至认为，扬州的富庶程度堪比京都长安。而且唐代的时候游宴之风盛行，很多文人甚至官员经常出入游乐场所，听歌看舞，喝酒娱乐。《太平广记》记载："扬州胜地也，每重城向夕，倡楼之上，常有绛纱灯万数，辉罗耀烈空中。九里三十步街中，珠翠填咽，邈若仙境。"说扬州城每到了晚上，青楼之上，常有万盏红纱灯排列空中，耀人眼目，在扬州的步行街上，美女如云，恍若仙境。与杜牧同时的另外一位诗人，也是杜牧的好友，张祜在一首诗里这样写道："十里长街市井连，月明桥上看神仙。人生只合扬州死，禅智山光好墓田。"(《纵游淮南》）这里所说的"神仙"，就是歌伎的美称，就是那些提供歌舞表演服务的美女。

三是可能与杜牧的仕途经历有一定的关系。杜牧满腹才华，胸有大志，但是直到二十六岁才考中进士，三十来岁还在淮南节度使幕府下做一个掌书记。这在杜牧看来，是有点大材小用了，所以他纵情享乐，想通过这样的方式来排遣内心的苦闷。

这首《寄扬州韩绰判官》是杜牧离开扬州之后，给昔日的同事韩绰写的。韩绰是何许人，今天已经不得而知，只能从这首诗的题目中知道，他曾经和杜牧一样，在牛僧孺的手下当差，做判官。此诗虽然是一首寄赠之作，但是言语之中饱含了杜牧对自己扬州三年风流生活的怀恋。在我们今天看来，它的美却主要在于，展现了扬州那如画的风景、那充满了灵性的美丽、那迷人的魅力，以至于我们今天每每读到这首诗，都会被它所展现的美丽所感染、打动。

诗歌的头两句“青山隐隐水迢迢，秋尽江南草木凋”，大笔写起，虽然只是概括的描写，但是灵性自在其中，美丽自在其中。我们说，一个城市，有了山，有了水，便有了灵性。扬州城怎样呢？青山迤逦，绿水迢递，即使在秋去冬来之际，仍看不到衰败，看不到萧条，映入眼帘的是草木繁盛，一片葱绿。而这个时候，长安已经是一片肃杀、寒意袭人了。所以对比之下，杜牧更加怀念曾经在扬州的日子。

除了自然的山水之外，让杜牧难以释怀的还有什么？当然是扬州繁华的生活。“二十四桥明月夜，玉人何处教吹箫”，这里有两个词需要解释一下，一个是“二十四桥”，关于它有两种解释。一种是说扬州有 24 座桥，北宋沈括的《梦溪笔谈》当中，对每座桥的方位和名称一一做了记载，这里就不具体引出来了。还有一种说法是，扬州有一座桥，名字就叫二十四桥。清代的一个文献记载，二十四桥就是吴家砖桥，也叫红药桥，在熙春台后面。为什么叫二十四桥呢？据传，古代有二十四位美人在此桥吹箫，二十四桥因此而得名。

“玉人”指的是容貌美丽的人，既可以用来说男子，也可以用来说女子。那么，在这首诗里面，就有了两个指向，一个是韩绰，一个是扬州的歌伎。如果联系有关二十四桥的美丽传说，那么，笔者觉得，玉人应该是后一种说法，指的是吹箫的美人。这两句合起来的解释就是，二十四桥的明月朗照天空，美丽的歌女在哪儿教你吹箫呢？虽然有点打趣老朋友韩绰的意味，但是也明显带有杜牧对于往昔风流生活的怀恋。显然，这里有一点借写韩绰的机会，表达自己对扬州的思念。

六朝空如梦

／唐诗中的咏史怀古

效颦安可希

《西施咏》王维

艳色天下重，西施宁久微。朝仍越溪女，暮作吴宫妃。
贱日岂殊众，贵来方悟稀。邀人傅香粉，不自著罗衣。
君宠益娇态，君怜无是非。当时浣纱伴，莫得同车归。
持谢邻家子，效颦安可希。

我们现在如果想形容一位女孩长得漂亮，经常会说她有沉鱼落雁之容、闭月羞花之貌。沉鱼、落雁、闭月、羞花指的便是中国古代的四大美女，她们分别是西施、王昭君、貂蝉、杨贵妃。关于她们的传说代代不绝，以她们为创作对象的诗文也层出不穷。

《西施咏》就是以西施为原型进行创作的。根据相关史料的记载，西施本名施夷光，是春秋时期的越国人，她出生在浙江诸暨的苎萝山村，因为苎萝山村分为东西二村，施夷光住在西村，所以被称为“西施”。在苎萝山下有一条小溪叫作浣纱溪，传说西施经常在那里浣纱，所以有人称西施为“浣纱女”。因为西施天生丽质、姿容艳丽，所以连水中的鱼儿看到她的美貌都为之沉醉，甚至忘记了游动，以至于呆呆地沉没水底，这便是“沉鱼”之说的由来。

在西施生活的时代，越国被吴国打败之后，越王勾践被迫向吴国求和，并到吴国做了许多年的人质。等勾践回到越国后，便开始筹划自己的复仇大计，为了一雪前耻，他和范蠡设计了一个美人计，派遣范蠡到民间寻找美丽的女子送给吴王。范蠡在苎萝山找到了两位卖柴的美女——西施和郑旦，在对她们进行训练之后，便送到了吴国。西施本来就有惊人美貌，经过礼仪、才艺的训练，更是倾国倾城，所以得到了吴王的宠爱。传说吴王因为西施而荒废朝政，导致吴国政局混乱，越王勾践便借此机会一举击败了吴国。吴国被灭后，西施又去哪里了呢？一个比较完美的结局是，范蠡当年就和西施有了很深厚的感情，所以在越王大业完成后，二人便一起归隐山林、泛舟五湖，从此双宿双飞、不问红尘。

王维的这首《西施咏》借西施的故事来表达自己对于不公平的社会现实的看法，为怀才不遇者鸣不平，更对小人得志的猖狂嘴脸进行了辛辣深刻的批判，是一首极具现实主义色彩的诗歌。

诗歌的前两句便从根源上展开批判，“艳色天下重，西施宁久微”的意思是，全天下都爱重艳丽的姿色，美丽的西施怎么会久处低微呢？诗人表达了对于好色者的讽刺批判，有先声夺人之效。正是因为天下人爱重美色，所以西施“朝仍越溪女，暮作吴宫妃”，朝暮对比表示时间之短、变化之快，是说西施原本是浣纱女，只因为长得漂亮便眨眼间成了吴王的爱妃。诗人其实是在借西施以美色为人所识，来讽刺当朝的许多小人是凭借迎合统治者的爱好来加官晋爵的，而非凭借真才实学。

所以接下来的八句，诗人又通过对西施恃宠而骄的恶劣行径的描写来揭露一朝得志的小人嘴脸。“贱日岂殊众，贵来方悟稀”的意思是，当西施还是一位浣纱女的时候，并没有什么不同于常人的，但是在拥有了高贵的地位后，便好像成了稀有的珍宝一样。诗人借此揭示了一种普遍心态，那就是当一个人默默无闻的时候，谁也不会注意到他，一旦得势，便会受到众人追捧。接下来诗人描写进入吴宫以后，西施“邀人傅香粉，不自著罗衣。君宠益娇态，君怜无是非。当时浣纱伴，莫得同车归”。意思是西施连梳妆打扮都有专人伺候，从来不自己穿衣服，吴王对她越来越宠爱，所以对她充满了怜爱之情，从来不会计较她的对错。西施于是更加骄纵，当年和她一起在溪水边浣纱的同伴，早就不能和她共乘一车了。这几句其实并不是诗人对于历史上的西施的评价，而是借此来表达对那些飞扬跋扈之人的批判讽刺。

最后两句“持谢邻家子，效颦安可希”，运用东施效颦的典故来表达诗人的劝诫。东施效颦的故事我们都听说过，就像一开始我们提到的，西施住在西边的苎萝山村，东施自然住在东边的苎萝山村。东施羡慕西施的美貌，便模仿西施的一举一动，西施因为心口痛所以经常眉毛紧蹙地捂着自己的胸口，东施于是也跟着学样子，结果反而令人耻笑。诗人借用这一典故，希望人们不要被表面现象所迷惑，而是要明白美之所以为美的原因。

诗的题目是《西施咏》，整首诗却只是借用西施的形象，表达作者深刻的讽刺，是一篇酣畅淋漓、颇见诗人傲骨与勇气的诗作。

出师未捷身先死

《蜀相》杜甫

丞相祠堂何处寻，锦官城外柏森森。
映阶碧草自春色，隔叶黄鹂空好音。
三顾频烦天下计，两朝开济老臣心。
出师未捷身先死，长使英雄泪满襟。

公元 759 年秋天，因为关中发生饥荒，更因为对朝廷政治的失望，杜甫辞掉了华州司功参军这个职务，带着全家向西，前往秦州（今甘肃天水）。他本打算在秦州定居下来，但是到了之后发现，那里也不太平，西边的少数民族吐蕃对秦州虎视眈眈，不时骚扰着这座边防重镇。更主要的是，在秦州，杜甫全家的生活遇到了极大的困难，他甚至不得不重操旧业，靠卖药来维持生活。不得已，杜甫带着全家从秦州向南出发，在这一年的十二月，他们来到成都。第二年的春天，在亲友的帮助下，杜甫在浣花溪边建起了一座属于自己的茅草屋，即著名的杜甫草堂。闲暇之余，杜甫来到成都西北的诸葛亮庙，目有所见，心有所感，写下了这首咏史怀古的名篇《蜀相》。

诗歌的前两联写景，但景中有情。第一联“丞相祠堂何处寻，锦官城外柏森森”很有特色，用了一个设问句，诸葛丞相的祠堂在哪里呢？在锦官城外，在那茂盛的柏树林中。这两句，看似不经意，实际上却不同寻常。自问自答的形式，一来可以吸引我们的注意，让我们随着杜甫的思绪而动：既然题目为《蜀相》，那么蜀国丞相诸葛亮的庙在哪儿呢？现在怎么样了？二来，也是暗示我们，诸葛亮庙现在比较荒凉，已经很少有人来拜谒了。否则，车马喧阗，肯定会很好找的。由此引出了诗歌的第二联：“映阶碧草自春色，隔叶黄鹂空好音。”因为人迹罕至，所以只有春草掩映着台阶，只有黄鹂兀自婉转歌唱。本来是一派大好春光，加入了一个“自”字和一个“空”字，荒凉和凄凉的感觉顿时显现出来了。由此引出了诗歌的最后四句，即对诸葛亮事迹的追念和怀悼。

“三顾频烦天下计，两朝开济老臣心”，写诸葛亮的不朽功绩。上句说的是刘备三顾茅庐的故事，《三国志·诸葛亮传》记载，刘备屯兵新野，徐庶向刘备推荐诸葛亮，说：“诸葛孔明，卧龙也。将军您愿意见他吗？”刘备说：“你和他一起来吧。”徐庶说：“这个人，您只能亲自去拜见，不可以委屈他，让他来见您。将军您应该屈驾去拜访他。”所以刘备就亲自来到了隆中，拜访诸葛亮，去了三次才见到人。在隆中，诸葛亮纵论天下大势，为刘备出谋划策。上句是说诸葛亮雄才大略，下句是说诸葛亮辅佐先主刘备和后主刘禅两朝君主，鞠躬尽瘁，忠心耿耿。

“出师未捷身先死，长使英雄泪满襟”是说，公元234年诸葛亮率军北伐，据守五丈原，与司马懿率领的魏国军队在渭水边相遇，两军隔着渭水相持不下，对垒百余日，没有分出胜负，诸葛亮最终病死于五丈原军中。出师未捷，大志不遂，诸葛亮的悲剧，让后世的无数有志之士为之动容，这里面当然包括杜甫。这两句诗沉痛悲慨，让人唏嘘，感人至深，成为千古传诵的名句。相传，南宋抗金名将宗泽就吟诵着这两句诗含恨而终。

从诸葛亮的祠堂，到诸葛亮的不朽功业，杜甫在追念千古名臣诸葛亮的时候，其实也在自我感伤。从年轻的时候开始，杜甫就怀有一颗赤诚的报国之心，“致君尧舜上，再使风俗淳”是他的最高理想。可是，年近半百的杜甫不但功业未成，而且寓居四川、生活困顿，这怎么能不让人伤心呢？这么说来，杜甫伤诸葛亮，其实也是在伤自己，怀古是为了伤今，悲伤于自己的理想落空。

春风朱雀桥

《乌衣巷》刘禹锡

朱雀桥边野草花，
乌衣巷口夕阳斜。
旧时王谢堂前燕，
飞入寻常百姓家。

南京作为六朝古都，在中国的历史长河中，写下了极为繁盛的一笔。所谓“六朝繁华”铭刻在中国古代文人心中，早已成为一个意蕴深沉的符号。每当提及，心里便会生发无限感慨。这些感慨不仅是对历史的回想，也融合了文人对自己生活时代的感受，更与他们的命运密切相关。所以在众多咏史怀古的诗篇里，我们看到的，是跨越时空的景象对比；我们听到的，是历经千年的深沉感喟；我们为之动容的，是一种普遍恒久的兴亡之叹。

公元 824 年至 826 年，刘禹锡在和州担任刺史，和州即今天的安徽和县，东与南京相望。担任和州刺史的刘禹锡距离第一次被贬出京已经有二十余年了，其间经历了许多次调动，可以说是辗转流离、悲辛尝尽。在这二十几年中，刘禹锡始终坚守自己的理想与本心，在政务上务本求实、忧时爱民；在诗歌创作上不仅与朋友唱和不断，而且写下了许多表现风土民情之诗、咏史抒怀之作，诗歌境界、风格都有很大程度的精进。

《乌衣巷》便是一首著名的咏史怀古之作，历经千百年，风华不减当初。就像我们前面所提到的，南京，也就是当时的金陵，自古便赚得无数诗人的吟咏。刘禹锡虽然出生、成长于江南吴地，却没有去过金陵，这也成为他的一大遗憾。当时正在和州任上的诗人，看到朋友写的《金陵五题》后，受到了很大的触发，所以也创作了一组《金陵五题》。这五首诗歌分别以金陵的石头城、乌衣巷、台城、生公讲堂和江令宅为描写对象，通过历史与现实的对比，表达了对盛衰兴亡的感慨，诗歌慷慨苍凉、沉郁悲壮，刘禹锡的好朋友白居易曾因此“掉头苦吟，叹赏良久”。其中，《乌衣巷》语言精练含蓄、意境蕴藉深沉，成为其中广为传唱的名篇之一。

作为《金陵五题》中的一首，《乌衣巷》的最大特点是在看似寻常的景物中寄寓了极为深沉的感慨，语言简净，构思巧妙，所以整体上呈现出一种含蓄蕴藉之美，而沧海桑田之叹早已包含其中了。

乌衣巷位于金陵城内，在秦淮河南岸，本来是三国时东吴的一个军营，军营中的士兵负责戍守石头城，士兵所穿的军装都是黑色的，此地便因此得名“乌衣巷”。到东晋时，乌衣巷便成为高门士族的聚居地，东晋的开国元勋王导和曾经指挥过著名的淝水之战的谢安都曾先后住在这里。可以说，乌衣巷是金陵贵族盛衰荣辱的见证者。

诗歌的前两句首先写景，景物描写以小见大、意在言外。朱雀桥位于秦淮河上，是金陵城中心通往乌衣巷的必经之路，所以桥上应该是车水马龙、人群络绎不绝才对，然而桥上不见行人，只有离离野草长满了桥边。诗歌第一句只用两个意象便勾勒出朱雀桥的残败之貌，虽然没有提及曾经的繁华，但古今对比尽在不言中。第二句“乌衣巷口夕阳斜”，与第一句一样，只用“夕阳斜”三个字描绘乌衣巷现在的苍凉。日薄西山，夕阳斜斜地照在乌衣巷口，曾经的豪门朱户不复存在，这日暮的景象，如今只剩凄凉。前两句中的“朱雀桥”与“乌衣巷”本来就是有关联的地名，特别巧合的是，这两个地点用在诗中显得对仗尤其工整。“野草花”和“夕阳斜”本来是很普通的景致，但又都蕴含荒凉破败之意，野草摇曳，夕阳西下，在跨越数百年的时空里格外刺痛人心。所以诗人写景看似随意，其中却蕴含着很幽深的意味。

这首诗写景至此，苍茫意境已经形成，但出人意料的是，诗人并没有直言心绪，而是笔势一转，写了那梁间的燕子，说“旧时王谢堂前燕，飞入寻常百姓家”。我们都知道，燕子是候鸟，春暖花开时飞至北方，秋风渐起时南归过冬。根据相关文献记载，曾经有人想看看燕子是不是记得自己原来的巢穴，于是给自家梁上的燕子做了个小记号。等第二年春天，那只小燕子果然又飞回来了，于是人们认为燕子是会认旧巢的。诗人之所以说曾经在王谢两大家族的燕子如今也都栖息在平民百姓家了，就是利用了燕子认旧巢的这个特性。当然，我们说燕子也有生老病死，几百年后，那平民百姓家的燕子也必然不会来自王谢堂前。诗人只是借此委婉生动地告诉我们，王谢旧宅早已不复繁华，成为平民百姓家了。所以，燕子意象的运用，使整首诗歌更添了一分人事无常之悲，与兴亡不定之叹交融，形成一种深沉的气势，震撼人心。

无论是“无情最是台城柳，依旧烟笼十里堤”，还是“江山不管兴亡事，一任斜阳伴客愁”，或者“朱雀桥边野草花，乌衣巷口夕阳斜”，人事的兴衰荣辱，在历史的长河中反复上演，千百年后的回首，注定带有沧海桑田、物是人非的沉重，而这又何尝不是对现实最诚恳的警醒与劝谏？

千古兴亡事

《西塞山怀古》刘禹锡

西晋楼船下益州，金陵王气黯然收。
千寻铁锁沉江底，一片降幡出石头。
人世几回伤往事，山形依旧枕江流。
今逢四海为家日，故垒萧萧芦荻秋。

刘禹锡作为一名全能型的才士，不仅精于诗词歌赋，而且兼通经史，所以对于历史与现实的关系，他有自己独到精妙的见解。再加上他大半生的时间都在外地任职，虽然有辗转多地的颠沛流离，但也因此足迹遍布大江南北，游览了大量历史古迹，并在这一过程中创作了许多咏史抒怀的诗篇。这些诗篇不仅描写历史事件，而且站在现实的角度，通过对历史的反思，表达对时政的看法，寄寓了深沉的古今兴亡之叹。

公元 824 年，刘禹锡从夔州刺史转任和州刺史。夔州位于今天的重庆奉节一带，和州则是今天的安徽和县，所以他一路沿长江东下，在经过西塞山的时候，写下了这首著名的《西塞山怀古》。这首咏史抒怀的诗歌最大的特点在于将历史兴亡之感与对现实的讽刺警醒之意相结合，写得大气磅礴、酣畅淋漓。

西塞山在今天湖北大冶东面的长江边上，是六朝著名的军事要塞。在六朝风烟俱寂之时，见证了无数战争的西塞山，触发了诗人怎样的怀想呢？诗人又借西塞山抒发了怎样的感慨呢？

诗歌的前四句，用精练的语言讲述了西晋灭吴的历史事件，事件的选择很有深意，诗歌也写得非常有章法。公元 280 年，西晋晋武帝命王濬顺长江而下，讨伐东吴，王濬率领着由非常高大的战船组成的船队，从益州（今四川成都）出发，一路浩浩荡荡，以所向披靡之势，直捣金陵。金陵也就是今天的江苏南京，它在当时叫作“建业”，是东吴的都会。所以诗歌前两句说“西晋楼船下益州，金陵王气黯然收”。对于王濬东下的气势，诗人只用了一个“下”字，简洁爽利，却有千钧之力，尤其是与第二句中的“收”字形成对比，双方实力高下显而易见，一、二句写出了王濬战船的强大战斗力与逼人的浩荡之势。因此，三、四句描写的战争结果，也在意料之中。“千寻铁锁沉江底，一片降幡出石头”，是说当时东吴的君主孙皓凭借长江的天险，在江水中偷偷放置铁锥，并用千寻铁链封锁江面，试图借此阻挡并击溃东下的王濬战队。但是战事并没有按照东吴的预期上演，王濬使用几十个巨大的竹筏冲走了埋伏在水底的铁锥，然后用一把大火把拦江的铁链烧了个干净。阻碍尽除后，王濬的战队一鼓作气，直取金陵。不能与之相敌的孙皓，只能做了亡国之君，《晋书》中说他“备亡国之礼，造于垒门”。至此，曾经雄踞一方，与魏国、蜀国三足鼎立的东吴也终于走到了它的尽头，只留那千古兴亡之事，让后人慨叹。在三、四句中，“千寻”与“一片”，一重一轻，形成对比，纵然有千寻铁锁，也未能阻止国家的灭亡，兴替无情之感已无须多言。

我们说南京是六朝古都，关于金陵，关于长江，在历史上有数不尽的兴亡更替，东吴也不过是六朝的开头罢了。它的灭亡并没有让后来的王朝吸取教训，类似的事件在历史的长河中依然数次上演。所以诗人在第五句感叹说“人世几回伤往事”，那悠悠往事又何止西晋灭吴这一件呢？人们在思及历史时，会为之伤心悲慨，而那山川依旧、江水无休。“山形依旧枕江流”在前五句的铺垫之后出现，“江流”是指长江。“枕”字将西塞山进行了拟人化处理，山水一体，山川长江的亘古未变，与人事历史的兴衰无常，形成对比。一句看似轻飘的慨叹，因为有前面几句真实的历史事件的描写，而显得深沉隽永。将对西塞山的描写，置于广阔苍凉的历史时空中，诗歌的视野与境界因此有了质的飞跃。这正是诗人的思想深刻之处，也是诗歌构思、章法精妙之处。诗歌最后两句，从深沉苍凉的慨叹中宕开一笔，写道：“今逢四海为家日，故垒萧萧芦荻秋。”意思是如今天下一统，曾经你方唱罢我登场般的战乱纷争都结束了，那曾经的堡垒，也早已淹没在一片秋天的芦苇江荻之中。古今在此刻交汇，诗歌用纷争后必然的统一收束全篇，只有那芦苇江荻在这首咏史怀古的诗篇中久久摇曳。言语到此已尽，韵味却绵延无穷。

联系诗人生活的时代我们会发现，当时正值藩镇割据的混乱时期，各方势力倾轧争斗，诗人在这首诗中所表达的纷争终究会归于一统的思想，未尝不是对这种现象的讽刺。同时，山川如旧、朝代更迭的历史也是对统治者的警示。“江山不管兴亡事，一任斜阳伴客愁”，这深刻的感喟在久远的历史中分离又凝聚，兴亡之事也只是人事，人事更迭，而斜阳秋风年复一年，时光从未停歇。

一骑红尘妃子笑

《过华清宫绝句三首》（其一）杜牧

长安回望绣成堆，
山顶千门次第开。
一骑红尘妃子笑，
无人知是荔枝来。

杜牧的《过华清宫绝句三首》，是一组咏史诗，关注的中心人物是谁呢？是唐代历史上最为著名的皇帝唐玄宗。在一般人的眼中，唐玄宗是唐代历史上最有才华、最有作为的皇帝之一。正是在唐玄宗时期，整个大唐王朝发展到了鼎盛时期，这样一个有才华、有作为的皇帝，在后期却变得昏庸了。他不辨奸邪，重用皇亲国戚，宠爱杨贵妃，不问政事，最终导致整个国家陷入了一场大的浩劫——安史之乱。这组诗重点表现的是他骄奢淫逸的享乐生活，正是唐玄宗后期耽于逸乐，才导致了李唐王朝的败落。

诗歌的题目是《过华清宫》，华清宫是唐代皇帝的行宫，故址在今天陕西临潼的骊山。宫殿始建于唐太宗贞观年间，因为有温泉水，可以驱邪气、祛疾病，唐高宗的时候取名为“温泉宫”。因为骊山之上有温泉，所以从秦汉以来，历代的皇帝都喜欢到这里来游乐。唐玄宗尤其喜欢，他在位的时候进行了大力的修缮，并且改名为“华清宫”，由此使得骊山上下遍布楼台馆殿，规模特别宏大，景象特别壮观。唐代大诗人白居易说：“高高骊山上有宫，朱楼紫殿三四重。”（《骊宫高》）李隆基当上皇帝之后，每年的十月会到这里来住上一段时间，直到这一年过完才回到长安，根据史料记载，唐玄宗在位的 40 多年中，曾经有 36 次出游华清宫，有的时候甚至一年去两次。

这组咏史诗的第一首写华清宫，是从哪儿落笔的呢？那就是杨贵妃吃荔枝。

杨玉环本来是唐明皇的儿子李瑁的妃子，李瑁是李隆基的第十八个儿子。开元二十五年（公元 737 年），李瑁的母亲武惠妃去世，她也是唐明皇最宠爱的妃子，武惠妃的去世让唐明皇很伤感。但是后宫佳丽数千人，没有一个让他满意的，一时找不到合适的妃嫔能够代替武惠妃。于是，有人向唐明皇进言，说杨玉环“姿质天挺，宜充掖廷”。唐明皇就下令把杨玉环召到了宫中，命她出家，几年之后又把杨玉环册封为贵妃，地位相当于皇后。杨玉环入宫之后，生活极其奢华，一个最典型的例子就是吃荔枝这件事。传言杨贵妃是在四川出生的，她特别喜欢吃荔枝，当了贵妃之后，她来到了长安，那么她是怎么吃荔枝的呢？《新唐书》记载：“妃嗜荔枝，必欲生致之，乃置骑传送，走数千里，味未变已至京师。”意思是她特别爱吃荔枝，而且吃荔枝一定要吃新鲜的，但是长安是不产荔枝的，那怎么办呢？就让人骑快马，像接力似的朝长安运送，当荔枝从南方一路快马，经过几千里路，运到长安的时候，味道还没有变。为了取悦杨贵妃，唐玄宗不惜花费大量的人力物力，专门从遥远的南方为杨贵妃运送荔枝，真的是太过分了。

这首诗的巧妙之处在于它的结构安排，整首诗就像一个谜语，前面三句都是谜面，后面一句是谜底。“长安回望绣成堆，山顶千门次第开。一骑红尘妃子笑”，从长安城回望骊山，看上去就像一堆堆锦绣，在绿树葱茏的骊山之上，宫门一个接一个地打开了，一匹快马飞驰而来，杨贵妃见了之后，露出了灿烂的笑容。读了这些之后，你会忍不住要问：是什么事情如此紧急，以至于马不停蹄、飞驰而入？又是什么让贵妃如此开心，露出了笑容？谜底在最后一句“无人知是荔枝来”。读了这句之后，我们恍然大悟，原来是专门给杨贵妃运送荔枝的人马到了，所以杨贵妃非常开心。这句当中的谜底是“荔枝来”，而最具讽刺意味的是“无人知”三个字。“无人知”说明唐明皇为杨贵妃专门运送荔枝这件事，做得非常隐秘，没有人知情。但无人知的背后，是尽人皆知，这就很具有讽刺意味了。只是，讽刺表现得非常含蓄。

当然了，关于这首诗后代也有一些批评的声音。宋代的时候有人说：“明皇以十月幸骊山，至春即还宫，是未尝六月在骊山也。然荔枝盛暑方熟。词意虽美而失事实。”大意是说，唐明皇不曾在六月去过骊山，而在古代荔枝只有夏天才有，所以这首诗所说的内容与历史事实有出入。不过，诗歌就是诗歌，艺术和历史之间究竟还是有些不同，我们不必过于拘泥，只要它词意是美的、讽刺是深刻的，那就够了。

总的说来，整首诗以杨贵妃爱吃荔枝这件事为表现的中心，批判了唐明皇的耽于女色和杨贵妃的过分享乐。描写前代的历史事件，当然不是该诗的主要目的，咏史实际上是为了讽今，这是杜牧对当时的统治者提出的规劝，奉劝当朝的统治者要以史为鉴。

霓裳一曲千峰上

《过华清宫绝句三首》（其二）杜牧

新丰绿树起黄埃，
数骑渔阳探使回。
霓裳一曲千峰上，
舞破中原始下来。

天宝十四年（公元 755 年），安禄山在范阳起兵，发动叛乱，这就是历史上著名的安史之乱。其实，在安史之乱爆发以前，安禄山谋反就早已有了征兆，他在北方买马屯兵，蠢蠢欲动，准备谋反。天下没有不透风的墙，安禄山的狼子野心很快就传到了都城长安，但是唐明皇被安禄山的假象和花言巧语迷惑，对他非常信任。后来皇太子和当朝宰相杨国忠也多次向唐明皇进言，说安禄山要谋反。在这样一种情况之下，天宝十二年（公元 753 年）唐明皇才派了一位名叫辅璆琳的大臣带着几个人去了范阳，以向安禄山赏赐芦柑的名义探听虚实。谁知道，唐明皇的用意被安禄山识破了，辅璆琳等人到了范阳之后，收受了安禄山的贿赂，被安禄山收买。他们回来之后，向唐玄宗报告说，安禄山对朝廷是百分之百的忠心。唐玄宗听了辅璆琳的报告之后，非常高兴，继续在骊山上的华清宫内和杨贵妃一起听歌看舞、饮酒作乐。谁想到，没过两年，安禄山谋反了，他带着叛军攻入了中原，并且很快占领了都城长安。这时候唐明皇才彻底认清安禄山的真面目，但是为时已晚，只好带着文武大臣向四川逃去。这首诗说的主要是这样一件事。

诗歌的第一句，“新丰绿树起黄埃”，新丰现在陕西西安附近的一个古镇。公元前 206 年，刘邦建立了汉朝，定都长安。两年之后，为了尽孝，他把自己远在江苏沛县丰邑的父亲刘太公接到了长安。刘太公到了长安之后，因为想念家乡，所以整天闷闷不乐。刘邦为了让父亲高兴，就在长安附近仿照家乡丰邑街道的样子，为他建造了一座一模一样的新城，并且把家乡的街坊邻居都迁了过来。新城和刘邦家乡的丰邑完全一样，史书上说：“街衢栋宇，一如旧制，男女老幼，各知其室，虽鸡犬混放，亦识其家焉。”这段话是说，不但街道建得完全相同，甚至鸡和狗混放到了一起，也都能找到各自的家，这样一来，刘太公就不再郁闷了。几年之后，刘邦的父亲去世了，刘邦就把这座新建的城市定名为“新丰”。新丰盛产美酒，王维说“新丰美酒斗十千”，新丰还是一个交通要道，王维说“忽过新丰市，还归细柳营”。“新丰绿树起黄埃”的意思是新丰葱绿的树木上扬起了黄色的尘埃，是什么造成的呢？诗歌的第二句做了交代，“数骑渔阳探使回”，原来是从渔阳探听消息的使臣回来了。渔阳，在今天的天津蓟州区附近。

诗歌的第三句，镜头一转，“霓裳一曲千峰上”，写在华清宫内唐玄宗和他的爱妃杨玉环正在听歌看舞。“霓裳”指《霓裳羽衣曲》，是唐代著名的舞曲，据说是唐玄宗根据西域的乐曲亲自改编而成的，是唐玄宗最为得意的作品。据记载，唐玄宗开元二十八年（公元 740 年），杨玉环在华清池第一次觐见的时候，唐玄宗就是演奏这支《霓裳羽衣曲》来作为导引。“千峰”，指骊山的众多山峰。这里是说唐玄宗和杨贵妃在骊山纵情享乐。享乐的结果是什么呢？“舞破中原始下来”，歌舞表演直到中原被攻破才停止。

安禄山的谋反本来就早有预谋，中原的残破也不是由一场歌舞表演所导致的，这里却说“舞破中原始下来”，把中原的残破和《霓裳羽衣曲》联系到了一起，个中原因发人深省。正是唐玄宗整天沉湎于酒色，才最终导致了国家的大乱，这里只是用一个事件来表明唐玄宗的荒淫误国。

不问苍生问鬼神

《贾生》李商隐

宣室求贤访逐臣，
贾生才调更无伦。
可怜夜半虚前席，
不问苍生问鬼神。

安史之乱以后，大唐帝国日趋没落。生活在那个时代的文人，一方面，胸怀兼济天下之志，希望能用自己的力量，为帝国中兴的伟大事业，贡献绵薄之力；另一方面，却要直面越来越压抑、黑暗的政治现实。但我们知道，没有哪一种衰落是平白发生的，维持唐王朝运转的核心机制，早已出现问题，所有的挣扎都不涉及其根本，自然回天乏术。封建时代的正统文人，或许还寄希望于明君贤主；晚唐时期的君主，却一次次地让这份希望落空。面对内忧外患的朝局，君主一味求仙问道，在烟雾缭绕间，把修身齐家治国平天下的责任抛得一干二净，百姓生活于水深火热之中，他们的苦难却未引起统治者的同情。

于是我们看到，生活于这一时期的李商隐，写下了大量政治讽喻诗。无论是“八骏日行三万里，穆王何事不重来”，还是“可怜夜半虚前席，不问苍生问鬼神”，都是诗人对这种现象的辛辣讽刺。

这首《贾生》的最大特点在于，运用精准有力的语言，将一个烂熟的典故写出了讽喻的新意，同时寄寓了自己怀才不遇的愤慨，诗歌抑扬有致、点到为止，是一首很有味道、很有意蕴的政治讽喻诗。

诗歌的题目“贾生”，指的是贾谊。贾谊是西汉著名的文学家、政论家，对国家大事有自己独到的见解，曾经写下《过秦论》《论积贮疏》《陈政事疏》等议论老辣深刻的文章，但是他的一生充满了郁郁不得志的苦闷，空负了满身才华。《史记·屈原贾生列传》中记载了汉文帝召见贾谊之事，说：“贾生征见。孝文帝方受釐，坐宣室。上因感鬼神事，而问鬼神之本。贾生因具道所以然之状。至夜半，文帝前席。既罢，曰：‘吾久不见贾生，自以为过之，今不及也。’”李商隐的这首小诗，运用的便是这个典故。

诗歌的第一句“宣室求贤访逐臣”，写的是汉文帝求贤若渴的情状。“宣室”是指汉代未央宫前殿的正室，说明了事件发生的地点，“求贤”是汉文帝召见贾谊的原因，“访逐臣”点明当时贾谊的身份还是被贬谪在外的臣子，体现出文帝就连被贬谪在外的臣子也不愿意错过，表明了其招揽天下英才的诚心。这一句中没有过多的渲染，只用“求”与“访”二字便将汉文帝招揽人才的殷切心理生动形象地表现了出来。

诗歌的第二句“贾生才调更无伦”，则着意表现了贾谊的才能超群。“才调”是指才华气质，“无伦”是指贾谊的才华无人可比，一个“更”字，把贾谊的卓越超群表现得更加深刻，这也是汉文帝对贾谊的赞叹之语，体现了他对贾谊才华的欣赏。所以，诗歌的前两句向我们展示了君主诚心纳贤、臣子才华超群的和谐情状。在这样的情境下，君臣二人都谈论了什么呢？

诗歌的第三句“可怜夜半虚前席”，进一步描绘了汉文帝与贾谊宣室对谈的情景，是一个承上启下的转折。“前席”是指在座席上移动膝盖，靠近对方，把汉文帝认真听贾谊谈论的样子表现得自然生动。此时已经是深夜，君臣二人依然在对谈，这情形还是在表现汉文帝的求贤若渴，而且是把这种情形表现到了极致。这里有两个词需要注意，一个是“虚”，一个是“可怜”，诗人不仅说此事为“虚”，“虚”的意思是徒然、白白地，而且将这一情状评价为“可怜”，“可怜”是可叹、可惜之意。这是为什么呢？诗人为什么说文帝与贾谊的会面可叹、可惜呢？诗人并没有就此作过多的感叹或议论，我们因此更加好奇，诗人究竟想表达些什么呢？

经过前三句的铺垫渲染，文帝的求贤之心，已经非常明晰地展现在我们眼前，“可怜”二字却大有引而不发之势。直到第四句“不问苍生问鬼神”，才将诗歌的讽喻之意表现了出来，贾谊有满腹治国理政的才华，汉文帝与他宣室对谈的内容却与国事无关，只是鬼神之事。如此一来，前面所极力表现的文帝求贤的诚心，都变成了辛辣的讽刺，第三句中的“可怜”二字也得到了解释。值得注意的是，诗歌对这种现象的描述到此为止，并没有接着发出议论，但是一种含蓄而有力的讽喻意味，已经很明确地表现出来了，使诗歌具有了蕴藉深沉的美感。

这首诗运用贾谊的典故，表面上是在讽刺汉文帝，但“不问苍生问鬼神”的又岂止汉文帝一人呢？晚唐时期的许多君主，都沉迷于求仙问道，国计民生反而被忽略，诗人感怀于这样的现实，于是写下了这首政治讽喻诗。与此同时，贾谊怀才不遇的形象，其实也是诗人的自况，寄寓了诗人对自身壮志难酬的愤慨。这两种意味在一首小诗中融合，却不显得刻意，抑扬之间，个中滋味尽皆展现。

碧海青天心寂寂

《常娥》李商隐

云母屏风烛影深，
长河渐落晓星沉。
常娥应悔偷灵药，
碧海青天夜夜心。

李商隐是晚唐时期的著名诗人，为我们留下了大量脍炙人口的诗篇，其中对于神话传说的巧妙运用更是让我们在其本身的故事之外获得许多新的感受。比如在《瑶池》一诗中，李商隐就借用了西王母与穆王的故事，诗歌结尾的“八骏日行三万里，穆王何事不重来”一句以反问讽喻求仙问道之虚妄，看似随意，却掷地有声。

《常娥》这首诗也提到了一位神话传说中的人物——嫦娥，那么诗人借助嫦娥的故事又抒发了自己怎样的感慨呢？其答案还需要我们一起到诗歌中寻找，在此之前，让我们先了解一下嫦娥仙子的故事。

在中国古代的众多典籍中，关于嫦娥的故事有许多不同的版本，其中流传得比较广泛的是下面这个版本。传说，在上古时期有一位射日的英雄叫后羿，他和妻子嫦娥非常相爱，二人过着普通的日子。后羿向西王母求得了一包长生不死药，就交给嫦娥保管。后羿因为射落了天上的九个太阳，拯救了黎民百姓，而备受大家的爱戴和敬仰。许多年轻人慕名而来，希望能拜后羿为师，学习射箭技艺。其中有一个人叫作逢蒙，他心术不正、虚伪奸诈，有一次趁着后羿外出，逼迫嫦娥交出长生不死药。嫦娥在危急时刻只得自己吞下了那包长生不死药，因此脱离了肉体凡胎，成了神仙，没多会儿就飘飘忽忽地离开地面，飞到了月亮上去。后羿回家知道了这件事后非常难过，他思念自己的妻子，所以抬头望着月亮，一遍又一遍地呼唤嫦娥的名字，还在院子里摆上香案，放上嫦娥喜欢吃的水果、点心来遥祭她，这就是中秋节的来历。

在此之外还有一种说法，《淮南子·览冥训》记载："羿请不死之药于西王母，恒娥窃以奔月。"意思是，嫦娥偷偷吃了后羿求来的长生不死药，从而飞升成仙，与前面版本的不同之处在于嫦娥并非被逼迫而是主动窃取了药才飞升为仙。无论如何，嫦娥飞到月亮上去，虽然成了神仙，却孤孤单单，传说只有一只玉兔陪伴。

嫦娥奔月的故事传了一代又一代，嫦娥和月亮一样，已经成为文人心中那一点浪漫的想象与寄托，于是我们可以在古代诗歌中看到许多描写嫦娥的诗句。比如大诗人李白就曾在《把酒问月》中写道："白兔捣药秋复春，嫦娥孤栖与谁邻?"杨无咎在《卜算子》中也曾写道："拟访嫦娥高处看，一夜心生羽。"那么在李商隐的笔下，嫦娥具有怎样的神韵呢?她又是以怎样的面貌进入李商隐的诗歌中的呢?

诗歌的前两句写景，从室内写到室外，有一种幽静得让人心惊的感觉。"云母屏风烛影深"的意思是，镶嵌着云母石的屏风上有一层深深的烛影。烛影深深，暗示夜晚的时光已经逐渐流逝了，这个时候银河已经渐渐向西方倾斜，启明星也慢慢落下来了。“长河渐落晓星沉”，以银河与启明星的变化表现时光的流逝，又一个夜晚结束了。一切都很安静，诗人像在说着一些与自己无关的事情，这种冷眼旁观下的时间，仿佛是虚无，又好像给人以实在的痛苦。如果不是彻夜未眠，是不会对“烛影”“长河”“晓星”有这样清晰的感受的，所以表面上是景物描写，却刻画出主人公的形象，也传达了孤寂悲伤的感受。

在最后两句，诗人直接对嫦娥的心理活动进行揣测，他说：“常娥应悔偷灵药，碧海青天夜夜心。”“碧海”的说法来自《十洲记》，其中记载：“扶桑在东海之东岸，岸直，陆行登岸一万里，东复有碧海，海阔狭浩汗，与东海等，水既不咸苦，正作碧色。”“应悔”二字点出了诗人的揣度之意，但这份揣度其实是一种同病相怜，正是因为和嫦娥的境况相似，所以才能体会到嫦娥的孤寂与悲伤，嫦娥独自面对的碧海青天、嫦娥的夜夜无眠，都是诗人的切身感受。

因此，这首名为《常娥》的诗歌，虽然用了嫦娥的故事，写了嫦娥的心情，但实际上表现的还是诗人自身的感受。这份无望与凄清，不只是广寒宫殿的形单影只，也是诗人真实经历的人生。

却羡邻家有莫愁

《马嵬》李商隐

海外徒闻更九州，他生未卜此生休。
空闻虎旅传宵柝，无复鸡人报晓筹。
此日六军同驻马，当时七夕笑牵牛。
如何四纪为天子，不及卢家有莫愁。

公元 755 年安史之乱爆发，第二年六月叛军就占领了都城长安，唐玄宗仓皇逃窜，七月十五日唐玄宗逃到了马嵬驿。途中将士们又累又饿，六军愤怒，陈玄礼认为是杨国忠作乱，才导致安禄山谋反，随行将士处死了宰相杨国忠，并逼迫杨玉环自尽，这就是历史上著名的“马嵬驿兵变”。马嵬位于今天的陕西省兴平市西北方向，它为我们所熟知的原因，就是这场著名的马嵬驿兵变。我们知道，这其实是一次有预谋的政变，它直接结束了唐玄宗的统治，是唐肃宗统治时期的开端。历来为人所津津乐道的，不是这政变的结果，而是唐玄宗与杨贵妃的爱情故事。唐玄宗李隆基执政初期，励精图治，开创了“开元盛世”的伟大局面，但晚年时期，对朝政多有荒废，不仅沉迷于后宫的声色犬马，在朝堂上也用人不明。一来二去，地方节度使的权力和野心都越发膨胀，许多问题和矛盾日积月累，以至于最终爆发了安史之乱，使大唐王朝遭受重创。一个王朝的气运兴衰，其实多半在人事，唐玄宗贻误国事是真，但是将所有过错都归结为“红颜祸水”，未免显得狭隘无知。马嵬驿兵变，被逼自缢而亡的杨玉环，更像是政治斗争的牺牲品，在生死关头，曾经许诺“在天愿做比翼鸟，在地愿为连理枝”的唐玄宗放弃了她，她背负祸国骂名而去。六军不发的历史事件到此为止，后世对它的议论却从未结束，于是我们听见白居易低吟“天长地久有时尽，此恨绵绵无绝期”，我们也听见唐寅慨叹“一曲霓裳未终曲，金钿早委马嵬坡”。这首《马嵬》也是针对这一历史事件生发出的感慨。

作为一首咏史抒怀的诗歌，《马嵬》的特点包括运用了大量对比、时间与空间描写跳跃跌宕、叙事冷静客观、讽刺蕴藏于无形之中、批判深刻有力。

诗歌的前两句“海外徒闻更九州，他生未卜此生休”，引用的典故是在杨贵妃被逼自尽后，唐玄宗请求方士于海外寻找杨贵妃一事。“海外徒闻更九州”的意思是，白白地听说海外还有九州。“更九州”的说法应该是来自战国时期的邹衍，他曾经宣称除了中国的九州以外，海外还有一个同样的“九州”。诗人用这一句话概括了方士寻访的事件，重点在于后一句“他生未卜此生休”，最初二人互相许诺，愿生生世世为夫妻，而今，杨贵妃还记得这誓约，只是今生今世都已经落得如此境地，又何必说来世呢？这两句不仅对唐玄宗进行了无情的讽刺，而且为后文的展开做了铺垫，既然互相倾心许诺，又如何导致了今日的惨淡结局呢？

诗歌从第三句“空闻虎旅传宵柝”开始叙述“马嵬坡兵变”，对比手法的运用使不同时空在我们眼前交错，跌宕之间，极尽嘲讽之意。“虎旅”是指禁卫军，“宵柝”是指巡逻的梆子声，这本来应该是禁卫军对皇帝的护卫的象征，在前面加上“空闻”二字，则是暗示军队的目的并不在于护卫，而是要发动兵变了。所以，就连负责报时的人都安静无声，“空闻虎旅传宵柝，无复鸡人报晓筹”两句既有前后的因果关系，又共同表现出兵变的具体情形。其中也蕴含着今昔对比，如果是在以前，唐玄宗是不可能听见那梆子声的，毕竟宫里连报时的公鸡都没有，而是由专人代替。现如今声声入耳，可见众人奔赴蜀地的仓皇之状，暗示着兵变就在瞬息之间了。

有了这样的铺垫，五、六句就对兵变进行了直接描写。“此日六军同驻马”七个字简明扼要地表现出了“六军不发”的严峻情势，“当时七夕笑牵牛”则与这一句形成了对比。从前，唐玄宗与杨贵妃在七夕盟誓，“笑牵牛”是指讥笑牛郎织女只能一年一会，他们二人却是要相爱相守，生生世世在一起的。曾经有过这样深厚的情意，这样深情又浪漫的誓约，面对今日的兵变，唐玄宗又将如何抉择呢？他选择了顺应军士们的要求，赐给杨贵妃一条白绫。所有感情都付予一声叹息，深情与薄情一线之隔，对唐玄宗的批判，自是不必多言。诗人对唐玄宗的批判讽刺不只在他的薄情、负心，更在于他此前对国政的荒废，所谓的“七夕笑牵牛”也是他沉迷于温柔乡的象征，若非如此，也不会有今日的兵变。

于是诗歌的最后两句对这种现象提出了疑问：“如何四纪为天子，不及卢家有莫愁？”一纪为 12 年，四纪其实是一个大概的数，因为唐玄宗在位一共 44 年。“卢家有莫愁”运用了莫愁女的典故，南朝乐府歌辞《河中之水歌》中记载了莫愁女的故事："莫愁十三能织绮，十四采桑南陌头，十五嫁为卢家妇，十六生儿字阿侯。"莫愁女便是一位普通人家的普通女子，这里是在用帝王的爱情与平民对比，从而强化讽刺效果，疑问的语气也引人深思。诗歌的叙述到此结束，却令人陷入思考中，诗歌因此获得了深沉的况味。

所以，这首诗的立意很深，诗人没有刻意强调些什么，而是将那些讽刺、批判全都寄寓在对比之中。马嵬驿兵变中唐玄宗辜负了自己的爱人，安史之乱也给天下百姓带来了极大的苦难，所以后世有人写道："莫唱当年《长恨歌》，人间亦自有银河。石壕村里夫妻别，泪比长生殿上多。"（袁枚《马嵬》）

绝世才华徒挥笔

《筹笔驿》李商隐

猿鸟犹疑畏简书，风云常为护储胥。
徒令上将挥神笔，终见降王走传车。
管乐有才终不忝，关张无命欲何如。
他年锦里经祠庙，梁父吟成恨有馀。

这首诗是李商隐咏史怀古之作中极具代表性的一篇，清人方东树在《昭昧詹言》中评价这首诗：“义山此等诗，语意浩然，作用神魄，真不愧杜公。前人推为一大家，岂虚也哉！”沈德潜则在《唐诗别裁》中称他“瓣香老杜，故能神完气足，边幅不窘”。二人在评论中都特意提到了“杜公”“老杜”，也就是杜甫，这是为什么呢？这还要从“筹笔驿”说起。

诗歌以“筹笔驿”为题，筹笔驿在今天的四川广元市北，传说三国时候，诸葛亮曾经在那里与部将筹划过出兵伐魏之事，李商隐在路过筹笔驿时不禁想起了诸葛亮的威严智慧与那令人扼腕叹息的结局，就写下了这首诗，用来寄托凭吊之意。在此之前，杜甫也曾经写过一首著名的《蜀相》，对诸葛亮的谋略智慧、忠肝义胆进行了深情的描写，抒发了对他“出师未捷身先死”的悲慨之情，诗歌情景相生，兼有深刻的议论，堪称绝唱。所以同样作为凭吊诸葛亮的作品，李商隐的这首《筹笔驿》自然会被拿来与杜甫的《蜀相》相比较。通过这些评论，我们可以发现，人们认为这首诗并不逊色于《蜀相》，那么它究竟是怎样征服后世文人的呢？接下来就让我们一起到这首诗中寻找答案。

我们前面说到筹笔驿是诸葛亮与部将商议军情的地方，所以诗歌开头便说“猿鸟犹疑畏简书，风云常为护储胥”。“简书”在这里是指写在竹简上的军令，“储胥”则是指军用的篱栅。这两句诗的意思是，猿猴飞鸟都因为畏惧诸葛亮的军令而犹疑，风云则常常守护着诸葛亮的军队篱栅。诗人想表现的是诸葛亮的威严，却并不直接描写，而是借猿鸟、风云这类外物来衬托表现。诸葛亮历来以治军严明著称，所谓军纪如山，这才带出了一支强大的军队。诗人对此充满了赞叹与敬仰之情，感情基调慷慨昂扬，所以清代的屈复在《唐诗成法》中也说“一二壮丽，意亦超脱”。

在接下来的两句，诗人却笔调一转，写得极为压抑。“徒令上将挥神笔，终见降王走传车”两句中包含着无限的辛酸无奈。“徒令”二字是徒劳无功之意，“降王”是指刘禅，“走传车”是指刘禅投降，乘坐驿车被送往魏国一事。所以这两句诗的意思是，诸葛亮在筹笔驿这里费尽心力地筹谋都是徒劳无功的，刘禅还是乘着驿车向魏国投降去了。

五、六句与三、四句采用了相同的写法，也是首先肯定诸葛亮的才华功绩，而后陈述令人叹息的结局。“管乐有才终不忝，关张无命欲何如”中的“管乐”是指管仲和乐毅，管仲是春秋时期的齐国人，他在齐国进行大刀阔斧的改革，使齐国国富兵强，齐桓公也成就了一番霸业；乐毅则是燕国的将领，他曾统帅燕国等五国联军攻打齐国，接连攻下70多座城池，报了强齐伐燕之仇。《三国志》中曾说诸葛亮“每自比于管仲、乐毅”，所以诗人说诸葛亮真不愧有管仲、乐毅之才。然而下句紧接着再一转，叹息关羽、张飞此时早已不在人世，纵然诸葛亮有绝世才华也无法力挽狂澜。

写到这里，已经积蓄起了千钧之力，诸葛亮威严智慧并存，却因为主君昏弱、时无良将而最终落得个社稷覆亡的结局。诗人的心中似有一团火焰，于是喷薄而出，写下了最后两句“他年锦里经祠庙，梁父吟成恨有馀”。在魏蜀硝烟远去的几百年后，诗人说自己当年经过成都的武侯祠时，吟咏那首《梁父吟》依然觉得遗恨无穷。《梁父吟》即《梁甫吟》，是一首歌词悲凉慷慨的挽歌。之所以提到《梁父吟》，是因为这是诸葛亮躬耕于南阳时，经常吟唱的。这两句诗将时间线拉回了诸葛亮未出南阳茅庐之时，与诗人所处的时空又有交融，所以这份遗恨既是诸葛亮的，也是诗人自己的。

清代的何焯曾评价这首诗：“议论固高，尤在抑扬顿挫处，使人一唱三叹，转有余味。”这也是这首诗最令人叹服之处。

天香吹梦入瑶池

《瑶池》李商隐

瑶池阿母绮窗开，
黄竹歌声动地哀。
八骏日行三万里，
穆王何事不重来。

在中国古代文学中，有许多生动美丽的神话传说，它们从远古时期的开天辟地、造人补天一路走来，带着原始先民的寄托和愿景，带着久远的信仰与忠诚，在不同的时期染上了不同的色彩，那美丽的仙境惹人神往，跌宕起伏的故事也让人为之悲或喜。发展到后期，一些神话逐渐演变为仙话。仙话是什么呢？仙话就是以长生不老、飞升成仙为主要内容的故事。尤其是随着道教的发展，修炼成仙的理念越发深入人心。于是我们看到烟雾缭绕间，一些人立志求仙问道，希望自已能窥得天机、求得神药、延年益寿，甚至长生不老。其中，从来就不缺乏一类人，他们便是历代的帝王。我们对于秦始皇派遣徐福出海求神药的故事都耳熟能详，可以说，封建时代的帝王，因为坐拥天下，所以有着比普通人更炽烈的愿望，他们自诩为天之子，也希望能与天同寿。这样的心理一旦形成，便很难被改变，他们会想方设法求仙问道，不仅很容易被奸佞之人利用，更会因为操作不当而伤及自身，更重要的是，作为一名统治者，沉迷其中会荒废政治，最终受苦的还是黎民百姓。

在李商隐生活的晚唐时期，就有多位皇帝沉迷于求仙问道，将为君之道弃之不顾，对朝堂之上的乌烟瘴气视而不见，罔顾天下黎民。李商隐对这一现象充满了愤怒，在他看来，所谓的成仙也好，长生也罢，都不过是一场虚妄。这首《瑶池》就是在这样的背景下创作出来的。

诗题“瑶池”是古代神话中西王母的居住地，在昆仑山上，根据《穆天子传》记载，周穆王曾经西游到昆仑山，并在那里遇见了西王母，西王母还在瑶池摆下宴席款待了他。宴饮作罢，周穆王告辞离去，临别之际，西王母作歌相赠，歌中言道：“白云在天，山陵自出。道里悠远，山川间之。将子无死，尚能复来。”表示希望周穆王不要死去，并期待来日相逢。周穆王也作歌回答道：“比及三年，将复而野。”表示自己一定会再次归来，和西王母在郊外相见。于是，西王母与周穆王达成了约定。那么，他们后来究竟还有没有再相见呢？这便是这首小诗所讲述的问题。

这首诗中讲到的西王母等待周穆王的故事是诗人虚构出来的，其中对于西王母等待的情形及其心理活动的描写都有精妙之处。

诗歌的前两句描写了西王母等待的具体情形。第一句“瑶池阿母绮窗开”写西王母打开了雕花的窗子，默默地向东遥望，但是极目远眺也不见穆王的身影，只听见“黄竹歌声动地哀”。“黄竹”是指《黄竹歌》，据《穆天子传》记载，周穆王南游，在去往黄竹的途中，遇到了风雪交加的天气，路上有人冻馁而死，周穆王因此作了三章《黄竹歌》来表达对人民的哀伤。“动地哀”三个字写出了人间百姓的苦难之状，同时也暗示周穆王早已离开人世，不会再去赴约了。这两句一写仙境，一写人间，仙境的绮丽与人间的残酷形成了鲜明的对比。一方面，现实人间充满了哀伤与苦难，但是统治者依然想着自己的永生，对比之下，讽刺之情尽皆展现；另一方面，就算是穆天子又如何呢？最终还是免不了死亡的命运，终究无法长生不老，这已经体现出了诗歌的主旨。后两句则对这一主题进行了更深层次的表达。

“八骏日行三万里，穆王何事不重来”两句写的是西王母的心理活动：驾车的八匹马日行三万里，为什么直到现在也没有再来呢？“日行三万里”是说穆王“重来”本应该是毫无困难的，言外之意是穆王之所以还未赴约，是因为他早已不在人世了。就算是西王母，都无法使穆王免于死亡，区区凡人又怎能妄求长生呢？

这首诗运用了《穆天子传》中的典故，独出机杼地选取了西王母的视角，把对统治者沉迷于修仙的批判寄寓在典故之中，故事虽然是虚构的，批判的深意却尽在其中。诗人意在讽刺这种求仙长生的现象，但是字里行间并没有直接对此发表议论，而是融议论于无形，借典故表达自己的感情，这也正是李商隐诗歌的典型风格。

千古惆怅客

／

诗人的理想、生活与酒

欲济无舟楫

《望洞庭湖赠张丞相》孟浩然

八月湖水平，涵虚混太清。
气蒸云梦泽，波撼岳阳城。
欲济无舟楫，端居耻圣明。
坐观垂钓者，空有羡鱼情。

这是一首干谒诗。什么是干谒诗呢？就是古时候，有些读书人为了能够得到朝廷的认可或者重用，往往会写一些诗歌呈送给当时的达官贵人，通过这些诗歌，来展示自己的才华，表露自己的人生理想和抱负，以求得当朝达官贵人的引荐或宣传，这有点像现在的自荐信。因为是自荐，分寸的把握必须得体，太过张狂，像李白《上李邕》中所写的“宣父犹能畏后生，丈夫未可轻年少”，不行；太过低眉下首，甚至奴颜婢膝，一点骨气没有，也不可以。另外，表达的方式也有讲究，不能太直白，也不能太隐晦，既要表达清楚自己的想法，又要含蓄一些，不能太直截了当，同时还得让你呈送的那个人明白你的意思。因此唐代的干谒诗留下来不少，但是成功的、优秀的并不多。孟浩然的这首《望洞庭湖赠张丞相》算是最成功的一篇了。

关于这首诗歌的题目，有的版本叫作《临洞庭》，有的叫作《临洞庭上张丞相》。所赠的张丞相是谁呢？说法不一，有的说是张说，有的说是张九龄，两个人都曾做过丞相。不过，不管是张说，还是张九龄，都不妨碍我们对于诗歌的理解，总之，这是孟浩然面对洞庭湖时，有感而发写下的一首自我推荐的诗歌。不过，诗歌流传到今天，孟浩然对于急于求官的表达已经被大家忽略了，让人们至今口口传诵的是诗歌中写洞庭湖景色的那几句，那种气势，真的堪称壮观、磅礴。这在孟浩然的诗歌中是很少见的，因为我们都知道，孟浩然的诗歌大都是比较平淡的，比如他的《过故人庄》《春晓》等。这首诗却与众不同，气象非凡。

诗歌的起句就写远望洞庭湖所见的壮丽景色："八月湖水平，涵虚混太清。"洞庭湖是长江流域最重要的湖泊之一，在今天的湖南省北部。古时候的洞庭湖面积非常大，有"八百里洞庭"之称，气势特别的壮阔磅礴。八月的时候，洞庭湖正是丰水期，湖水大涨，差不多要和湖岸齐平了。远远看去，天空倒映在湖水中，目力所及之处，天水相接、水天一色，湖水和天空简直融为了一个整体，分不清哪是天空，哪是湖水。这里的"虚"字和"太清"一词，都是天空的意思，但是所指的内容又有所区别。"涵虚"说的是天空被湖水包含，天空是倒映在湖水里面的；"混太清"说的是远处天水相接，天空和湖水混而为一。读罢这两句，洞庭湖雄浑的气势已经很让我们震撼了，好像天地之间只有洞庭湖了。这还只是一个概括的印象，接下来两句的气势就更让人叹为观止了。

"气蒸云梦泽，波撼岳阳城。""云梦泽"是古代楚国境内的一个湖，司马相如的《上林赋》中这样说："楚有七泽，尝见其一，名曰云梦，特其小小者耳，方九百里。"楚国有七个湖，云梦泽是楚国的一个特别小的湖，但就是这特别小的湖，方圆也有九百里，这当然是司马相如的夸张之词。还有的说云梦泽由两个湖构成，一个是云泽，一个是梦泽，云泽在长江北面，梦泽在长江南面。由于时间流逝，长江泥沙不断沉积，长江北面的云泽成为沼泽地带，长江南面的梦泽还保持着浩瀚的水面，称为“洞庭湖”，所以洞庭湖古代也称“云梦”。孟浩然这里说“气蒸云梦泽”，这个云梦泽应该是指洞庭湖。岳阳城是洞庭湖边上的一个名城。这两句是实写洞庭湖的雄浑与壮阔。洞庭湖上水汽蒸腾，看上去莽莽苍苍；那汹涌的波涛，好像要将岳阳城都撼动了似的，那气势真的动人心魄。有人把这两句和杜甫《登岳阳楼》中的“吴楚东南坼，乾坤日夜浮”相提并论，认为它们是写洞庭湖最有名的句子，迄今为止，无人能比。还有人把这两句和王维《汉江临泛》中的“郡邑浮前浦，波澜动远空”相比，从气势上看，确实有相似之处，都是那么的壮观。

诗歌的前四句对应题目中的“望洞庭湖”，后四句对应的就是“赠张丞相”。

诗歌的颈联说：“欲济无舟楫，端居耻圣明。”这是诗歌的转折，从前面四句所说的洞庭湖转到作者自己身上。洞庭湖如此浩瀚宽广，想要渡过湖去，却没有船只；在这个圣明的时代，闲居在家，无所事事，实在是一件很让人觉得羞耻的事情。这里用的是比兴的手法，诗人委婉地表明自己的人生理想得不到实现的苦闷，因此希望借助张丞相来实现自己的人生理想。在孟浩然看来，张丞相就是那个帮助他实现人生理想的“舟楫”。所以在诗歌的最后两句，作者发出深情的呼喊：“坐观垂钓者，空有羡鱼情。”意思是：坐看垂钓的人是多么的悠闲自在，我却只有羡慕的份儿。这两句可以说是对上两句意思的更进一步的表达，很巧妙地运用了一句古语，即《淮南子》中的“临河而羡鱼，不如归家结网”，就是我们通常所说的“临渊羡鱼，不如退而结网”。这里孟浩然想表达的重点当然不是“退而结网”，而是说自己空有一腔豪情壮志。

花间独酌解千愁

《月下独酌》李白

花间一壶酒，独酌无相亲。
举杯邀明月，对影成三人。
月既不解饮，影徒随我身。
暂伴月将影，行乐须及春。
我歌月裴回，我舞影零乱。
醒时同交欢，醉后各分散。
永结无情游，相期邈云汉。

季候流转，秋去冬来，辽阔的夜空中安静地悬挂着一轮月亮，月光一日日地清冷起来，尤其是在刚刚下过雪的晚上。千百年来，那轮明月始终悬挂在诗词流域的上空，悬挂在我们每一个人的心上。有时候，它是一种喜悦的见证，就像王绩在《秋夜喜遇王处士》一诗中所写的“北场芸藿罢，东皋刈黍归。相逢秋月满，更值夜萤飞”，与友人在劳作之后欣然相逢，对视一笑，月色和萤火虫一样温柔可爱。有时候，它也可能是一种遥寄相思的媒介，比如杜甫在《月夜》中曾想象的“今夜鄜州月，闺中只独看。遥怜小儿女，未解忆长安”，纵然相隔千里，诗人的一颗心也始终与妻子儿女同在、与明月同在。明月多情，见证着千千万万人的悲欢离合，有时候，它是一种安静的陪伴，就像这首《月下独酌》中所写的，诗人独饮独酌，却有明月相伴左右。这样的景象在“诗仙”李白的笔下回环跌宕，一波三折，格外丰富，也格外浪漫，这一轮明月，其实也陪伴了李白一生。

李白与明月的故事三言两语是说不尽的，在他的诗歌里，永恒温柔的白月光也是列举不完的。无论是“小时不识月，呼作白玉盘”的天真童趣，还是“青天有月来几时，我今停杯一问之”的旷逸洒脱，抑或是“举头望明月，低头思故乡”的思乡情深，都与月色交融，都是难以言表的人生况味。

写下这首《月下独酌》的李白，当时正在长安，应该是唐玄宗天宝三年（公元 744 年）。我们都知道，李白胸怀天下，有济世救民之志，怀着澄清天下理想的他，在天宝元年（公元 742 年）奉诏入京。然而，随后他发现，唐玄宗只是想要他做一个歌功颂德的御前文人，他的志向无从施展，反而惹来小人的诋毁与谗言。这让他的内心充满了矛盾与痛苦，满怀苦闷无人可解，只能独酌独饮以解千愁。

作为一首流传千古的名作，《月下独酌》不仅与明月、美酒相关，而且它最大的特点在于诗人将自己矛盾、孤单的情绪，在破与立之间，表现得淋漓尽致。明月多情也无情，多情相伴也好，无情旁观也罢，诗人都能在月光里实现一种大浑融。

诗歌的前两句先写自己的孤单处境，“花间一壶酒，独酌无相亲”，身边没有亲友相伴，只能孤身一人在花间持一壶酒独酌独饮。但是诗人并不满足于此，于是他运用自己那浪漫的情思，想象自己举杯邀请天上的明月共饮，加上月光下自己的影子，就成了“三人”共饮。“举杯邀明月，对影成三人”两句从孤单中跳脱而出，诗人的洒脱风致也呼之欲出。

但是诗人并没有就此沉溺于自己的想象之中，而是认识到“月既不解饮，影徒随我身”，明月本来就不能与自己一起饮酒，影子也不过是跟随着自己，并不能给予自己慰藉。这两句是诗人从自己的浪漫想象中回到现实，孤独之感比诗歌开始的两句更深一层。就算明月无情、孤影无意，诗人依然与它们相处甚欢，“暂伴月将影，行乐须及春”，暂且与月和影及时行乐、共醉春光。接下来的四句诗，对这一场景进行了具体的描绘，“我歌月裴回，我舞影零乱。醒时同交欢，醉后各分散”。酒意酣畅，诗人唱歌的时候，明月也随之徘徊，诗人起舞的时候，影子也随之转动。在还算清醒的时候，诗人与明月、身影一起欢欣享乐，直到喝醉了，它们才与诗人恋恋不舍地告别。

诗歌写到这里，已经出现了三次转折，诗人有着浪漫的想象，也有着现实的认知，一半清醒，一半沉醉，与“酌酒”的主题紧密呼应。在诗歌的最后一句，诗人同样是以“永结无情游，相期邈云汉”来继续这种看似矛盾的破与立，虽然知道明月无情，却依然期待下次共饮。

一个人，一壶酒，一轮明月，一道身影，若聚还散，忽近忽远，一幅画卷就这样在我们的面前缓缓展开，最震撼我们心灵的，还是那盛唐时期的谪仙人。

丈夫未可轻年少

《上李邕》李白

大鹏一日同风起，扶摇直上九万里。
假令风歇时下来，犹能簸却沧溟水。
世人见我恒殊调，闻余大言皆冷笑。
宣父犹能畏后生，丈夫未可轻年少。

这首诗的题目叫作《上李邕》，就是呈给李邕。这个李邕是何许人也？他是唐玄宗开元天宝年间的一位著名的书法家、文学家。李邕很有才情，杜甫曾经写诗称赞道：“忆昔李公存，词林有根柢。声华当健笔，洒落富清制。风流散金石，追琢山岳锐。情穷造化理，学贯天人际。”对李邕过人的才能，杜甫一通表扬，可见，他不是一般的有才气。据史料记载，李邕擅长碑颂，当时天下寺庙道观中的碑题，多出自李邕之手。

李邕对人才十分爱惜，喜欢结交天下名士，杜甫曾经在诗里说“李邕求识面，王翰愿卜邻”，可见当时李邕名重天下，杜甫也借他来抬高自己。李邕曾经担任过北海太守，相当于今天山东青州的市长，所以当时人都称他为“李北海”。但是李邕也有缺点，他特别奢华，不拘小节，而且有点自负。据记载，开元十三年（公元 725 年），唐玄宗泰山封禅后回长安，车队路过汴州，李邕特地从陈州赶过来拜见皇帝，而且接连献上几篇辞赋，很受唐玄宗的赏识。于是李邕就有点飘了，逢人便说自己“当居相位”，就是应该当宰相，这就有点过了。所以，唐玄宗天宝六年（公元 747 年）正月，当时他七十多岁，受李林甫所忌，被重杖打死。

这首诗，是李白什么时候写的？有几种说法，大家比较认可的，是在开元七年（公元 719 年）前后。李邕在四川任渝州刺史的时候，李白还不到二十岁。一个不到二十岁的年轻人给时任渝州刺史的李邕写了一首诗，这是为什么呢？原来在李邕任职四川期间，年轻的李白登门拜访过李邕，李邕当时差不多四十岁，两个人相差大约二十岁。二十岁的年轻人要拜见一个地方大员，可能在当时的李邕看来，这实在是有点高攀了，所以当时两人见面的时候，李白可能没有得到李邕的认可，于是在临别之际，李白写下了这样一首有点发牢骚意味的诗歌。不过后来，李邕对李白还是比较赏识的，李邕去世之后，李白还几次在诗歌中对这位才士给予深情的缅怀。

这首诗给我们的一个最直观的感受就是李白的少年精神，那种少年人特有的无所畏惧、自信、永不言败的精神。

在诗歌一开始的四句，李白就用了一个大胆而自信的比喻，把自己比作大鹏。“大鹏一日同风起，抟摇直上九万里。假令风歇时下来，犹能簸却沧溟水。”“大鹏”是传说中的神鸟，这个神鸟的形象是谁创造的呢？是庄子。《庄子 · 逍遥游》中对这只神鸟有着这样神奇的描述：

北冥有鱼，其名为鲲。鲲之大，不知其几千里也；化而为鸟，其名为鹏。鹏之背，不知其几千里也；怒而飞，其翼若垂天之云。……鹏之徙于南冥也，水击三千里，抟扶摇而上者九万里。

这一段文字说，北海里有一条大鱼叫鲲，它大到什么程度呢？应该有几千里那么大，它变成大鹏鸟，鹏鸟的背差不多也有几千里大，当它奋力飞动的时候，它的翅膀就好像挂在天边的云彩。……大鹏鸟往南海迁徙的时候，翅膀拍打水面，激起的浪涛有三千里之广，它乘着旋风盘旋而起，飞上了九万里的高空。

本来，在庄子的笔下，大鹏是被当作自由的象征而创造出来的，到了李白的笔下，却变成了一个搏击万里长空、无所畏惧的形象，成了李白胸中凌云壮志的象征。这只大鹏，借助风的力量，可以直上九万里云霄，即使风停了下来，它依然可以簸动沧海里的水。这力量真的够巨大、够神奇。

可是理想归理想，现实总是那么的残酷。“世人见我恒殊调，闻余大言皆冷笑。”诗歌的五、六句，写世俗的人们对于自己的不理解。意思是：世俗之人认为我经常跟他们不一样，听到我谈论宏伟的理想时就嘲笑我。“殊调”，就是不同凡响；“大言”，指的是那种宏大的理想和抱负。这里面其实也有自信的成分，认为自己是“殊调”“大言”，言外之意是自己本来就是不同凡俗之人。

在诗歌的最后两句，李白竟然搬出了孔老夫子说过的话，来印证自己，那种自信更是有点爆棚的感觉，甚至有点自负了，他说：“宣父犹能畏后生，丈夫未可轻年少。”“宣父”就是孔子，唐太宗贞观年间，皇帝下诏尊孔子为宣父。在《论语》中孔子说过这样一句话："后生可畏，焉知来者之不如今也。"意思是：年轻人是值得敬畏的，你怎么知道他们将来的成就不如这一辈人呢。这就是我们现在所说的"后生可畏"。李白的这两句诗是说：连孔圣人都懂得后生可畏这个道理，您李邕也不应该轻视我这个年轻人。言语之中，自信满满。

我们经常说，李白身上体现了盛唐人特有的精神，即积极进取、永不言败的自信和豪情。这在李白这首早年的作品中，已然初露端倪。

唯有饮者留其名

《饮中八仙歌》杜甫

知章骑马似乘船，眼花落井水底眠。
汝阳三斗始朝天，道逢麹车口流涎，恨不移封向酒泉。
左相日兴费万钱，饮如长鲸吸百川，衔杯乐圣称世贤。
宗之潇洒美少年，举觞白眼望青天，皎如玉树临风前。
苏晋长斋绣佛前，醉中往往爱逃禅。
李白一斗诗百篇，长安市上酒家眠。
天子呼来不上船，自称臣是酒中仙。
张旭三杯草圣传，脱帽露顶王公前，挥毫落纸如云烟。
焦遂五斗方卓然，高谈雄辨惊四筵。

在中国古代，诗和酒的缘分真可以说不是一般的深。《诗经·小雅·湛露》写周王宴饮诸侯的时候，就有这样的句子：“厌厌夜饮，不醉无归。”看，那个时候举行晚宴，谁没喝醉，就不准谁回家。读中国古代诗人们写的诗，也有这样一个感受，文人和酒好像自古以来就有解不开的缘分。酷好饮酒的文人、诗人数不胜数，留下的有关酒的诗歌也不计其数。诗酒风流，诗与酒好像一对孪生兄弟，谁也离不开谁，如果少了酒，中国古代的诗歌一定会暗淡不少。而且，诗酒风流，就好像一个标签，贴在中国古代文人的身上，一直没有揭下来。唐代的男人们生活中更是离不开酒，他们对酒喜欢到了什么程度呢？可以看看杜甫的《饮中八仙歌》。

"八仙歌"，顾名思义，表现的是八位酒仙。哪八位呢？有大诗人贺知章，有唐玄宗的侄子汝阳王李琎，有左丞相李适之，有吏部尚书崔日用的儿子崔宗之，有户部侍郎苏晋，有大诗人李白，有草书达人张旭，还有一个平头百姓焦遂，这八个人身份各异。除了贺知章年纪最大，排在第一位外，其他七个人基本上是按照官职的大小来排序的。

《饮中八仙歌》中，杜甫首先介绍的是贺知章。贺知章写的诗歌并不多，流传到今天的只有二十来首，代表性作品也只有《咏柳》"碧玉妆成一树高"和《回乡偶书》等，但是在盛唐时期，贺知章可是名震朝野。早年时他就性情旷达，到了晚年更是放纵不羁，他给自己起了个号叫作"四明狂客"，也真是够狂的了。贺知章做官做了很久，八十多岁才辞职回乡，要做个道士。临走的时候，唐玄宗写了诗送给他，皇太子亲自率领文武百官为他饯行，那阵势肯定相当壮观。

贺知章比杜甫大五十多岁，有人做过考证，说在天宝三年（公元 744 年）之前，杜甫与贺知章有过来往。这一年杜甫三十三岁，而贺知章已经八十多岁了，他们应该是典型的忘年交。所以杜甫写贺知章，就从他的老态写起。贺知章去世后，杜甫还写诗怀念他，说："贺公雅吴语，在位常清狂。"说贺知章说着一口吴地的方言，在朝为官的时候就放荡不羁。

贺知章和酒的渊源也很深。据李白的描述，贺知章第一次见李白的时候，非常投缘，不但惊呼他是“谪仙人”，而且解金龟换酒，留下了一段诗坛佳话。杜甫是怎么写贺知章的呢？他说：“知章骑马似乘船，眼花落井水底眠。”说他喝了酒之后骑着马就像坐船一样，摇摇晃晃，因为老眼昏花，跌到了水井中，索性就在水井里睡上一觉。这当然是夸张的说法，不过这贺知章，心真的是够大。

饮中八仙的第二位是汝阳王李琎。这个李琎是何许人呢？这个汝阳王可不是个凡夫俗子，原来他是唐睿宗的长子李宪的儿子。唐睿宗本来已经把长子李宪立为皇太子，但是因为李隆基平定韦氏有功，李宪就恳请他的父亲把皇位传给弟弟李隆基。李宪的儿子李琎是唐玄宗的侄子，唐明皇对这个侄子非常喜欢，为什么呢？原来，这个汝阳王长得天生丽质，史书上说他“姿容妍美，秀出藩邸”。什么意思？就是说他容貌姣好，在宗室当中非常出众，唐明皇更是说他“资质明莹，肌发光细，非人间人必神仙谪坠也”。意思是他的皮肤白皙，就像玉一样晶莹剔透，一定是天上的神仙被打下了凡间。他好酒好到了什么程度呢？杜甫在诗里说：“汝阳三斗始朝天，道逢麴车口流涎，恨不移封向酒泉。”意思是，李琎这个人很有脾气，必须喝上三斗酒之后才肯去朝见天子。据一些材料记载，李琎喝了三斗酒之后，上殿面见唐玄宗，他醉到了什么程度呢？他醉到不能自己下殿了，于是唐玄宗不得不派人扶着他走出皇宫，李琎一边走一边谢罪说：“臣本来要喝三斗酒壮壮胆才敢来见您的，没想到啊，喝了三斗之后，竟然醉到了这种程度，真是对不起啊。”唐玄宗也没有怪罪他。

汝阳王李琎不但上朝前要喝上三斗酒壮壮胆，就连路上碰到了拉酒的车，也馋得直流口水，所以恨不得把自己的封地移到酒泉。酒泉这个地方大家都比较熟悉，在现在的甘肃。它的名字是怎么来的呢？传说，酒泉城下面有泉水，泉水的味道就像酒一样，所以叫酒泉。这位汝阳王，真是嗜酒如命，连名叫酒泉的地方都心向往之，真是一个十足的酒徒。

左丞相李昌，字适之。这个李适之，是唐高祖的玄孙，唐太宗的曾孙，也是个地地道道的皇族。根据2004年在河南洛阳龙门镇出土的李适之的墓志铭，李适之早年就“瑰姿伟度，山立时行，倜傥不群，廓落遗俗”，意思是他姿容美好，为人宽宏大度，像高山一样令人敬仰，他性格耿直，为人坦荡豁达，卓尔不群，超凡脱俗。李适之官至左丞相，是很大的一个官。但是他为人性格疏放，没有机心，本来唐玄宗挺信任他，可是经历了一件事情之后，就疏远了他。是什么事情呢？原来，李适之当了左丞相之后，因为和李林甫争权，二人十分不睦。有一次，李林甫对李适之说，华山生出金子了，如果开采出来，可以使国家富强。李适之一听，很高兴，找个机会就向李隆基禀报了。李隆基一听大喜，马上把李林甫叫来核实情况，李林甫说：“这事我早就知道了啊，但是华山是陛下您的本命山，是王气所在之地，不能够开凿啊，所以我才没有告诉您。”唐明皇一听，还是李林甫对自己好，所以从此疏远了李适之。因此李适之做左丞相没两年，就被免了职，后来又被贬到了宜春做太守。当他到达宜春后，听说自己的好友韦坚等人被李林甫派人给杀害了，他也害怕得喝药自杀了。

这个左丞相李适之，也以好酒闻名天下。史书上记载，他特别喜欢大宴宾客，每次喝一斗多酒之后依然临事不乱，而且晚上举行宴会，和宾客娱乐，白天照样处理公务，一个案子都不会剩。杜甫在这里是怎么写他的呢？杜甫说：“左相日兴费万钱，饮如长鲸吸百川。”意思是他不但舍得花钱买酒喝，每天早上起来就不惜重金买酒买菜，而且酒量很大，喝起酒来就像鲸鱼吸百川之水一样。

杜甫还说他“衔杯乐圣称世贤”，这句话是说李适之嗜酒好饮，是世上难得的贤才。这里的“乐圣”两个字，是喜欢喝酒的意思。据传，在汉代末年，因为饥荒，禁酒禁得很厉害，要知道，酿酒要费很多粮食，于是，喝酒的人说到“酒”这个字的时候也会刻意避讳，常称酒之清者为“圣人”，称酒之浊者为“贤人”，饮酒而醉的，则称为“中圣”。可是，就是这样一个爱喝酒、喜宾客的人，不当宰相了以后怎么样呢？以前当权的时候，门庭若市，但是，罢相之后呢？他的门客明知道他没有什么罪过，但也都不敢过来拜访他了，不敢跟他一起喝酒了，于是，他就写了一首诗，感慨人情冷暖：“避贤初罢相，乐圣且衔杯。为问门前客，今朝几个来。”（《罢相作》）这首诗表面上是说，自己因为让贤，刚刚辞掉了左丞相一职，既然非常喜欢喝酒，那就举起酒杯尽情地喝吧，想问一问，昔日里宾客盈门，今天还有几个人来呢？其实，根本不是什么让贤，只是和奸臣李林甫等人合不来，索性就不干了。细细品味，这里面既有世态炎凉的感叹，也有一些不屈服于权贵、向李林甫示威的成分。杜甫诗中的“衔杯乐圣”就是从李适之的那首《罢相作》中来的，从这里也能看出杜甫对李适之疏狂性格的崇拜。也有人说，这句诗的“世贤”说不通，应该是“避贤”，是有人传写杜甫诗的时候写错了，“避贤”这两个字，也是从李适之的原诗中来的，这种说法有一定的道理。

杜甫写的第四位酒仙，叫崔宗之，大家对他不太熟悉，他原名崔成辅，宗之是他的字。他的父亲崔日用是一个善于见机行事、攀附权贵的人，从武则天时期，直到唐玄宗时期，一路直升，最终官至宰相，但是崔宗之和他的父亲截然不同。《新唐书》说他“好学，宽博有风检”，意思是，他平生最喜欢读书，为人心胸开阔，而且很注意自己的言行举止。崔宗之也好酒，跟李白是酒友，跟孟浩然、杜甫等人也有交往。而且，虽然他的父亲崔宗之做了官，可是他对做官一点也不感兴趣。李白知道他的父亲是宰相，而且崔宗之本人也在朝做官，就去拜访他，跟他说自己想如何建功立业，结果崔宗之对功名一点兴趣也没有，反而跟他大谈特谈怎么过隐居的生活，让李白大失所望。

杜甫是怎么描写崔宗之的呢？他说："宗之潇洒美少年，举觞白眼望青天，皎如玉树临风前。"在杜甫所写的八个酒仙当中，崔宗之最年轻，所以杜甫说他是"潇洒美少年"。这个人最大的特点是潇洒俊美，皮肤非常白皙，如玉树临风，是个典型的帅哥。他喝酒最挑人，对看得上的人青眼有加，而一般的俗人不能入他的法眼。杜甫说他"举觞白眼望青天"，意思是，举起酒杯傲视青天。这里的"白眼"用的是三国时期阮籍的故事，阮籍这个人非常率真，见到世俗的人就用白眼来对待，很是憎恶，见到那种蔑视礼法、跟他志趣相投的人才会用正眼去看。杜甫说他"举觞白眼望青天"也有把他与阮籍相比的意思。

杜甫《饮中八仙歌》中的第五位是苏晋。对于这个苏晋，虽然大家也比较陌生，但是在唐代他也算是个著名的人物。据史书记载，他几岁的时候就能写出漂亮的文章，写出的《八卦论》让人惊诧，当时人称他是后世的王粲。王粲是谁？他是三国时候的著名文学家，是建安七子中最杰出的一位，诗赋写得非常好。苏晋做官的时候，文章也写得很好，朝廷的许多诏书都出自他之手。这个人曾经做过户部和吏部的侍郎，差不多相当于现在的副部长级别吧，官不小。苏晋这个人不但在文学上有特长，官位很高，而且人品也非常好。苏晋和洛阳人张循之是好朋友，张循之因为得罪了武则天被杀，苏晋就待张循之的儿子张渐像自己的亲儿子一样，供他读书、结婚、做官，后来苏晋死的时候，张渐也像对自己的父亲一样给他戴孝发丧。这件事在当时传为美谈。除了学品、人品都好外，苏晋还有一个爱好，就是喜欢吃斋念佛。就是这样一个人，你想不到的是，他竟然也嗜酒如命。唐代的一些资料记载，苏晋十分好酒，他自己建了个密室，作为喝酒的地方，还特地给这个密室起了个名字叫“酒窟”。在他这个密室，每一块砖上都放了一坛子酒，总共大概有五万块砖，苏晋领着自己的三朋四友，一坛接一坛地喝，直到喝光这大约五万坛酒为止。杜甫是怎么说他的呢？杜甫说：“苏晋长斋绣佛前，醉中往往爱逃禅。”他常年吃斋念佛，但是偏偏爱喝酒，大家都知道，佛家是不允许喝酒的，但是他不管，照样喝，喝醉了以后，不受佛门清规戒律的约束，所以叫“逃禅”。

杜甫笔下“饮中八仙”的第六位是大名鼎鼎的李白。在《饮中八仙歌》的八个人里面，杜甫给李白留的笔墨最多，用了四句，其他的七个人或者三句，或者两句，可见杜甫对李白，是真心崇拜。诗是这样的：

李白一斗诗百篇，长安市上酒家眠。
天子呼来不上船，自称臣是酒中仙。

读了这四句，我们禁不住会大声惊呼，李白简直太厉害了，他喝一斗酒能写出上百篇诗，这简直就是文思泉涌。还有，李白常常醉卧在长安的小酒店中，这个时候即使当朝天子召见，他也不搭理，因为他是酒中的仙人，言下之意，不受凡间的约束。《新唐书·李白传》记载，在贺知章等人的推荐下，李白当了翰林供奉，有一天，玄宗皇帝在沉香亭游玩，来了兴致，就赶紧让人去找李白，让他写首歌，等找来的时候，李白已经喝得酩酊大醉了，皇帝让人用凉水喷他的脸，才把他弄醒。稍稍醒酒之后，李白笔走龙蛇，一挥而就，玄宗皇帝龙颜大悦。杜甫的“长安市上酒家眠”就是说的这一件事。“天子呼来不上船，自称臣是酒中仙”，说的是什么事呢？李白当了翰林供奉之后，经常陪唐玄宗游玩，有一天唐玄宗领着人在白莲池泛舟饮酒，听歌看舞，李白没有参加这次聚会，皇帝玩得非常开心，想让人写点文字，记录一下这次游玩的盛况，就命人把李白找来。没想到，这个时候李白在翰林院已经喝多了，可是皇帝还让高力士扶着他登上他们的画船，杜甫的这两句说的是这件事。

我们现在一想到李白就会想到这样一句话——“李白斗酒诗百篇”，好像在李白的身上，诗和酒是结合得最为完美的。这个形象谁塑造的呢？是杜甫。“天子呼来不上船”更是让李白狂放不羁的形象深深地扎根在我们的心中。这个形象是谁定格的？也是杜甫。试想，如果没有杜甫，我们真不知道李白还能不能获得“酒仙”这个美名。

第七位大家可能会熟悉一些，是以草书著称于世、号称“草圣”的张旭。杜甫这样写他：“张旭三杯草圣传，脱帽露顶王公前，挥毫落纸如云烟。”张旭这个人，几杯酒下肚之后，就留下了“草圣”的美名，不仅如此，他还在王公大臣面前，把帽子摘了下来，露出自己的脑袋，挥毫泼墨，更是潇洒飘逸，如有神助。《新唐书·张旭传》记载，张旭这个人嗜酒如命，每次喝醉之后，都会大呼小叫地跑来跑去，也只有这个时候，他才下笔写字，有时候还用头发蘸着墨汁来写字，等醒了之后一看，以为是神灵的杰作，不敢相信是自己写的，再想写，怎么也写不出那么好的字了。对于他写的字，前人评价说像“惊蛇入草，飞鸟出林”，那种动感可见一斑，所以周围的人都叫他“张颠”。

最后一位焦遂也是海量，他是个布衣，没有做过官。关于他，历史上留下来的资料实在是太少了，好在有杜甫，他的名字留了下来。李白说“古来圣贤皆寂寞，惟有饮者留其名”，真的是这样，从这个方面看，焦遂真的得感谢杜甫。据说，焦遂口吃，刚开始对着客人一句话也不说，喝醉了之后，对答如流，时人称他为“酒吃”。杜甫说：“焦遂五斗方卓然，高谈雄辨惊四筵。”“辨”同“辩”。这两句是说他喝了五斗酒之后才显出英雄本色，高谈阔论，剧谈雄辩，语惊四座。这真有点酒能通神了。

一样的醉酒，不一样的醉态；一样的醉酒，不一样的人生。八个人都是酒仙，有一个共同的表象特征是恃酒放旷，不受任何的拘束。但是他们神态各异，醉酒背后的心态和原因也是更为复杂、更为深沉的。贺知章晚年或许因为做太子宾客被唐明皇疏远而隐于酒；汝阳王李琎或许因为自己的父亲让出了皇位，心有不甘而隐于酒；左丞相李适之因为被李林甫排挤罢相，也选择了饮酒来反抗和解脱；崔宗之也是因为看不上世俗的虚伪与狡诈而“举觞白眼望青天”；苏晋在那个伴君如伴虎的时代，稍有不慎，即可能像他的好友一样招致杀身之祸，因此也心有郁结，选择了“醉中往往爱逃禅”；李白怀揣着青云之志，但是只被皇帝当作一个会写点诗歌的御用文人，他不甘心被当作一个只会粉饰太平的点缀，所以选择了“长安市上酒家眠”；“草圣”张旭和布衣焦遂，也都各有心结，并都寄托在了酒里。

其实杜甫写这些酒仙，未尝不是在写自己，杜甫满腹诗书，胸怀大志，汲汲于功名，到了长安之后，他“朝扣富儿门，暮随肥马尘”，希望得到权贵们的赏识和引荐。但是，“残杯与冷炙，到处潜悲辛”，残酷的现实让初到长安的杜甫看到了世态炎凉，于是，在对贺知章等八位酒仙的刻画中，杜甫也融进了自己对于生活的体认。或许借酒疏狂的不仅仅是贺知章等八个人，其中也应该包括杜甫自己，这也未尝不是杜甫所追求的目标。杜甫写他们，实际上也是在写自己，写自己对现实的傲视、对自由心性的追求。人们常说，不自由，毋宁死。杜甫那时，或许也有这样的想法。

壮志未酬、英雄末路

《奉赠韦左丞丈二十二韵》杜甫

纨袴不饿死，儒冠多误身。丈人试静听，贱子请具陈。
甫昔少年日，早充观国宾。读书破万卷，下笔如有神。
赋料扬雄敌，诗看子建亲。李邕求识面，王翰愿卜邻。
自谓颇挺出，立登要路津。致君尧舜上，再使风俗淳。
此意竟萧条，行歌非隐沦。骑驴三十载，旅食京华春。
朝扣富儿门，暮随肥马尘。残杯与冷炙，到处潜悲辛。
主上顷见征，欻然欲求伸。青冥却垂翅，蹭蹬无纵鳞。
甚愧丈人厚，甚知丈人真。每于百僚上，猥颂佳句新。
窃效贡公喜，难甘原宪贫。焉能心怏怏，只是走踆踆。
今欲东入海，即将西去秦。尚怜终南山，回首清渭滨。
常拟报一饭，况怀辞大臣。白鸥没浩荡，万里谁能驯。

人们常说，愤怒出诗人。古代那些有名的诗人写的诗，确实有很多是抒发愁苦愤懑的，连楚国大诗人屈原写的那篇著名的《离骚》，也有人直接翻译为“牢骚”。唐代的韩愈也说：“大凡物不得其平则鸣。”就是不平则鸣，你看李白的诗歌，真的是这样，“弃我去者，昨日之日不可留；乱我心者，今日之日多烦忧”，那忧愁有多多啊，“白发三千丈，缘愁似个长”，那愁思多长啊。的确，生活中、工作中有了困难，受了委屈，得找个家人、闺蜜倾诉倾诉、说道说道，说完之后就舒服多了。

杜甫有没有愁苦的时候？有没有愤怒的时候？也有。尤其是在唐玄宗后期，虽然号称盛世，其实已经在走下坡路了。“汉皇重色思倾国”，唐明皇整天围着杨贵妃转，“后宫佳丽三千人，三千宠爱在一身”，哪里还有心思去处理朝政啊！所以当时的政事都交由宰相李林甫处理。李林甫专权，政治比较黑暗。在唐玄宗天宝六年（公元 747 年），杜甫来到京城长安，参加了一场由尚书省组织的选拔考试，结果杜甫落榜了，他很生气。按常理，落榜就落榜了，尤其是在唐朝，在那个科举考试制度还不完善的朝代，一次考试才录取几十个人，落榜对于当时的许多读书人来说，是常常发生的事，不值得大惊小怪。那么杜甫为什么会很生气，而且是大发雷霆？原来，在这一次考试中，杜甫不仅落榜了，而且是被李林甫给耍了，这能不让他生气吗？

天宝六年尚书省组织的这次考试，本来的目的是求贤，就是选拔天下有才干的人，玄宗皇帝下诏，凡是有一技之长的人都可以来京城参加这次考试。考试的成绩公布了吗？情况怎么样？一个没录取，全都不及格！你肯定会问，怎么会这样？真的就是这样，原来，这一切都是李林甫在捣鬼。李林甫是当朝宰相，一人之下、万人之上。因为害怕考试的人在参加皇帝主持的殿试的时候，指责他的过失、批评他的罪过，于是就给这批参加考试的人全都打了不及格。而且还给皇帝道喜，有什么喜可道呢？他说：“皇上，您看，野无遗贤啊！民间的人才已经一个都没有了，天下的人才都已经被皇上您给网罗到了朝堂之上了，这不是一件大喜事吗？”玄宗一听，也很高兴，所以一个贤才也没录，这么看，这次考试从始至终都是李林甫导演的一场闹剧，正是因为李林甫弄权，杜甫这些人才全部落榜。

杜甫落榜了，很郁闷，于是就给当时任尚书左丞的韦济写了这首题目叫作《奉赠韦左丞丈二十二韵》的长诗。尚书左丞是尚书令的副手，正四品上，官阶不低。在写这首长诗之前，杜甫也曾经给韦济写过两首诗，不过效果并不好。这次落第了，所以又写了一首诗，中心的意思还是希望韦济能够引荐自己，如果不行，自己就要离开长安了。诗歌当中诉说了自己早年的过人才华、雄心壮志，后来的困顿生活，以及现在落第后的失落与矛盾，更像一篇陈情表。

诗歌的头四句“纨袴不饿死，儒冠多误身。丈人试静听，贱子请具陈”是个引子，算是个开场白吧。说富贵人家从来没有饿死的，只有读书人大多穷困潦倒。你看，一开始，就好像有一肚子的苦水要倾倒。“甫昔少年日，早充观国宾。读书破万卷，下笔如有神。赋料扬雄敌，诗看子建亲。李邕求识面，王翰愿卜邻。自谓颇挺出，立登要路津。致君尧舜上，再使风俗淳。”这十二句，是杜甫自陈身世，说自己早年就不一般，曾经以乡贡的身份参加了在洛阳举行的进士考试，而且自己饱读诗书、才华横溢，“读书破万卷，下笔如有神”，所以，杜甫自比汉代的扬雄、三国的曹植，这可都是满腹才华的人；又说当今的李邕和王翰也都愿意和自己交往，这两个人在当时也是名人，李邕是唐代著名的书法家，李白曾经写过《上李邕》，王翰的那首《凉州词》（葡萄美酒夜光杯）大家都很熟悉。除此之外，杜甫还有很高的理想：“致君尧舜上，再使风俗淳。”

可是理想归理想，现实很骨感。杜甫说自己的抱负很快落空：“此意竟萧条，行歌非隐沦。骑驴三十载，旅食京华春。朝扣富儿门，暮随肥马尘。残杯与冷炙，到处潜悲辛。主上顷见征，欻然欲求伸。青冥却垂翅，蹭蹬无纵鳞。”看看这十二句，杜甫多年来过的是一种什么样的生活。他说，就像一只折了翅膀的大鹏，又像一条被困的鱼儿不能自由地游来游去。那么怎么办呢？“甚愧丈人厚，甚知丈人真。每于百僚上，猥颂佳句新。窃效贡公喜，难甘原宪贫。焉能心怏怏，只是走踆踆。”这几句说感谢韦济多年来对自己的关注，在百官面前推荐自己的诗歌，在得知韦济当上了尚书左丞后，他激动不已，就像汉代贡禹听到好朋友王吉升了官一样，因为自己很不甘心，不愿意像孔子的穷学生原宪那样，一直穷困下去。但是真的能得到韦济的引荐吗？他很是怀疑：“今欲东入海，即将西去秦。尚怜终南山，回首清渭滨。常拟报一饭，况怀辞大臣。白鸥没浩荡，万里谁能驯。”诗人在最后八句中说自己很想离开长安，但是又很犹豫，最后下定决心，要像一只白鸥，纵情地翱翔于天地之间，没有任何拘束。这愤怒，真是到了极点了。

整首诗慷慨激昂，悲愤郁勃，让我们看到了一个失路英雄的理想抱负和理想不得实现的愁苦。

相知数载初相见

《酬乐天扬州初逢席上见赠》刘禹锡

巴山楚水凄凉地，二十三年弃置身。
怀旧空吟闻笛赋，到乡翻似烂柯人。
沉舟侧畔千帆过，病树前头万木春。
今日听君歌一曲，暂凭杯酒长精神。

刘禹锡和白居易都是中唐时期的著名诗人，二人并称“刘白”，是相交一生的知己好友。在几十年的人生中，他们留下了大量的唱和之作，大多收录在《刘白唱和集》中，二人的友情与诗歌唱和，也成为诗坛上的一段佳话。刘禹锡和白居易能建立如此深厚的友谊，并非偶然。他们有着相似的人生经历，有着相同的理想抱负，也有着相近的诗歌风格，所以对于对方的遭遇，都有切身的体会。也正是因为这种感同身受，刘禹锡和白居易的唱和之作，写得格外让人感动。

这首《酬乐天扬州初逢席上见赠》，便是刘、白众多唱和诗中的经典之作，而且对于刘禹锡与白居易的交游具有重要意义。为什么这样说呢？这要从他们二人的交游过程说起。原来，刘禹锡和白居易不仅是同年出生，而且二人都是很年轻的时候就满怀壮志踏入官场，不久以后便开始有诗歌的来往唱和。后来，二人的仕进之路都走得颇为坎坷，心中的理想抱负难以实现，忧愁苦闷之际，二人借由诗歌互相倾诉、互相鼓励。但是，特别具有戏剧性的是，尽管二人通过诗歌建立了友好的关系，但是迟迟没有见面，所以这种关系和“笔友”很像。

公元 826 年，刘禹锡从和州回到洛阳，途经扬州，恰巧此时白居易从苏州去往洛阳，也到了扬州，早就很熟悉的两位诗人，终于在美丽的扬州相遇了。这是他们的第一次相见，却远非他们的第一次相知。也正是因为这次相见，刘禹锡与白居易真正成了至交，这份友谊，一直持续到他们生命的最后一刻。当时在扬州相逢的宴席上，白居易作了一首《醉赠刘二十八使君》，送给刘禹锡，诗是这样写的：“为我引杯添酒饮，与君把箸击盘歌。诗称国手徒为尔，命压人头不奈何。举眼风光长寂寞，满朝官职独蹉跎。亦知合被才名折，二十三年折太多。”白居易对刘禹锡的遭遇表示了深切的同情，也委婉表达了对其才情的赞赏，可谓情真意切。于是刘禹锡写了这首《酬乐天扬州初逢席上见赠》来酬答他。

诗歌从《醉赠刘二十八使君》的立意开始写起，通过对自身遭遇的描写，表达了对物是人非的感慨，但格调积极昂扬，又给人以无限希望。

诗歌的前两句“巴山楚水凄凉地，二十三年弃置身”，承接白居易诗中的“亦知合被才名折，二十三年折太多”，写自己这二十几年的贬谪经历。公元 805 年，刘禹锡被贬谪为朗州司马，此后又先后担任连州、夔州、和州刺史。朗州即今天的湖南常德，战国时候属于楚地，夔州即今天的重庆奉节，秦汉时属于巴郡，所以“巴山楚水”是对自己贬谪外任之地的统称。“凄凉”两个字，则概括了漫长岁月里自己的处境与心情；“二十三年”与白居易诗相呼应。这两句直接写出了自己的苦难遭遇与艰难处境，本是胸怀凌云之志，却被弃置二十余载，诗人的愤懑与无奈之情可见一斑。

第三、四句“怀旧空吟闻笛赋，到乡翻似烂柯人”，运用典故，表达了自己被贬谪二十三年后才归来的深切感慨。“闻笛赋”用了向秀作《思旧赋》的典故，向秀与嵇康是至交好友，嵇康去世以后，向秀有一次经过嵇康故宅，听见邻人吹笛之声，悲从中来，忧思难绝，于是写下了《思旧赋》以寄托哀思。诗人借此表示自己归来后，许多朋友已经去世的悲痛凄婉。“烂柯人”则是运用王质的典故，相传王质进山砍柴，看见两个童子下棋，便驻足观看，等到棋局终了，王质才发现手中的斧柄已经烂掉，回到村子里发现，竟然已经过去了一百年。诗人借此表达了人事皆非的感慨，这被“弃置”的二十三年恍然如梦，万事皆非，纵然归来，那无尽的陌生与荒凉之感，也萦绕不去。

五、六句“沉舟侧畔千帆过，病树前头万木春”，是对白居易诗中“举眼风光长寂寞，满朝官职独蹉跎”的回应。刘禹锡用“沉舟”和“病树”自喻，以豁达开放的胸襟表达了对人事的看法。虽然是沉舟，但沉舟侧畔千帆并发；虽然是病树，但病树前头万木争春。由此可见，虽然被贬谪二十三年，但他依然对前途充满希望，初心未改，坚贞不屈。联系白居易的诗，我们还能体会到两位诗人之间坦诚相待、推心置腹的深情厚谊。整首诗歌，也因为这一句而境界更加开阔、格调更加昂扬，刘禹锡无愧于“诗豪”之名，无愧于高唱“莫道谗言如浪深，莫言迁客似沙沉。千淘万漉虽辛苦，吹尽黄沙始到金”的诗人本色。

诗歌的最后两句点明酬答之意，并与白居易共勉。“今日听君歌一曲，暂凭杯酒长精神”，他说因为听见白居易的诗歌而精神为之一振，相信白居易也同样会因为这首《酬乐天扬州初逢席上见赠》而更加斗志昂扬，这便是真正的知音共赏。

我们从这首诗中，能感受到诗人之间的惺惺相惜，能体会到被贬谪、遭弃置的愤懑愁情，更能领略到苦难中也未曾折损分毫的铮铮傲骨。“莫道桑榆晚，为霞尚满天”，人生总是苦难与希望并存，既然来日可追，定当积极奋进。

红泥火炉一杯酒

《问刘十九》白居易

绿蚁新醅酒，
红泥小火炉。
晚来天欲雪，
能饮一杯无。

中国古代文人与酒有着不解的缘分，中国古代文学作品也因为酒的参与而平添了一份洒脱飘逸的气度，可以说中国人骨子里的浪漫与深情，都通过酒得到了淋漓尽致的展现。其中最温情最动人的，莫过于和自己的朋友共同饮下的那一杯酒。潇洒如李白，与友人对饮时会说："两人对酌山花开，一杯一杯复一杯。"深情如王维，会在送别友人时说："劝君更尽一杯酒，西出阳关无故人。"情重如杜甫，会在思念友人时说："何时一樽酒，重与细论文?"我们也会说"酒逢知己千杯少"。真切的友情，早就与那一杯清酒融合在了一起，这一杯酒，也陪伴着我们一路走来，给我们以慰藉。所谓静水流深，最深厚的感情，往往有着最朴素的表达，在那质朴寻常的语言里，我们可以感受到一份真挚的情意和遥远的诗意，就像白居易的这首《问刘十九》。

这首小诗用短短二十个字记叙了一件极为平常的小事，简单来说就是在一个天气阴沉欲雪的黄昏，诗人请自己的朋友刘十九来一起喝酒。诗歌的语言平易通俗，符合白居易一贯的风格。该诗叙述平淡，感情平和，但平淡中寄寓了无限深情，就像那冬夜里安静的一簇炉火，火苗轻缓地在炉里跃动，温暖慢慢地把我们包裹起来，寻常又亲切。

我们在古代诗歌中经常见到用姓氏加数字来称呼他人的现象，比如《别董大》中的“董大”、《送元二使安西》(又名《渭城曲》) 中的“元二”。这些数字代表的是人们在家中的排行，由于在宗法制的联系下家族关系紧密，所以排行大多是堂兄弟的大排行。这首诗里的刘十九是诗人的好友，在家族中排行十九，所以称为“刘十九”。

诗题为简单的《问刘十九》，刚看到这个题目的时候，你一定会好奇，诗人问的是什么事呢？我们或许急于知道这个问题的答案，诗人却不紧不慢地缓缓铺展渲染。他都说了些什么呢？

第一句“绿蚁新醅酒”，“醅酒”指的是没有滤去酒糟的酒，因为新酿成的酒，还没有过滤时，酒面上会浮着一层酒渣，颜色微微发绿，细细密密的，就像小蚂蚁一样，所以“绿蚁”是指漂浮在没有过滤过的酒上的绿色酒渣。这一句其实就是在说：我这里有刚刚酿好的酒。将酒渣比作“绿蚁”，显得更加生动可爱，用这样随意但可爱的语言作为诗歌的开篇，显得格外亲切。

第二句承接上句写“红泥小火炉”，泥为红泥，火炉为小火炉。“红泥”与“绿蚁”相对，颜色相互映衬，使画面更加丰富生动，小火炉则放在桌上用来温酒。这句话的意思是，温酒用的红色小火炉也已经摆上桌了。到此为止，诗人一直都在铺展渲染，语言朴素但又显得很精巧。

第三句从新酒与火炉的描写中跳脱出来，写“晚来天欲雪”，意思是天色已晚，好像要下雪了。这一句对环境的描写简洁明了，点明时间是在傍晚，天气则阴沉欲雪。前三句，诗人用精简的语言，表达的是：在这样安静寒冷的冬夜里，我准备好了新酿的酒与温暖的火炉。至此，一切准备就绪，诗人终于轻轻地问了一句：“能饮一杯无。”就像在和自己的老朋友当面叙话。连同第三句一起看，我们会感受到那种深沉而又自然的情意。在特殊的天气里，人们会格外柔软多情。《诗经·郑风·风雨》一篇中有“风雨如晦，鸡鸣不已。既见君子，云胡不喜”，是说女子在雨夜里，终于等到心上人归来的喜悦之情；《夜雨寄北》中有“何当共剪西窗烛，却话巴山夜雨时”，是以巴山夜雨寄托重逢的希望；《寄黄几复》中有“桃李春风一杯酒，江湖夜雨十年灯”，是以江湖夜雨寄寓流转零落的感慨。在这首小诗中，诗人在即将飘雪的冬夜里，思念自己的好友，于是准备好新酒，写下这首邀请的小诗，等待与好友把酒言欢。

诗歌前三句都在渲染铺展，直到最后一句才真正与诗题中的“问”字相切合。但是这一番渲染并没有使诗歌显得拖沓，反而给人一种娓娓道来的美感。以问句结束全诗，又给人留下了无尽的想象空间，情意深沉，已经不需要再多说些什么。

我们在这首诗中，或许还会感受到一种失落了很久的感动。有一个词叫“见字如面”，那是写在纸上的深情，也是一种遥远的诗意。等下一次初雪，若得闲暇，我们也可以同心中最想念的那个人说：“晚来天欲雪，能饮一杯无。”借由这首小诗，去追寻心中那一点久远的沉淀千年的诗情画意。

十载蹉跎傲骨存

《元和十年自朗州至京戏赠看花诸君子》刘禹锡

紫陌红尘拂面来，
无人不道看花回。
玄都观里桃千树，
尽是刘郎去后栽。

公元805年，唐顺宗即位，任用当朝有志之士进行改革，史称“永贞革新”。这次改革以王叔文为核心，刘禹锡、柳宗元等人都是中坚力量。但是由于改革触动了地方军阀和宦官的利益，他们串通一气，发动政变，对革新派人士进行了强力打击。参与革新的官员，都被贬黜到偏远之地，刘禹锡也到了朗州，名义上担任朗州司马，实际上没有什么实权。他在朗州一待就是十年，十年岁月蹉跎，并没有磨灭刘禹锡的理想，他借此重新审视这个混乱的世道，也审视自私或者麻木的人心。对于政局的反思和往事的反省，让他的思想更加成熟，就像他在诗歌中所写的那样，“不因感衰节，安能激壮心”，这造就了一个对自己的信仰更加坚定专一的刘禹锡。十年后，他终于再次回到了京城，他以为所有的苦难都已经过去，希望自己能在朝堂之上实现理想，同时对当朝旧势力与新权贵弄权倾轧的现象极为不满。这首诗歌便是在这样的背景下创作的。

这年三月，长安城的桃花开得繁盛，刘禹锡和柳宗元一起来到玄都观赏花。当时长安城内有春天赏花的传统，这次赏花之旅，对于诗人而言，也有不同的触动。

这首《元和十年自朗州至京戏赠看花诸君子》既有实际景象的描写，又暗含了讽刺之意，章法和语言都非常精妙，既保证了表面意象的完整，又将深层含义表达得入木三分。

诗歌前两句“紫陌红尘拂面来，无人不道看花回”，写的是诗人眼中所见的实际景象，即看花的人群熙熙攘攘、浩浩荡荡。那么，诗人是怎样对这种景象进行描写的呢？他首先从看花路上写起，第一句中“紫陌”之“紫”是指路上的草木之色，“红尘”之“红”形容路上的尘土，“拂面来”写出了一种笼罩、弥漫的感觉。这一路上，草木繁茂，尘土扑面而来，看花之人自然是数不胜数了。看花之人如此多，我们一定会好奇，吸引了这么多的人，这桃花该是开得多美啊？继续往下看，却发现诗人并没有直接描摹桃花的灼灼之姿，而是写看花归来的人们，他们全都说着自己看花回来了这件事情。“无人不道”四个字将人们的满足、喜悦之情体现得淋漓尽致。所以，诗人是通过看花人的反应从侧面表现桃花的美丽，这样一来，又给人留下了想象的空间，真是巧妙极了。

诗歌的后两句由实景描写转向对自身境遇的联想。诗人离开京城已经十年了，十年前，玄都观里还没有这些桃花，十年后归来，桃花满园，芳菲喜人。眼见此情此景，怎能不让人心生无限感慨呢？正所谓“树犹如此，人何以堪”，这千树桃花，都是诗人离开以后栽种的，它们开得有多么繁盛明艳，诗人的内心就有多少波澜起伏。

从归途上的行人如织写起，诗人为我们展现了一幅完整的画面，没有直接出镜的桃花，却在我们的脑海中，开得纷繁动人，诗人的那一份对于流年无情的感慨，也与景象描写交融无间。

然而，我们说这首诗的精妙之处还在于，其中寄寓的尖锐讽刺之意。诗人运用了比拟的手法，将那千树桃花比喻成新权贵，桃花是在诗人离开京城后才栽种的，这些新权贵，也是诗人被打压以后才被提拔的。那么，这一路上纷纷攘攘的赏花之人，便是那阿谀奉承之人，他们趋炎附势、攀附权贵，一门心思与当朝权贵结交，并将这作为炫耀的资本。在这个意义上，“无人不道”四个字，可以说是把这种现象与这些人的嘴脸，刻画得入木三分，极尽讽刺之意。十年外任，此番归来的诗人，依然不掩壮志傲骨，他不惧当朝权贵，在诗歌中，对他们的投机取巧之状，予以辛辣的讽刺。“尽是刘郎去后栽”一句更是充满了嘲弄与不屑之意，我们可以想象诗中被讽刺的那些人，看到这首诗以后一定会非常愤怒。

事实证明，这首诗的确触怒了当朝权贵，据说这直接导致了刚回到京师的刘禹锡和柳宗元等人再次遭到打压，在这年三月又被遣出京城，到偏远的连州、柳州等地任职。我们联系当时的朝局，就会明白，所谓的以诗获罪，应该只是个借口，本质上还是因为政见的不同而遭到贬黜。只是这一去，便又是十多年的时光，所谓宦海沉浮，也的确是摧人心肝断人肠。

桃花尽去刘郎来

《再游玄都观》刘禹锡

百亩庭中半是苔，
桃花净尽菜花开。
种桃道士归何处？
前度刘郎今又来。

刘禹锡是一位意志坚定的改革者，也是百折不挠的实干家。在做官这件事情上，他从来都是眼睛里容不得沙子，就算知道权贵势力强大，也会倔强地在自己的诗歌中，表达对他们的蔑视与嘲弄，有一股子要和邪恶势力斗争到底的决心，有时候甚至会让我们觉得，他真是轴得又可敬又可爱。

公元 829 年，结束了二十多年在外地做官的生涯，刘禹锡终于再次回到长安，距离他上一次回到长安却又被外放，已经过去了整整十四年。十四年前的春天，刘禹锡游览玄都观时，写下了那首著名的《元和十年自朗州至京戏赠看花诸君子》，对当朝权贵进行了辛辣的讽刺，揭露了一众阿谀奉承之人的丑恶嘴脸，因此触怒了当权者。随之刘禹锡又被外放出京城，经历了一番天南海北的调动。如今，再次回到长安的刘禹锡，特意又去了一次玄都观，并写下了《再游玄都观》这首诗。那么，经历世事无常以后的刘禹锡故地重游，又会有怎样的感慨呢？

他是否会为自己十四年前所作的讽刺诗而后悔呢？

这首《再游玄都观》和那首《元和十年自朗州至京戏赠看花诸君子》一样，也采用了比拟的手法，既塑造了完整的表面意象，又在其中寄寓了深刻的讽刺之意，对十四年前的弄权者，予以更加无情的批判，显示了自己永不屈服的决心。

诗歌的前两句“百亩庭中半是苔，桃花净尽菜花开”，写玄都观中的景象，通过具体景物的描写突出了玄都观如今的荒凉，并与之前那首诗形成呼应。诗人首先对玄都观进行了一次概括性的描写，“百亩”写玄都观的面积之大，而这“百亩庭中”如今有一半都长满了青苔。如果玄都观里还像十四年前那样，看花之人络绎不绝，能不能长出这么多青苔呢？当然不能。就像诗人在另一首诗歌《乌衣巷》中所写的“朱雀桥边野草花”一样，青苔和野草都是从侧面表现人迹罕至的荒凉景象。今天的荒凉，又与以前的“无人不道看花回”形成对比，从门庭若市到门可罗雀，也不过就在这十四年间。接下来，诗人又具体描写了玄都观的桃花，“净尽”两个字写桃花已经不复存在，只有“菜花”在庭院里默默地开着。在小序里，诗人明确地指出玄都观里如今“荡然无复一树，惟兔葵、燕麦动摇于春风耳”。回想这里曾经的千树桃花竞相盛开的情景，盛衰对比之下，怎能不让人心生感叹呢？

这两句既有直接描写又有侧面衬托，既有概括描写也有具体描写，突出了玄都观如今的破败景象，尤其是在今昔对比之下，诗歌的深层意义也得以展现。诗人用桃花比喻十四年前左右朝政的权臣，如今桃花零落，朝政大变，当时的权臣也早已不见了踪迹。所以当时只手遮天又如何，心术不正之人掌权注定不会长久。

在表达出权臣不见的深层意思以后，诗歌从景物描写转向议论抒情。第三句直接反问："种桃道士归何处？"意思是，玄都观里当年种下桃树的道士，早就不知道哪里去了。既然桃花指的是当朝权贵，那么种桃道士自然指的是当年扶持新权贵的朝堂势力。政局更迭，如今连他们也不复存在了。最后一句"前度刘郎今又来"，是说从前因为一首诗被贬谪外派的自己，如今又回来了。一方面，此番归来的自己，与不知何处去的种桃道士形成了对比，表示诗人对于当朝权贵的不屑，也显示了其不惧强权的铮铮铁骨。另一方面，他因为写了《元和十年自朗州至京戏赠看花诸君子》，被政敌借机打压，再次遭到外放，如今好不容易千里归来，本来应该消停度日，但是他依然旧事重提，借玄都观的桃花，对那些弄权者进行讽刺。虽然当时诗人官居主客郎中，但朝堂之上还是存在许多变数，政局也并非平静无波，就是在这样的背景下，诗人还是敢于表达对权贵的嘲讽，这不能不说是一种很大的勇气。可见，纵然经历了这么多磨难，诗人也从未有过一日的屈服，对于这个世界，对于这个朝廷，他依然有着一腔热血、一身傲气，凄风苦雨不减凛凛风骨。

考生恰如新嫁娘

《近试上张水部》朱庆馀

洞房昨夜停红烛，
待晓堂前拜舅姑。
妆罢低声问夫婿，
画眉深浅入时无。

科举取士是中国历史上的一个创举，从隋朝开始设立进士科的考试，到唐代，科举制度进一步发展，不仅为国家选拔出了无数的优秀人才，也极大地促进了文化事业的发展。唐诗作为一代之文学，在唐代的高度繁荣便是诗赋取士的结果。在气象恢宏的唐代，科举制度刚刚实行不久，很多规则还不太完善，比如当时非常流行“行卷”和“温卷”之风。那么,“行卷”是指什么呢?原来，在唐代科考的试卷还没有采取糊名制，并且考官有权参考考生平日的作品，决定他们的去留。当时，在政治上、文坛上有地位的人，及与主试官关系特别密切的人，都可以推荐人才，参与决定名单名次。除此之外，每次科举考试所选拔的人才还极为有限，报录比低得可怜。因此，面对这样严峻的形势，考生纷纷在考试之前，将自己的作品写成卷轴，呈送给当时在文坛有声望的前辈，以获得他们的赏识，从而增加自己被录取的可能性，这便是“行卷”。过些日子之后，再投一次，以加深印象，则被称为“温卷”。

这首小诗，便与行卷和温卷有关。这首诗的作者是朱庆馀，关于他，历史上留下的资料很少。其字号不太确定，有人说他名可久，字庆馀。其生卒年也不详，甚至关于他是什么地方的人都有争议，《唐才子传》说他是闽中人，即福建人，但有的材料说他是越州人，就是今天的浙江绍兴人，从当时的著名文人张籍跟他交往时写的诗来看，应当是越州人。

朱庆馀写这首诗的时候还是一名心思忐忑、即将踏入考场的考生。诗题中的“张水部”，则是指当时颇负盛名的水部员外郎、著名文人张籍。据说当时朱庆馀正在京城准备科考，机缘巧合之下与张籍相遇，二人相谈甚欢，张籍对朱庆馀的才华非常欣赏，于是当时就让朱庆馀把自己的诗作拿来给他。这样的机遇是可遇而不可求的，朱庆馀便立即从自己的书囊里找出来一部分诗文呈送给张籍。张籍当时在社会上有着极高的声望，出于对朱庆馀才学的真心欣赏，他经常向自己的同僚赞扬朱庆馀的诗文，一来二去，朱庆馀在考试之前就已经小有名气了。

临近考试，朱庆馀还是有些不放心，为了进一步确定自己的诗文能否得到考官的青睐，他就写下了这首《近试上张水部》。诗歌以一位新婚女子的口吻写成，将自己比作新娘，将考官比作公婆，言语婉转，既生动又有趣。从这首小诗我们就能看出，朱庆馀的确有着过人的才气，能得到张籍的赞赏也是情理之中的事。

按照古代的风俗习惯，新人拜堂成亲以后，洞房之内的红烛要彻夜不灭，等到第二天清晨，新娘子要和自己的丈夫一起去拜见公婆。所以，诗歌的前两句写“洞房昨夜停红烛，待晓堂前拜舅姑”，“舅姑”是丈夫的父母，也就是这个新娘的公公婆婆。为什么这么称呼呢？原来在母系社会，出现了异姓联姻族外婚，一般情况下，两个氏族中同一辈分的男子与另一个氏族中同一辈分的女子结婚，婚后，他们所生的孩子，男孩仍归男方，女孩归女方，下一代再结婚，女方的公公就是母亲的兄弟，也就是舅舅；女方的婆婆就是父亲的姊妹，也就是姑姑，结了婚以后仍然沿袭原来的称呼，所以叫舅姑。这两句的意思就是，昨夜洞房的红烛一直亮着，等到天色破晓，新娘子就要去拜见自己的公公婆婆了。这两句诗选取了很经典的场景进行描绘，诗人借此表现科考临近，自己即将参加考试的心理状态。

面对这样的时刻，那位新婚女子又是怎样的心情呢？毫无疑问，她肯定是有些紧张的，因为在古代，女子的命运主要是由婚嫁决定的，甚至可以说，一个女子只有在婚后获得婆家的喜爱，才能过上幸福安稳的生活。所以，第一次去拜见自己的公婆，她的心里肯定是非常忐忑的。于是，这位女子早起认真地打扮自己，又因为是新婚，还比较羞涩，所以只能“妆罢低声问夫婿，画眉深浅入时无”，化完妆后小声地问自己的丈夫，自己画的眉毛是不是时下流行的样式。“低声”二字将新婚女子谨慎又羞怯的神态，描摹得淋漓尽致。“入时无”三个字则是整首诗歌的重点所在，诗人借由女子对眉形时髦与否的担忧，来询问自己的诗歌是否能得到考官的喜爱，语意极其婉转，因此也格外动人。

我们可以想象当张籍看到这样一篇构思精巧、语言伶俐的小诗的时候，该是一种怎样愉悦的心情。看过这首诗以后，张籍对朱庆馀的赞赏之意又多了几分，为了让朱庆馀安心，他还特意回赠给朱庆馀一首诗，名字就叫《酬朱庆馀》，在诗中他对朱庆馀的才华给予了充分的肯定。事实也证明，朱庆馀无愧张籍的欣赏，他在唐敬宗宝历二年（公元 826 年）一举考取了进士，张籍赏识提拔后辈的故事也流传千古。

一曲菱歌敌万金

《酬朱庆馀》张籍

越女新妆出镜心，
自知明艳更沉吟。
齐纨未是人间贵，
一曲菱歌敌万金。

这首《酬朱庆馀》是张籍写给朱庆馀的一首回赠诗。

张籍是中唐时期的著名诗人，他和王建、孟郊、白居易等人都是很要好的朋友。当他游学汴州时，就是在孟郊的引荐下认识了当时担任汴州进士考官的韩愈。韩愈非常赏识张籍的才华，将他举荐到京城参加科考。张籍不负所望，一举中第，正式踏入仕途，和韩愈也一直保持着亦师亦友的关系。张籍写得一手好诗，他的乐府诗更是为人称道，他的诗作中多有反映现实的佳作，风格自然平易。他与王建并称“张王”，在当时的文坛有着较高的声望。

当时朱庆馀还是一名赴考的学子，张籍则官至水部员外郎。在科举考试正式开始之前，朱庆馀就已经将自己的诗作呈送给张籍，希望能得到张籍的赏识，朱庆馀的诗写得清新俊逸，又颇有章法，所以深得张籍的喜爱，张籍也向自己的朋友、同僚极力夸赞朱庆馀。但是在当时的社会背景下，科举考试是非常难的事情，每次考试录取的人数都极为有限，所以临近考试的朱庆馀，可能比我们今天参加高考还要紧张几分。他不确定自己的诗文能否得到考官的青睐，于是就在考试前又写下了一首诗呈送给张籍，古人称为“温卷”，也算投石问路。诗的题目就叫作《近试上张水部》，就是前面赏读的那一篇。

因为朱庆馀的《近试上张水部》采用了比喻的手法，所以张籍也同样以比喻的方式予以回复。这首小诗写得既活泼伶俐又自然省净，言语间尽是一位前辈对后辈的殷切关爱之意和惜才之心。

前面我们分析过，朱庆馀的家乡在越州，他在诗作中又将自己比作新婚妇，所以张籍便用“越女”的形象来比喻朱庆馀。自古越州便是钟灵毓秀之地，越女也以姿容清丽、多才多艺著称。诗歌第一句写“越女新妆出镜心”，开门见山地表现了越女的举止，只见一位本就天生丽质的越女经过精心的装扮后正在揽镜自照。也有人说，这里的“镜心”指的是镜湖的湖心，镜湖也叫“鉴湖”，在浙江绍兴城西南，是浙江的名湖，是绍兴景物的代表。贺知章《回乡偶书》第二首说：“离别家乡岁月多，近来人事半消磨。惟有门前镜湖水，春风不改旧时波。”这句“越女新妆出镜心”，其实就是在说，朱庆馀本来就才华超群，这是对他的肯定。

第二句“自知明艳更沉吟”写那位女子的心理活动，她知道自己长得很漂亮，但也正是因为这样，她对自己的要求才更高，反而变得不自信起来，所以她看着镜子中的自己不禁暗自反复思量沉吟。“更沉吟”三个字是诗人对朱庆馀迟疑忐忑状态的形容，也能从中看出他对朱庆馀的欣赏之情。

诗歌的前两句对朱庆馀写诗相问的事件，进行了艺术化再现。在诗人眼中，朱庆馀就如同那位容貌才情俱佳的越地女子，本就天赋超群，只是因为对自己的要求太高，才会忐忑纠结，诗人对此也充满了理解与关怀。

所以在后两句中，诗人以“齐纨未是人间贵，一曲菱歌敌万金”直接点明了对于那越女的肯定，意思是，虽然其他姑娘身上都穿着齐地出产的昂贵的绸缎衣裳，但是并不会得到世人的看重，只有越女的一曲菱歌清扬动听，可抵万金，这才是真正珍贵的，才会得到人们的赞赏。“齐纨”在这里指的是一些华而不实的学问，与之相对的“菱歌”是指《采菱曲》，比喻朱庆馀的真才实学。所以这两句是说，朱庆馀的文章并非那些徒有其表之人可以相比的，意在告诉朱庆馀，他一定会凭借真才实学被录取的。

这首诗以生动的比喻结构全篇，语气自然，情感真挚，既对朱庆馀的诗做出了回答，又对他的才学进行了肯定与赞扬。这对于一位将要踏入考场的学子来说，真是最珍贵的礼物了，所以张籍关心后辈的故事，也为人所称道。

君心似我心

／

诗人的亲情与爱情

重阳佳节思故乡

《九月九日忆山东兄弟》王维

独在异乡为异客，
每逢佳节倍思亲。
遥知兄弟登高处，
遍插茱萸少一人。

这首诗的题目下有个小注——“时年十七”，也就是说是王维十七岁的时候写的。大概在两年前，十五岁的王维从家中出发，经过潼关、骊山，来到长安，就是现在的陕西西安，开始了他的漫游生涯。这两年王维主要是在长安、洛阳一带漫游，这首诗就是王维十七岁的时候，在长安写下的。一个青春少年，怀揣着梦想，背负着行囊，游走于京都，个中的辛苦只有王维自己知道。适逢重阳佳节，想起家中的亲人此刻团聚在一起，而自己孤身流浪他乡，那种思乡的感觉特别强烈，于是心到手到，写下了这首《九月九日忆山东兄弟》。

这首诗的题目里需要解释的有两个词。一个是“九月九日”，农历的九月九日是重阳节，因为“九”是阳数单数的最大数，所以九月九日就被称为重阳。重阳节在古代是一个很重要的节日，在这一天，人们常常折茱萸插在头上，登高饮酒。茱萸气味浓烈，人们认为在这一天插在头上可以祛除热气、防御寒气。

另一个有必要解释的词是“山东”，这个山东不是现在山东省的山东，有的学者把它解释为“华山以东”，也是不对的，应该是崤山和函谷关以东。为什么这么说呢？因为在战国时期，秦国人称崤山、函谷关以东的地区为“山东”。战国七雄当中，除了秦国以外，其他的六个国家——韩、赵、魏、齐、楚、燕都在崤山和函谷关以东，因此也有“山东六国”的说法。关于这一点，只要看看战国时期的地图就会很清楚了。战国以后，“山东”这个地理概念沿用了下来。《旧唐书·王维传》记载：“王维，字摩诘，太原祁人。父处廉，终汾州司马，徙家于蒲，遂为河东人。”这段话讲得很明确，王维是“太原祁人”，就是唐代的时候太原府所管辖的祁地，即现在的山西祁县，在太原的南面。只是后来，王维的父亲做官做到了汾州司马，才把家迁到了蒲地，就是现在的山西永济。但是无论原来的祁县，还是后来的永济，在战国时期，都在“山东六国”境内，都属于“山东”，所以王维思念他的兄弟就说“忆山东兄弟”。

因为写于动情之时，所以诗歌完全是有感而发，而不是像辛弃疾所说的那样“少年不识愁滋味，为赋新词强说愁”。整首诗就像在说家常话，全都是诗人内心感情的自然流露，没有任何修饰。李白说“清水出芙蓉，天然去雕饰”，盛唐时候的许多诗作都是这样。这首小诗也是如此，读起来感觉在说家常话，是那样的入口、入心，没有一点点苦思冥想的痕迹，完全是作者信手拈来。我们知道，王维生活的唐朝，距离我们现在已经有 1000 多年，语言变化非常大，书面语更是这样，但是这首小诗，我们现在读起来，却没有一点隔阂，是那样的自然。

“独在异乡为异客”，一句话中用了两个“异”字，这在古诗当中是不多见的，因为古人写诗讲究炼字，要避免重复。在这里字是重复用了，但是给我们的感觉是那样的贴心，使我们有一种感同身受的体会。因为只身一人在长安，所以是“异乡”；因为自己不是长安人，所以是“异客”。两个“异”字，把王维身在他乡的漂泊之感给写活了。

“每逢佳节倍思亲”也是明白如话，因为独自一人游走他乡，所以每每遇到节日就会更加思念自己的亲人，这一句后来成了千百年来一直传诵的名句。这一句为什么会如此的打动人呢？我们觉得，主要是因为王维把一个游子在重阳节到来时候的独特心理感受给升华了、普泛化了。在古代，差不多每一个读书人都有离土离乡的经历，而每每到了节日的时候，不仅仅是重阳节，还有春节、元宵节、端午节、中秋节，都会更加想念家中的亲人。王维在这里，把这种每个人都曾有过的心理体验给说了出来，他触动了每个远在他乡的人心底最柔软的部分。因此，我们说，虽然是重阳节的到来引发的思乡之情，但是适用于每一个佳节，适用于每一个离家在外的人。

“遥知兄弟登高处，遍插茱萸少一人”，是对上一句的具体解释。“每逢佳节倍思亲”，怎么个思念法呢？因为作者独自一人离家在外，只能遥想家中的情形。按照习俗，每逢重阳节，兄弟们都会头插茱萸、登高饮酒，今年自己却不能了，想来这一天家中的兄弟们一定会像往年一样聚会（根据《旧唐书》记载，王维有四个弟弟）。遗憾的是，自己一人在外，兄弟们也会因为缺少了自己而感到遗憾。这两句是作者远在异乡时的设想之词。古人说，这里用的是“倩女离魂”之法，意思是身在此而心在彼，作者身在他乡，心早已经飞到了故乡，和兄弟们聚在了一起。

相思叶底寻红豆

《相思》王维

红豆生南国，
秋来发故枝。
愿君多采撷，
此物最相思。

虽然这首诗很小，但是需要了解的内容很丰富。首先是题目，这首诗的题目是《相思》，但是古代还有的本子把这首诗叫作《相思子》，因为在古代，红豆还有一个别名，即“相思子”。唐代文献记载：“豆有圆而红，其首乌者，举世呼为相思子，即红豆之异名也。”说这种豆子，又圆又红，顶上是黑色的，世人都叫它相思子，也就是红豆的别名。李时珍的《本草纲目》当中也说：“相思子，一名红豆。”

这首诗还有一个题目是《江上赠李龟年》，也就是说这是王维赠给李龟年的一首诗。这个李龟年是何许人呢？大家可能都听过他的名字，杜甫的《江南逢李龟年》云：“岐王宅里寻常见，崔九堂前几度闻。正是江南好风景，落花时节又逢君。”这首诗也是写给李龟年的。什么样的一个人，让杜甫、王维这么有名的诗人都给他写诗呢？原来，这个李龟年是唐玄宗时期最为著名的音乐家。他兄弟三人——李龟年、李彭年和李鹤年都有才学，闻名天下。李彭年擅长舞蹈，李龟年和李鹤年擅长唱歌，三个人都很受唐玄宗的喜欢。唐玄宗特地为他们在京师长安修建了豪华的住宅，据说，奢华的程度甚至超过了一些王公大臣。可是后来爆发了安史之乱，连唐玄宗都逃到了四川，更何况一般的臣子了。这个李龟年也流落到了江南，杜甫给他写的那首《江南逢李龟年》就是在湖南潭州遇到李龟年时写的。

还需要做出一些说明的是，这首诗的内容历来也有不同的版本。比如第二句，有的本子作“秋来发几枝”，有的本子作“春来发几枝”；第三句，有的本子作“赠君多采撷”，有的本子作“劝君休采撷”。虽然只有一字之差，但是意思发生了一些变化。我们这里用的是通行的本子。

按照《江上赠李龟年》这个题目来理解，这首小诗是王维特地为李龟年作的，表达了王维对这位好朋友的眷念。这首诗的中心思想是相思，当然了，这里面说的相思并不是局限于我们今天所说的男女之间的相思，朋友之间的思念也是相思。这首诗的一个显著特点是，句句不离红豆，句句不离朋友，句句不离相思。

诗歌的第一句“红豆生南国”，说的是红豆生长的地方是南国。关于红豆还有一个传说，古时候有个女子，因为她的丈夫死在了边疆，她也在树下哭死了，哭死之后化为红豆。王维说“红豆生南国”，意思是红豆是南方的特产，这里面其实还包含一个意思，那就是这首诗赠送的对象是李龟年，李龟年流落南方，因此才这么说。由此引出了诗歌的第二句，“秋来发故枝”。意思是，秋天到来的时候，红豆在旧的枝条上开花结果，由“故枝”到故人，引出对老朋友的关心和探问。

“愿君多采撷”，也是兼顾红豆和老朋友。因为红豆是南国的特产，也因为老朋友身在南方，所以有此便利可以多多采撷。

但是原因仅仅如此吗？不是，还因为“此物最相思”。让好朋友多多采撷，是因为红豆最能引起人的相思之情。言下之意是，红豆也最能慰藉朋友之间的相思，同时也是告诉老朋友，自己正在深切地思念着他，希望老朋友不要辜负了自己的一片相思之情。

王维的这首《相思》虽然很小，只有4句20个字，却是唐代流传最广的一首诗。据一些史料记载，李龟年流落湖南潭州的时候，在湘中采访使的宴会上就唱了这首《相思》和另外一首《伊州歌》。《伊州歌》曰：“清风朗月苦相思，荡子从戎十载余。征人去日殷勤嘱，归雁来时数附书。”两首诗都是王维所写。李龟年唱到动情之处，想到唐玄宗，忽然倒地不起、昏迷不醒。他的妻子因为他的左耳朵还有热气，没有变凉，所以没有把他殡葬了。四天之后，李龟年才清醒过来，醒来之后对家人说：“我做了一个梦，梦见了二位妃子（就是湘水女神娥皇和女英，是传说中尧的两个女儿、舜的两位妃子。舜南巡时，病故于南方，娥皇和女英闻讯赶来，跳入湘江，为夫殉情），她们让我教她们的侍女兰苕唱祓禊歌（古代一种祭祀时候唱的歌，每年到春季的上巳日在水边举行祭礼，洗濯去垢，消除不祥，叫祓禊），教了四天，她们就让我回来了。”于是，有好事的就在李龟年昏倒的地方建了一座“二妃庙”，以作纪念。

这首小诗还有一个明显的特点，就是明白如话、朗朗上口。但是，语浅情深，浅白的家常话饱含着王维对朋友的一片深情。

夜静更思乡

《静夜思》李白

床前看月光，
疑是地上霜。
举头望山月，
低头思故乡。

在中国古代的诗词海洋中，写对于家乡的依恋和思念这一主题的作品有很多，而且有很多是名篇佳作。现代人在读到这些诗歌的时候，经常会有很多的疑问和不解，想家了就回呗，那有什么呢？实际情况并不是我们想象的那么简单。现代化的交通工具和通信方式给我们带来极大的便捷，手机带在身边，想家了可以随时随地给家人打个电话，甚至视频，以缓解想家的痛苦。再不然，距离再远，即使远隔数千里，乘坐高铁也就是几个小时的事情。古代人则不然，许多读书人成年之后为了求学或做官，经常会离开自己的家乡，到处游走，许多人一走就是好几年或者十几年，甚至更长的时间，想回一趟家是很不容易的事情，更何况有家不能回，有家不敢回，所以《诗经》中说："昔我往矣，杨柳依依。今我来思，雨雪霏霏。"走的时候春暖花开，回来的时候漫天风雪，而当中隔了多少年也是个未知数。贺知章也是"少小离家老大回"，年轻时离开家乡，八十多岁才回到故乡。

李白的故乡在今天的四川江油，在很早的时候，李白便离开自己的家乡，开始了漫游生涯，目的是发挥自己的才华，为国出力，在青史上留下自己的美名。唐代初期和强盛时期的许多读书人都有着这样强烈的功名意识。离家久了，便会写出很多有关思乡的诗歌，岑参的《逢入京使》以思乡为主题，杜甫的《月夜》也以思乡为主题，李白的这首《静夜思》更是一首传唱古今、脍炙人口的优美篇章。从具体的写作时间和地点来看，这是李白二十六岁的时候在扬州的一个旅舍里所作的。

仔细品读这首小诗，我们可以发现，诗歌短短 20 个字，没有任何生僻难解的字词，可以说是明白如话，如随口而出，千百年来却是好评如潮，这是为什么呢？我们觉得它最大的一个特点是天然。李白在一首诗中说“清水出芙蓉，天然去雕饰”，意思是像清澈的荷塘里那盛开的荷花一样，没有一点污染，没有一点做作，一切都是那样的自然而然，拿这句话来评价李白的这首诗最恰当不过了。这首《静夜思》用最为朴素、直接、自然的语言，表达了一种最为真挚、动人、自然的情感。

作客他乡，时间久了，难免会想念故乡的亲人朋友。俗话说“在家千日好，出门一时难”，没有取得成就的时候孤身一人在外，就更容易想家了。旅居在外，白天的时间倒还容易打发，到了夜深人静的时候，就更容易想家了。所以诗歌的开篇就说“床前看月光”。到了明代的时候改成“床前明月光”。相比之下，明代的版本更流畅一些，也更容易记诵，尤其是学龄前儿童，背起来更容易。作客他乡，久久不能入眠，夜已经很深了，月亮升得很高，明亮的月光洒在了床前。在这里，还有必要做一下说明，这个“床”字，在古代有好几种意思，有井台的意思，有井栏的意思，有窗户的意思，有坐床的意思，还有睡觉用的床这样一个意思。总体看来，尽管解释各有不同，但大体上不影响句意的理解，正所谓“诗无达诂”，因为时代久远，我们已经很难复原当时的情形了。月光铺泄下来，洒在床前，白白的，看上去好像地上结的一层寒霜。霜是在秋天气温很低的情况下由水汽凝结而成的，这说明这个时候天气已经很冷了。这种冷，不但冷在身上，而且冷在心里。独自一个人客住他乡的那种冷落、那种凄凉，我们可以想象到。所以，这里用了“霜”作为比喻，这是李白心理上的感受。

“举头望山月，低头思故乡”写了两个动作，非常自然。顺着地上的月光，很自然地向上望去，一轮明月高悬天空。此时作者身处异地，能够与家人一起共同拥有的也只有这轮明月了。南朝诗人谢庄说“隔千里兮共明月”，唐朝诗人张九龄说“海上生明月，天涯共此时”，说的都是这个意思。正因为抬头看到了天空中的那轮明月，李白才有了对于家乡的思念，于是情不自禁地低下头来，陷入了深深的沉思。这沉思中有对家乡亲人的深深挂牵，有对家乡一草一木的深深思念，但现在客居扬州，孤身一人，连个倾诉的对象都没有，所以只能“低头思故乡”了。

前人对这首诗的评价极高，其中有一个评价这样说：“思乡诗最多，终不如此四语真率而有味，此信口语，后人复不能摹拟，摹拟便丑。”大意是说，在古代众多的思乡诗歌中，只有这首诗最为真率有味，看似随口说出的话，后来人怎么也模仿不了，真可以说是说出了这首诗的妙处。

长夜未解相思情

《月夜》杜甫

今夜鄜州月，闺中只独看。
遥怜小儿女，未解忆长安。
香雾云鬟湿，清辉玉臂寒。
何时倚虚幌，双照泪痕干。

我们读古诗词，常常会有这样一个印象，即那些男性诗人们，好像都有点大男子主义，顾家的暖男少之又少。他们平日里不是求学，就是做官，不是和朋友喝酒吃饭，就是和朋友诗词唱和，有的甚至常年在外，三年五载也不回家一次。因此我们看到的诗词中，彼此唱和的很多，写家庭、写妻子儿女的很少。别看给朋友写东西不吝笔墨，左一个酬、右一个赠的，可是轮到自己的妻子儿女就惜墨如金了。

在我们的印象中，杜甫像是一个为国家、为民族奔走呼号的理想主义者，国家、百姓好像占据了他生活的全部，他所考虑的好像永远都是家国大事，“致君尧舜上，再使风俗淳”是他的最高目标，他的情感好像也全都投到了国家天下之中。笔者曾看到一篇网络文章，是写杜甫的，用现代人的口吻说杜甫的夫人可能嫁了个假诗人。为什么这么说杜甫呢？你看，整天除了国家还是国家，他好像从来没有关心过自己的妻子儿女，也从来没有什么儿女情长，不会谈恋爱，也不会讨好自己的妻子，这不是很木讷吗？诗人应该是多情的，应该是最会写情诗的，可是杜甫没有呀。真的没有吗？看看杜甫的这首《月夜》，你就知道了。

唐玄宗天宝十四年，即公元755年，边关大将幽州节度使安禄山发动叛乱，第二年六月叛军攻入了当时的都城长安，就是现在的陕西省西安市。当时，上自当朝皇帝，下到普通百姓，纷纷外逃。唐玄宗逃往四川，皇帝都逃走了，普通百姓就更不用说了。杜甫和他的妻子儿女，一路北行，逃到了鄜州，就是今天的陕西富县，在鄜州羌村安顿了下来。七月，唐玄宗的儿子李亨在宁夏灵武继位，这就是唐肃宗。杜甫得知这一消息后，非常兴奋，安顿好家人之后，一个人晓行夜宿，前往灵武。不幸的是，在途中被叛军抓获，押往长安，这首诗就是这年的八月杜甫被拘押在长安时写的。

诗歌的题目是《月夜》，实际上并不是写月光如何、月夜怎样，而是借写月来抒发自己的情怀。被扣留在长安的杜甫，与家人天各一方，想起了暂时居住在鄜州羌村的妻子儿女。很有意思的是，虽然作者思念远在异地的妻儿，但没有写自己如何思念他们，而是用一种很特别的表现方式，从对面写起，用设想的笔法，写对方如何思念自己。有人说这是“倩女离魂”之法，别说，还真有那么点意思。这是这首诗首先给我们的一个感觉。

“今夜鄜州月，闺中只独看”，月亮是天下人共有的，南朝文学家谢庄说“美人迈兮音尘阙，隔千里兮共明月”，宋代大词人苏轼说“但愿人长久，千里共婵娟”。杜甫却说是“鄜州月”，点明了其月夜思念的对象。他孤身一人在长安，看着天空中那一轮明月，想起远在鄜州的妻子儿女，他们此时此刻或许也正面对着那轮明月思念着自己，于是很自然地引起了下一句——“闺中只独看”。“闺中”是指女子所住的闺房，这里是指他的妻子居住的地方，读到这句诗时，我们很自然地会产生这样一个疑问——妻子与儿女待在一起，为什么会“闺中只独看”呢？诗歌的三、四句做了交代：“遥怜小儿女，未解忆长安。”读了这两句，我们一下子就明白了，原来孩子还小，还不懂得想念远方的父亲，或者说，孩子还很小，还不理解母亲为什么思念长安。“怜”，是怜惜，有遗憾的意思，指非常的可惜，“怜”也有爱怜的意思，作为一个远在他乡的父亲，对于尚且幼小的儿女，他是多么的疼爱，但是自己身陷囹圄，不能与儿女团聚。

“香雾云鬟湿，清辉玉臂寒。”仲秋八月，天气转凉，岑参说“胡天八月即飞雪”，鄜州虽不是“胡天”，但也在北方，而且这个时候，已经是仲秋，天气变冷，尤其深夜时分，露水渐浓，打湿了妻子的发髻。“云鬟”，是古代妇女高耸的环形发髻。一个“湿”字，表明了作者想象中的妻子因为思念而愁苦不堪、难以入眠，于是，走出闺房，来到庭院，望着天空中那轮皎洁的明月，盼望着远方的丈夫早日归来。因为夜已经很深，在庭院中待的时间也久了，头发都被打湿了。月光洒落下来，因为天冷，也因为孤单，妻子的胳膊在月光的映衬之下，变得更加洁白，也更加寒冷。于是作者望月长叹：“何时倚虚幌，双照泪痕干。”意思是说，什么时候我们才能团聚，不再因为彼此分离而伤心流泪，而是倚着薄薄的纱帘，共同欣赏天空中那轮象征着团圆的明月。

读了这首诗，我们恍然发现，原来杜甫也会写漂亮的情诗。

月是故乡明

《月夜忆舍弟》杜甫

戍鼓断人行，秋边一雁声。
露从今夜白，月是故乡明。
有弟皆分散，无家问死生。
寄书长不避，况乃未休兵。

“思念兄弟”是古人漂泊异乡时，经常吟咏的主题。王维说：“遥知兄弟登高处，遍插茱萸少一人。”以对方思念来表达自己思念，更添一分思念。苏轼说：“人有悲欢离合，月有阴晴圆缺，此事古难全。但愿人长久，千里共婵娟。”以自然事理来排遣相思之愁，在月圆之时，多了一份心灵的慰藉。这份思念在《月夜忆舍弟》则表现为浓得化不开的愁。

乾元二年（公元 759 年），史思明自称皇帝，从范阳引兵南下，攻陷汴州，向西逼近东都洛阳，山东、河南都陷入了战乱之中。诗人的三个弟弟均身处河南战乱区里，而自己正寓居秦州（现在的甘肃天水），离家乡有千里之远。因战乱，大家之间的通信又全部中断，这怎能让诗人不为亲人担心呢？这一年七月的一个秋夜，月色入户，照在诗人身上，更勾起了他对弟弟们的思念和担忧，于是就有了这首《月夜忆舍弟》。

诗的开头两句这样写：“戍鼓断人行，秋边一雁声。”主题虽为“忆舍弟”，但诗歌并未开篇就把自己的思念表露出来，而是先描绘了一幅战乱中的萧瑟秋景图。这天晚上，诗人在秦州寓所里坐卧不安，外边的“戍鼓”声一阵紧过一阵，战争的气息弥漫在空气里，刺激着人的神经，也阻隔了亲人的音信。此时，一声秋雁的哀鸣打破了凝重的气氛，这雁声非但没能缓解诗人的思念，反而徒增了几分愁绪和担忧。在古代，飞行的大雁本身就寓有兄弟的意思。大雁总是排成“人”字阵列飞行，就好像兄弟一同出行。白居易有诗云：“吊影分为千里雁，辞根散作九秋蓬。”（《望月有感》）因而听到雁声，诗人杜甫也想到了弟弟，他非常牵挂他们。

接着，“露从今夜白，月是故乡明”进一步描写月夜之景。上句既点出了时令，又描绘了眼前之景。这句诗本意为“今夜露白”，但词序一颠倒就有了别样的意蕴。在时令中，白露是天气开始转凉的节点，《礼记·月令》载：“孟秋之月，凉风至，白露降。”渐浓的寒气和露水更衬托出诗人的孤单。下句本意为“故乡的月更明亮”。想来，天下只有一轮明月，故乡的月如何就比秦州的月明呢？诗人还打乱语序，以“是”字来强调这一反自然的描述，并且说得不容置疑。但恰恰是这“不合理”，生动表达出了作者微妙的心理，突出了对故乡、对家人的怀念。南朝辞赋家谢庄在《月赋》中说：“隔千里兮共明月。”凝望明月，诗人的思绪自然飞到了故乡、飞到了过去。那时洛阳的空中也是这样一轮明月，明月下是一同赏月的一家人。可如今，兄弟离散，这秦州的月亮下只剩杜甫一人，这叫他如何不感怀，月光在他眼中，也比以往欢聚时黯淡了许多。

有了前四句景色的烘托，诗歌的后四句转入直接抒情。“有弟皆分散，无家问死生。”上句说兄弟分散，天各一方，同时再次点明此诗的主题是“忆舍弟”。下句写家已不存，无处打探弟弟们的消息，同时和前面的“月是故乡明”照应，从“故乡”到“无家”，寄寓了诗人太多愁绪。这两句诗虽然用语简单平易，但感情极为真挚，断人心肠。最后两句自然而出，“寄书长不避，况乃未休兵”。兄弟散居各处，和平年代尚难以互通书信，更何况如今战乱四起，想要得到弟弟们的消息就更难了。家破人散，亲人生死未卜，皆因战乱而起，这就使得诗歌不单单蕴含了对亲人焦灼的思念，也表现了安史之乱中，家破人亡、骨肉分离的社会现状，增强了诗歌的思想性。这首诗结构严整、前后呼应，用语平易却耐人寻味，淡淡写来却情感真挚深厚，把常见的怀人题材写得沉郁凄楚、感人肺腑。

书雁先飞入长安

《十二月一日三首》（其一）杜甫

今朝腊月春意动，云安县前江可怜。
一声何处送书雁，百丈谁家上水船。
未将梅蕊惊愁眼，要取楸花媚远天。
明光起草人所羡，肺病几时朝日边。

我们都知道，杜甫晚年漂泊西南，他在永泰元年（公元765年）的秋天来到了云安，因为肺病发作，所以不得不滞留于此疗养身体。转眼就到了这一年的冬天，恰逢四川大乱，杜甫计划转行潇湘，到湖南一带，然后回到长安。在这样的背景下，他写下了一组怀乡诗。

“今朝腊月春意动，云安县前江可怜。”诗歌的首联点明了时间与地点。虽为腊月，但云安没有肃杀之气，反而有了几分萌动的春意，诗人并没有因此心生喜悦，为什么呢？因为“一声何处送书雁，百丈谁家上水船”，听闻雁鸣之声，诗人抬头仰望，却不知给自己送来书信的大雁如今何在；眼看着船夫用“百丈”拉船直上险滩，却不知那是谁家的船。这里的“百丈”指的是一种牵引着船前行的绳子。

颈联紧接着写道：“未将梅蕊惊愁眼，要取楸花媚远天。”诗人庆幸此时云安的梅花还没有开放，自己不会见花而惊心；同时他又在想，如果此时能开满楸花，那该有多好啊！

尾联“明光起草人所羡，肺病几时朝日边”，承续了这样的期待。“明光”是宫殿的名称。“明光起草人所羡”，这一句指的应该是汉代的王商借明光殿起草制诰的典故，诗人应该是想借此表达自己回忆中的在长安献《三大礼赋》这件事情，更进一步表达了对于回到长安的渴望。然而，此时自己依然为肺疾所困，所以无奈地感叹了一声“肺病几时朝日边”，这里既用了司马相如的典故，说司马相如因为病肺多渴，卧疾于茂陵，也实写自己因肺病滞留西南。“日边”指的京城长安，用的是晋明帝的典故。《杜诗详注》说：“晋明帝云：只闻人自长安来，不闻人自日边来。故后人遂指长安为日边。”晋明帝司马绍小的时候很聪明，有一次，他的父亲晋元帝抱着他闲坐，碰巧有一个从长安来的使者来朝见，于是晋元帝就问他：“你说是长安远，还是太阳远？”司马绍回答：“当然是太阳远了，从来没有听说有人会从太阳边上来的。”晋元帝很是惊诧。第二天群臣宴会时，晋元帝向群臣说了这件事，然后又重新问了一遍这个问题。司马绍回答：“当然是太阳近了。”晋元帝一听，非常吃惊，忙问他：“为什么和昨天的回答不一样啊？”司马绍不慌不忙地说：“因为抬头就能看到太阳，却看不到长安啊。”

整首诗从“春意动”写起，表现了诗人对回到长安的渴望，也表达了自身处境的悲凉，最后归于一声沉重的感叹。杜甫在腊月初一，因为感知到春意，所以想起朝正之礼，越发期望回到长安。

凭君传语报平安

《逢入京使》岑参

故园东望路漫漫，
双袖龙钟泪不干。
马上相逢无纸笔，
凭君传语报平安。

岑参生活在唐朝最为强盛的时期，是和大诗人杜甫同时代的一位诗人。在那个时代，唐朝国力强盛、疆域广阔，这也大大激发了当时读书人建功立业的理想与豪情。唐代的科举考试，就像今天的公务员考试，考上了之后，经过吏部的铨选，就可以出来做官了。但是唐朝的科举考试制度还不太完善，一次科举考试中，全国只录取几十个进士，所以很多读书人希望通过到边疆从军、立战功，来早日谋得功名。岑参也是这样。岑参天资聪颖、勤奋好学，九岁的时候就能写出很漂亮的文章来，二十岁的时候岑参从家乡湖北江陵来到都城长安，希望凭借自己的才华博取功名。当时的长安是全国的政治文化中心，是许多年轻人的梦想之地，李白、杜甫等人都曾有过游学长安的经历，杜甫待的时间最长，曾经在长安一待就是十年，这有点像今天的北漂一族。想在长安出人头地，可不是一件容易的事，所以岑参直到三十岁才好不容易考中进士。考中进士之后，他只被任命为兵曹参军。这个官有多大呢？根据记载，兵曹参军就是一个七品的官职，人们常说七品芝麻官，可见真的很小。于是，在五年之后，即公元 749 年，岑参投笔从戎，第一次远赴西域，就是今天的新疆一带，在安西节度使高仙芝的幕下做书记，就是给节度使打理公文，做文字一类的工作。在赶赴西域的途中，岑参遇到了回京的使者，于是，有感而发，写下了这样一首七言绝句。

这首诗虽然是一首即兴之作，但是情真语真，非常打动人。

“故园东望路漫漫，双袖龙钟泪不干。”“故园东望”，是“东望故园”的倒装，因为向西行走已经有很多天了，岑参回头向东遥望，长安不见，长路漫漫，想起远在长安的家人，诗人禁不住涕泪涟涟。泪水止不住地流，诗人试图用衣袖把眼泪擦干，但是眼泪越来越多，竟然沾湿了自己的双袖。“龙钟”是沾湿的样子，有个成语是老态龙钟，那是年迈衰老的样子，不是一个意思。真是“男儿有泪不轻弹，只是未到伤心处”，离家愈远，思念益深。西行途中遇到回京的使者，触动了岑参心中最柔软的那一部分，引发了他的思乡之情。于是，情动于中而形于言，诗人写下了这行令人唏嘘的文字。

“马上相逢无纸笔，凭君传语报平安。”与回京使者的一次邂逅，让岑参不胜感慨，那么，就给家乡的亲人们写封信吧，托回京的使者带回去，寄上自己对家乡的思念，寄上自己对亲人的挂牵。可是，此时诗人正在西行的途中，骑在马上，仓促之间哪里有什么可以写信的纸笔。怎么办呢？为了免去家人的挂牵和惦念，就托回京的使者给自己带个口信吧，让他回到长安之后，告诉自己的亲人，自己一路上平安无事，请他们不要挂牵。

整首诗所表达的一个中心意思是诗人的思乡之情，虽没有用到一个“思”字，却句句写思乡，这就是这首诗的高明之处。“故园东望”是思乡，“双袖龙钟”也是思乡，试图写信带给家人是为了慰藉乡思，“传语报平安”更是岑参思乡之情的深切体现。如此看来，这首诗通篇找不到一个“思”字，我们读到的却是满纸的思乡之情，真可谓“不著一字，尽得风流”。

一首小诗，一份深情，虽然没有华丽的辞藻，带给我们的却是一份难得的感动。每个人都有故乡，每个人都有亲人，尤其是远在外地的人们，每次在读到这首诗的时候，都会情不自禁地生出一份思乡的情愫，它时时感动着我们。这就是岑参的这首《逢入京使》带给我们的一种美。

报答平生未展眉

《遣悲怀三首》（其三）元稹

闲坐悲君亦自悲，百年都是几多时。
邓攸无子寻知命，潘岳悼亡犹费词。
同穴窅冥何所望，他生缘会更难期。
唯将终夜长开眼，报答平生未展眉。

元稹，字微之，是中唐时期的著名诗人，与白居易一样是新乐府运动的倡导者和中坚力量，诗风自然浅近而隽永动人，与白居易并称“元白”。我们今天品读的这首《遣悲怀》是一首悼亡诗。所谓悼亡诗一般是指丈夫悼念自己亡妻的诗歌，这一说法最早来自西晋时期的潘岳。潘岳字安仁，又称潘安，也就是我们经常说的“貌比潘安”的潘安。他不仅是当时的美男子，而且对自己的妻子情意深重，二人携手走过二十六年的光阴。在妻子去世后，潘岳写下了三首“悼亡诗”，诗歌写得极为深情动人，后来“悼亡诗”便成为丈夫悼念亡妻的诗歌专称。

元稹的《遣悲怀》一共有三首，我们选的是其中的第三首。在这三首诗歌中，诗人用饱含深情的笔墨回忆了与妻子共同度过的艰苦岁月，并表达了对温柔贤德的妻子的感激之情与愧疚之意，言语质朴，但语意极为沉痛。蘅塘退士在《唐诗三百首》中就曾评价这三首诗："古今悼亡诗充栋，终无能出此三首范围者。勿以浅近忽之。"

元稹的原配妻子韦丛是太子少保韦夏卿最小的女儿，唐德宗贞元十八年（公元 802 年）和元稹结婚，当时她二十岁，元稹二十五岁。婚后二人的生活过得极为艰难，但是韦丛始终默默付出，用心打理着他们的生活。元稹在诗中说她"顾我无衣搜荩箧，泥他沽酒拔金钗。野蔬充膳甘长藿，落叶添薪仰古槐"，意思是说妻子看到自己没有衣衫就到处翻箱倒柜地寻找，甚至拔下头上的金钗为他换酒喝，平日里以野菜为食也甘之如饴，就算将树叶作为柴草也毫无怨言。这样贤惠的妻子却跟着自己受苦，诗人的心中是充满了愧疚之情的。韦丛在婚后的第七年便因病去世，更是让诗人心痛难忍，如今他终于过上了富足的生活，妻子却不能同享，诗人的痛苦可见一斑。

在这首《遣悲怀》中，诗人不仅表达了对妻子的怀念，而且抒发了对自身命运的悲叹。情绪越来越低沉，令人不忍卒读。

"闲坐悲君亦自悲"引起下文对于自身命运的哀叹，"百年都是几多时"一句表达了诗人对于时光无情的慨叹，人活一世又有多少光阴可以蹉跎呢？妻子的去世让他感受到人生有限，念及自身的处境更让他开始相信命运。此时的诗人无妻无子、伶仃一人，于是他想到"邓攸无子寻知命，潘岳悼亡犹费词"。邓攸是西晋人，据《晋书》记载，他七岁的时候父亲去世，不久母亲和祖母也相继去世，他守丧九年，以孝著称，后来官至河东太守。西晋末年，南匈奴贵族刘渊在左国城（今山西离石）起兵，派石勒等大举南侵，屡破晋军，势力日益强大。晋怀帝永嘉末年，邓攸被石勒俘虏，石勒打算杀死他，当邓攸到达石勒门前的时候，发现守门的差役竟然是他做郎官时的差役，邓攸就求他找来纸和笔，给石勒写了一封信。差役等石勒高兴的时候，呈上了邓攸所写的书信，石勒很赏识他的文采，所以没有杀死他，和他谈话之后，很高兴，就任命他为参军，给他车马。石勒渡过泗水之后，邓攸砍坏了车辆，用牛马驮着妻儿逃跑，又遇到了强盗，牛马被抢。于是邓攸就自己担着儿子和侄子邓绥，邓攸考虑到不能两全，就对妻子说："我弟弟死得早，只有这一个儿子，按理不能让他绝了后代，那么只能舍弃咱们自己的儿子了。我如果侥幸能活下去，以后应当还会有儿子。"他的妻子听了之后，也没有什么办法，只好同意了。邓攸在危难之中舍弃了自己的孩子，保全了弟弟的孩子，此后竟再无儿子，当时的人都为他哀叹："天道无知，使邓伯道无儿。""潘岳悼亡"指的就是我们前面所说的潘岳悼念亡妻的故事，诗人想的是，潘岳的悼亡诗写得再好，也于事无补，失去的终归是不复来了。诗人借用这两个典故表达了自己的悲观心理，对妻子的沉痛思念中也渗透着对于自身命运的哀叹。

今生已经没有什么希望了，佳人已矣，只是生难同生、死当同穴。诗人想与妻子合葬，或者来世再续前缘，但是转念一想，今生已是百般无奈，来生更不可期。"同穴窅冥何所望，他生缘会更难期"两句将诗人的绝望之情表达得淋漓尽致。"窅冥"是指幽深黑暗的样子。

在百般纠结之下，诗人对自己的命运已经近乎绝望，对来世也没有多少期待。念及妻子的深情厚谊，自己无以为报，于是写道“唯将终夜长开眼，报答平生未展眉”，意思是只有在漫漫长夜里安静思念、认真怀想，才能报答妻子的情意。“平生未展眉”再次突出描画了妻子的形象，这未曾舒展的眉头也成为诗人心中永恒的愧疚与思念。

辽西三千里，欲寄无因缘

《春怨》金昌绪

打起黄莺儿，
莫教枝上啼。
啼时惊妾梦，
不得到辽西。

我国疆域辽阔，大好河山的稳固久安需要大量的战士戍守边关。在那遥远的边疆，有我们想象不到的艰苦，也有我们领略不到的豪情，更有对家乡亲人的深切思念。若得两心相印，必有两地相思情深，所以在中国古代诗歌的天地里，从来就不缺少征人思乡、思妇盼归的吟唱。这样的诗篇从遥远的过去一直传唱至今，“不知何处吹芦管，一夜征人尽望乡”是唐代诗人李益为我们描绘的画面，芦管声声，牵动着每一位将士的心；“黯乡魂，追旅思，夜夜除非，好梦留人睡。明月楼高休独倚，酒入愁肠，化作相思泪”是宋代词人范仲淹在碧波秋色里的深沉感喟，壮阔的景象中跃动着一颗思乡的心。在每一个月光映照铁甲的夜里，将士们魂牵梦萦的永远都是故乡，是远方的人。那么，与之相对的便是家中的妻子对于戍边丈夫的牵念。《诗经·国风·君子于役》一篇就曾经用简练而极具生活化的语言描绘了这份千回百转的愁思，“君子于役，不知其期，曷至哉？鸡栖于埘，日之夕矣，羊牛下来。君子于役，如之何勿思！”声声催问，声声苦涩。边塞苦寒，秋风吹起的时候，尤其令人忧怀，所以清代词人顾贞观在《南乡子·捣衣》中写道“一派西风吹不断，秋声，中有深闺万里情”，相见之期不可期，只能将自己的情意化作一针一线，缝进棉衣，远寄边关。

《春怨》的作者金昌绪，唐大中以前在世，生平不详，大约为余杭（今属浙江）人。其诗作只此一首存世，是广为流传的好诗。

同样是表现女子对守边丈夫的思念这一主题，金昌绪的这首小诗却写得与众不同。不仅诗歌语言浅近亲切，音韵谐婉流畅，而且最大的特点在于，它在看似轻松的基调下隐藏了无尽的苦涩深情。它以倒叙的手法为我们表现了一个完整的故事，四句诗构成了一个不可分割的整体，极尽曲折之妙，生动自然地刻画出一个闺中思妇的形象。

诗歌的第一句写“打起黄莺儿”，意思倒是很好理解，是在说把黄莺儿赶走。可是我们会好奇，黄莺儿本来是可爱伶俐之物，所谓莺啼婉转、莺歌燕舞，往往都是喜悦的象征，好端端的，主人公为什么要把黄莺儿赶走呢？第二句说“莫教枝上啼”，原来主人公赶走黄莺儿是为了不让它在树枝上啼鸣。这一句紧承上句，但是并没有彻底回答第一句的问题，因为黄莺啼鸣也是自然的事，而且黄莺向来都是以叫声婉转动听而著名，主人公却不想让它啼鸣，这又是为什么呢？

带着这些问题我们接着往下看，诗歌的第三句写道“啼时惊妾梦”，原来是因为那黄莺儿的啼鸣打扰了主人公的梦。黄莺儿站在树枝上放声歌唱，说明时间是在白天，既然天色已亮，那么本来就是要起床的，却又为何要赶走黄莺儿呢？读到这里我们可能会想起孟浩然的那首小诗《春晓》，诗歌的前两句写道“春眠不觉晓，处处闻啼鸟”。同样是在晨起之际，同样是听到窗外的鸟鸣，因为孟浩然满心都是对春天的喜爱之情，所以那啼鸟都被表现得鲜活可爱，仿佛是跳跃在春天里的小精灵。而与之相对，我们品读的这首小诗中，主人公对于鸟鸣却是有着隐隐的怨气的。

经过以上三句的铺垫渲染，第四句“不得到辽西”最终点明了这怨气的来源。在唐代的时候，辽西是边防前线，是主人公的丈夫常年戍守的地方。主人公正在做去往辽西的梦，只是忽然被鸟鸣声惊醒，以至于梦断于此，难以成行，所以她才去赶走那黄莺儿。此时此刻，那女子怨的不只是黄莺儿，“春怨”二字包含了无尽的曲折心情。“人何处？连天衰草，望断归来路”，征人远行，可能数载不得归来，一年又一年，芳草绿了又枯，望断天涯路，也不见心上人归来的身影，这样的愁苦心绪又如何能解？“铁衣远戍辛勤久，玉箸应啼别离后”正是那个时代里独倚栏杆、空负大好年华的女子的真实写照。

诗歌运用倒叙的手法，从主人公的行为动作写起，最后才说明背后的原因，环环相扣又重叠往复，给人一种置身其中的感觉，也让我们体会到主人公的深切思念与挂怀，言语简明，意蕴悠长。

何当共剪西窗烛

《夜雨寄北》李商隐

君问归期未有期，
巴山夜雨涨秋池。
何当共剪西窗烛，
却话巴山夜雨时。

李商隐是晚唐时期的著名诗人，他的诗歌创作继承前人的成果，融会多家所长，最终形成了自己的风格，具有含蕴深婉、朦胧曲折，而又浓艳绮丽的风貌。李商隐的一生充满了坎坷与辛酸，他奔波于幕府、官场，却郁郁不得志，受尽命运的捉弄。但从另一角度来说，也是因为尝尽人间冷暖，李商隐对于那些真挚的感情才格外珍惜。

我们品读的这首《夜雨寄北》是寄远怀人的名篇。诗人怀着一颗敏感而温暖的心，听着窗外淅淅沥沥的雨声，相思溢满心扉，思而不见的愁苦也溢满心扉。剪烛西窗在我们今天看来已经是很遥远的事情了，但是它带给我们的感动是鲜活如初的，这不仅是因为诗人表达技巧的高超，更是因为至语深情只会在时光里沉淀，温醇的诗意从来都不会被磨损分毫。

诗题中的“夜雨”二字，点明了时间和环境，即一个下着雨的夜晚；“寄北”的意思是寄给远在北方的人。那身在北方的人到底是指谁？历来人们有着不同的理解。有人说，这首诗是写给远在长安的友人；也有人说，这是诗人写给自己妻子的。我们说，从这首诗的情感基调与内容方面来看，还是后者的可能性更大一些，那种字里行间的思念、深情和自然随和的状态，都更像“赌书消得泼茶香”般的伉俪情深。

作为一首诗人写给自己妻子的诗歌，《夜雨寄北》没有朦胧曲折的意象，也没有寄托遥深的典故，每一句诗都是从诗人的心肺间流出，虚实结合，回环往复，无一字直言相思情深，却字字尽是相思深情。

诗歌的第一句写“君问归期未有期”，意思很简单，就是说：你问我回家的日期是何时，可是我也不知道。一问一答，交代了这首诗的写作缘由，“君问归期”四个字简洁明了，把收到妻子的来信以及信中说了什么等内容一笔带过，只说“归期”，可见双方的思恋之深，这也与诗题中的“寄”字相呼应。我们说，询问归期本来是充满了热切期望的，整体语调也是上扬的，但是“未有期”三个字，好似有千斤重，把那种归程无计的苦涩与无奈，很自然地表现出来了。一扬一抑之间，将无可奈何的沉痛言说得格外深刻。

归期难定的诗人，此时定然满怀悲苦，但是他并没有用“断肠”之类的语言直接表现自己的悲苦，而是宕开一笔，去写眼前的景象，只见“巴山夜雨涨秋池”。“巴山”指代今天的四川一带。在沉重的夜色里，秋雨淅淅沥沥，“涨秋池”三个字写出了雨水的连绵不绝之势。雨帘细细密密地交织着，这连夜的秋雨好像永远都不会停歇，诗人的满心愁苦也与雨丝交融着一并落下。心中对远方的妻子充满了牵挂，现实却是相会遥遥无期，只能孤身一人，听着窗外的雨声。秋雨寒凉，窗缝间渗过来丝丝凉意，那涨满秋池的又岂止雨水？在这样的背景下，诗人的百转愁肠不言自明。

秋雨弥漫为全诗笼罩上了一层淡淡的凄楚，但是诗人并没有接着写自己的情绪，而是从现实中抽身而出，畅想来日的相见相守。于是诗歌的最后两句写道："何当共剪西窗烛，却话巴山夜雨时。"在这样的雨夜，诗人想的是：什么时候我们才能一起坐在窗前，剪着烛花，回忆今天的情景呢？"何当"是什么时候的意思，很自然地引起了对于未来的畅想；剪烛西窗的场景给人一种很温暖的感觉，夜色深沉，只有眼前的一点烛火在跳跃，秉烛夜谈的二人则心思宁静。"却话"是追述，是"回头说"的意思，诗人畅想来日相见，说的却是当下的故事。

这样的画面多美啊，这样的畅想又蕴含着多少深情啊！当下的形单影只与想象中的西窗夜话形成了鲜明的对比，想象之情景越温暖感人，越能见出诗人对妻子的思念之深，同时越能反衬当下的伶仃凄凉，进而显示出将来相见的不易与欢乐。从现实到想象，想象中又包含现实，时间的回环往复赋予了这首小诗独特的美感，也将诗人的一往情深表现得曲折动人。

关于归期，后世的晏几道在《鹧鸪天》一词中曾经写道："天涯岂是无归意，争奈归期未可期。"天涯路远，奔波在外的游子，对于远方总是牵念着自己的人，有着放不下的柔情，也有着身不由己的苦涩。那巴山夜雨永远在这首诗中淅淅沥沥地下着，也在我们的心里下着。

烽火三月盼家书

《春望》杜甫

国破山河在，城春草木深。
感时花溅泪，恨别鸟惊心。
烽火连三月，家书抵万金。
白头搔更短，浑欲不胜簪。

唐代诗人里面，杜甫算是过得比较辛苦的一个。早年到处游学、求官，但是始终没有一个好的结果。尤其是长安十年，他的生活可以说是非常心酸。“骑驴十三载，旅食京华春。朝扣富儿门，暮随肥马尘。残杯与冷炙，到处潜悲辛。”杜甫早年虽然生活在大唐盛世，但是那个时候李唐王朝已经在走下坡路了，已经是“山雨欲来风满楼”。唐玄宗后期，权臣当道，社会污浊，后来就更不用说了，安史之乱爆发后，整个国家都陷入了一片混乱，战火在北方持续了好几年，杜甫流离失所，辗转迁移，尝尽了人间的艰辛。但是杜甫依然在坚持，他怀揣理想，心系家国，胸怀天下，所以看到战乱中残破的山河，他愁苦万分，写下了这首著名的《春望》，发出了那个时代最深沉的慨叹。

唐代的都城长安，真叫一个大，真叫一个繁华。有人做过一个比较，说，根据考古测绘，唐朝长安在古代，可以说是世界上最宏大的。古罗马城有名吧，长安的面积是它的 6 倍多；拜占庭有名吧，长安的面积是它的 7 倍多；古巴格达有名吧，长安的面积是它的近 3 倍；明清时的北京城大吧，长安的面积是它的近 1.5 倍。不仅面积大，人口也多，诗人岑参曾经说："长安城中百万家，不知何人吹夜笛。"韩愈也说："长安百万家，出门无所之。"两个人都提到了人口有百万，虽然是诗歌的语言，不能全信，但至少有几十万，在那个时候，已经不少了。除面积大、人口多外，还很繁华，此处就不一一列举了。

可是，战争一爆发，这一切都毁掉了，只剩下残破的空城，所以杜甫说："国破山河在，城春草木深。"这句是高度概括。安史之乱把整个李唐王朝，尤其是都城长安搞得满目疮痍，原来一片繁华的城市如今连个人影都很少见到。"山河在"表明国家被战乱所毁，只剩下残破的山河了。安史之乱爆发后，长安城里雄伟的宫殿被叛军烧毁或占领，宫中的珍宝和民间的财物也都被叛军抢夺一空，运往范阳。"草木深"表明人烟稀少。所以看到这一切，杜甫禁不住悲从中来。"感时花溅泪，恨别鸟惊心"，这两句的意思是，在这烽火连年的岁月，好像花儿也因时代的动荡而流泪，鸟儿也因伤别而内心惊惧。实际是说，想到现在唐朝的这个样子和自己的处境，杜甫很是伤心，就连看到往日里好看的花儿、好听的鸟叫声，也一点欣赏的兴致都没有，甚至禁不住哭泣起来、悲伤起来。

第五、六句"烽火连三月，家书抵万金"，还是写自己当下的所思所想。想到这连天的战火已经持续了好长时间，诗人对家里妻子儿女的思念也更加强烈。这个时候的杜甫被叛军扣留在长安，他的妻子儿女则住在鄜州，即今天的陕西富县，一家人天各一方。自己被扣留，妻子儿女一点消息也没有，在那个战乱的时代，家人是不是安全，甚至在不在人世，都是个未知数，所以这个时候，杜甫多么盼望能够有一封报平安的家书啊！“家书抵万金”用的是夸张手法，目的是表明家书对杜甫的重要性。

“白头搔更短，浑欲不胜簪”是诗歌的最后两句，也是诗人更深沉的感慨的体现。看着眼前的情形，想着国家的未来和自己的家庭，杜甫更加不知所措、更加忧郁，诗人只用了一个动作，就让我们很真切地感受到了他内心的忧愁。李白说：“白发三千丈，缘愁似个长。”愁苦让人头发变白，而人只有在没有办法、想不出主意的时候才会挠头，人们常说的一句话就是，这事真让人挠头。头发越挠越稀少、越挠越短，快要连簪子都插不住了。唐宋时候，人们是留长头发的，平常要把头发扎起来，用簪子别住。

诗歌的题目是《春望》，但是没有一点点春天带给人们的喜悦，满篇都是杜甫的愁苦，杜甫却一个“愁”字都没有用，只是写自己的所见所感所思所想，沉着蕴藉，凄凉含蓄。

社日诗发思远亲

《二月二十七日社兼春分端居有怀简所思者》权德舆

清昼开帘坐，风光处处生。
看花诗思发，对酒客愁轻。
社日双飞燕，春分百啭莺。
所思终不见，还是一含情。

在唐代中期，权德舆可以说是一位非常有影响的人物，他做人做官在中唐时候都算得上楷模。古代的诗人们大多都有一点大男子主义，杜甫诗歌中的妻子形象，动不动就是“老妻”，笔者数了一下，杜甫诗中有 8 首称呼他的妻子为老妻，好像他的妻子有多老似的。这还算是不错的，在文字中提到了几次自己的妻子，其他的好多都只字未提。可是，权德舆不一样，现在流传下来的他的 300 多首诗歌里面，有 20 多首是写给自己妻子的，而且在诗歌中对妻子十分尊敬，要么称“君”，要么称“细君”，总之都比较高雅。至于做官，他的仕途比较通达，一直做到了宰相，尽管如此，权德舆从来没有恃权而骄，而是知人善任，他曾经三次主持科举考试，选拔了不少优秀人才，像白居易、元稹都是他选拔出来的。

权德舆的文学才华在中唐时期也是杰出的，韩愈给他写的墓志铭中说他“三岁知变四声，四岁能为诗”。骆宾王七岁的时候写出《咏鹅》诗就被称为天才，而权德舆三岁的时候就懂得音调的高低变化，四岁的时候会作诗，这不更是天才吗？还说他“及长好学，未尝一日去书不观”，意思是他长大了也十分好学，天天手不释卷。《旧唐书》说他十五岁的时候，已经写成了几百篇文章了，所以后来权德舆因为文章被选拔出来，直接做官，没有参加考试。再后来，权德舆成了中唐时期的文坛领袖，诗歌写得也很不错。南宋的诗歌批评家严羽就曾高度评价他，说在中唐的诗人当中，他的有些诗写得很有盛唐人的模样。盛唐诗是什么样子呢？按照严羽的说法，就是讲究“兴趣”，就是很有情韵、很有情趣。的确如此，我们这里选的这首《二月二十七日社兼春分端居有怀简所思者》就很有情韵。

诗题的意思是，农历二月二十七日这一天是社日，同时也是春分日，在这一天，权德舆闲居有所感发，就写下了这首诗，寄给他所思念的人。他所思念的是什么人，诗里没有说。从诗歌的内容看，他所思念的可能是他的家人。社，就是社日，就是祭祀社神的日子；社神，就是土地神，人们常说皇天后土，这个后土就是土地神。中国自古是个农业大国，靠天靠地吃饭，很重视对土地神的祭祀，所以汉代以后，每年在二月和八月的时候要祭祀土地神，目的是祈求土地神保佑，希望风调雨顺、五谷丰登。

春分是二十四节气中的一个重要节气，一般来说它有两个含义，一个说法是到了阴历的二月中，春天过了一半。春季有三个月——孟春、仲春和季春，所以二月中旬，春天一分为二。唐代诗人元稹说“中分春一半”，就是这个意思。第二种说法是，春分这一天，昼夜平分，都是 12 个小时，从这一天起，白天就开始变长了。

就是在社日和春分重合的这一天——二月二十七日，作者闲来无事，看到大好春光，挥笔成诗，写的就是这个特殊日子里的所见所感。

诗歌的头两句为：“清昼开帘坐，风光处处生。”白天的时候，诗人撩开门帘，闲坐堂中，看到的是什么呢？“风光处处生”，放眼看到的都是大好春光。“风光处处生”，这几个字写得很好，虽然没有写出具体的景物，但是，当我们读到这句诗的时候，分明已经感受到了春光的无处不在。

接着两句为：“看花诗思发，对酒客愁轻。”既然是满眼的大好春光，诗人的心情也自然好了起来，所以面对盛开的鲜花，禁不住诗兴大发。诗酒风流，有诗就要有酒，因为酒可以解愁，“何以解忧，唯有杜康”，客居他乡的愁思也因此变得淡了一些。

五、六句为：“社日双飞燕，春分百啭莺。”笔锋一转，接着写春天的美，这两句是具体地写。诗人选择了两个特定的动物，一个是燕子，燕子是候鸟，会随着季节的变化而迁徙。古人说，一候玄鸟至，二候雷乃发声；三候始电。古代人把春分节气的十五天分为三候，在头五天，也就是第一候的时候，燕子从南方飞回北方。一个是黄鹂鸟，它的叫声婉转动听，也是春天特有的景象。《诗经》里就说“春日载阳，有鸣仓庚”，这个仓庚就是黄莺，即黄鹂鸟。后一句的意思是，春天阳光暖融融的，黄鹂鸟婉转唱着歌。

诗歌的最后两句为："所思终不见，还是一含情。"前面说"客愁"虽然因为酒变得轻了、淡了，但是依然在，尤其是看到了成双成对的燕子，想到自己形单影只，他更想念远方的亲人，虽然无法见面，但是怀有深深的思念之情。

总体看来，这首诗着重写春分这一天的美好景色和春天里的客愁。虽然这种客愁只是淡淡的，并没有说透，让人感受到的却是一种难以言传的美。同时，和诗歌里所描写的春天景物一样，这首诗的语言也比较清新朴素、自然而然，没有一点雕琢的痕迹，也有些盛唐诗的味道。

心有千千结

／

诗人的幽隐情怀

秋蝉悲唱表予心

《在狱咏蝉》骆宾王

西陆蝉声唱，南冠客思侵。
那堪玄鬓影，来对白头吟。
露重飞难进，风多响易沉。
无人信高洁，谁为表予心。

说起骆宾王，我们首先想到的是他的《咏鹅》。相传骆宾王七岁就会作诗，一天他在村子里的水池边玩耍，有人指着池子里的一群鹅问骆宾王："小诗人，此情此景，你能不能赋诗一首啊？"骆宾王随口吟来："鹅，鹅，鹅，曲项向天歌。白毛浮绿水，红掌拨清波。"短短18个字就把鹅的形象写得活灵活现，饶有趣味。听了后，大家伙一起为他鼓掌，感叹"这孩子真是神童啊！"（《补唐书骆侍御传》）

与天才少年王勃不同的是，骆宾王出身寒门，父亲官小并且很早就去世了。从骆宾王的名字来看，他的家长对其寄寓了很大的期望，他名宾王，字观光，皆取自《易经》的观卦："观国之光，利用宾于王。"意思是希望骆宾王成为辅佐帝王的高官。二十二岁那年，满腹经纶的骆宾王怀着一颗经世报国的心，来到长安参加科举考试，可是现实很残酷——他落榜了。唐代的科举考试，制度还不太完善，录取的人数也很少，一次进士科的考试只录取二三十人。要知道，参加考试的人却不少，每一次都有千人以上，多的时候有两三千人。这样一算，录取率高的时候也就是百分之二三，低的时候真的是百里挑一。失意的骆宾王徘徊在长安街头，他想不明白自己这样优秀的人为何会落榜。为了生存，骆宾王在道王府内做了幕僚。几年后，他离开道王府，做起了隐士，在山东兖州过了十几年的隐居生活。之后他又多次入朝为官，都是芝麻大的职位，因为他为人刚正不阿，不懂得圆融处世，所以一直郁郁不得志。高宗仪凤三年（公元 678 年），五十多岁的骆宾王官至仕途的最高点——侍御史，大概相当于现在的最高检察院的检察官，但任职不到半年，他就得罪了许多官员，最终遭人构毁，身陷囹圄，这首《在狱咏蝉》就是作于此时。

这首诗的正文前面有一篇序，骆宾王在序中说，自己的牢房旁边有一棵古槐树，每到傍晚时分，就有秋蝉在那里唱啊唱，歌声断断续续，听起来很凄惨。秋天是蝉逐渐绝迹死去的季节，秋蝉这一意象，本身就有悲切的意味。此时的诗人，深陷狱中，随时会有生命危险，很容易就和秋蝉产生了共鸣。紧接着骆宾王铺叙了蝉的外形、习性等，并由此联系到君子的高洁德行。因此，诗人就以蝉来比喻自己，抒发人生感慨。先写序言的好处在于，在诗歌之外就把蝉这一事物的特点和指向的品格都说清楚了，在诗歌中就可以专注于抒发自己的感怀了。

接着我们来看诗歌的正文，头两句“西陆蝉声唱，南冠客思侵”。“西陆”在古代是指秋天；“南冠”本来是指楚人的帽子。在春秋战国时期，楚国主要在长江一带，位于各个诸侯国的最南方，所以后来“南冠”也代指南方人。《左传》还记载了这样一个故事，成公九年（公元前 582 年）的一天，晋侯到俘虏安置处视察工作，看到被俘的钟仪，就问身边的人：“这个戴着楚国帽子的俘虏什么来历啊?”侍从回答:“这是郑国送来的楚国俘虏钟仪，是个乐师。”后来，“南冠”也就成了囚犯的代称。这两句诗的意思就是：树上的蝉声太悲伤，被囚禁的我听了更加忧愁了。

接下来两句是:“那堪玄鬓影，来对白头吟。”“那堪”意思就是“怎么禁得起”，是反问的语气。“玄鬓”有两层意思，表层的意思是蝉的黑色翅膀，其实是指人黑色的鬓发，是说人尚在壮年，两鬓还是黑发。下句用“白头吟”来对“玄鬓影”。《西京杂记》记载，汉代大文学家司马相如与卓文君结婚后，想要纳妾，卓文君很伤心，就作了一篇文辞悲切的《白头吟》，来规劝丈夫不要忘记当年结婚时候的誓言。骆宾王使用这个典故，不用原来的意思，只用“白头吟”一词所蕴含的伤感情绪，来表达自己在狱中的心情。这两句诗的意思就是：我也曾经年轻过啊！当时的两鬓像这秋蝉的翅膀一样黑，可是为朝廷效力这么多年，现在却落了个如此凄惨的下场，真是让人难以接受啊!

写到第五、六句，诗人和秋蝉合为一体，进一步诉说凄苦。“露重飞难进，风多响易沉。”秋天的露水越来越浓重，蝉的翅膀被寒露打湿，已经难以飞高了，它哀鸣的歌声也被大风吹散。这句写蝉，也在写诗人自己，仕途上的不顺、政治上的打压使骆宾王的鲲鹏之志难以实现。

最后两句是:“无人信高洁，谁为表予心。”秋蝉餐风饮露，不食人间烟火，只为高声鸣唱，却无人相信。诗人刚正不阿、忠心报国，却没有人相信他。“谁能帮我表明我的真心啊?”这既是秋蝉的呼喊，也是骆宾王的发问。以这样的问句结束全诗，余音绕梁，使读者对诗人所表达的情感，有了更为深切的体会，也让人不觉为骆宾王的遭遇而痛心。

悲歌传千古

《登幽州台歌》陈子昂

前不见古人，
后不见来者。
念天地之悠悠，
独怆然而涕下。

陈子昂在初唐时期是一个非常难得的有才华的诗人，他在文学上的天赋受到了武则天的赏识。但文学上的斐然声名，并没有带来顺利的仕途，他在朝廷中一直没有担任要职，不能施展自己的政治抱负。武则天万岁通天元年（公元 696 年），唐朝的属国契丹叛乱，进犯大唐边境，武则天命令自己的侄子武攸宜带大军前去平叛，陈子昂也随军出征，在主帅帐下担任小参谋官。第二年，武攸宜的先锋部队被契丹大败于渔阳前线，先锋军覆灭，军心大乱。此时，陈子昂主动请缨，愿意带部队作先锋，带头陷阵，可是武攸宜拒绝了他的请求。之后，陈子昂又多次进言，分析军事形势，但是，一次次地都被忽视了，不仅如此，他还被降职为军曹。就这样，空有一腔报国热情，却无用武之地的陈子昂，被残酷的现实伤透了心。《陈氏别传》记载他被降职后，"因登蓟北楼，感昔乐生、燕昭之事，赋诗数首，乃泫然流涕而歌曰：'前不见古人，后不见来者，念天地之悠悠，独怆然而涕下。'"伤心的人总喜欢登高作诗，来排解满心忧愁，可结果往往是又徒增愁绪，正如王勃在《滕王阁序》中所写，“天高地迥，觉宇宙之无穷”。在浩瀚的天地前面，心怀天下的志士总会感到自己力量渺小、生命短暂，难以实现人生抱负。这首《登幽州台歌》就是代表。

幽州在古时候是燕赵之地，春秋战国时期，这里曾出过乐毅这样的大将、邹衍这样的奇士，更有燕昭王这样的明主。题目中“幽州台”其实就是指古时的黄金台，故址在今天的河北省定兴县高里乡。相传战国时期的燕昭王在这里筑起高台，在上面放置千金，来招揽天下的贤士。燕昭王是战国时燕国的第三十九任君主，是燕国历史上有名的明君，他即位之初，就着手招徕人才。有感于千金买骨的故事，他高筑“黄金台”，以招贤纳士，以致名将乐毅、剧辛先后投奔燕国。最终使得燕国跻身战国七雄之列。在与这首诗同时作的《蓟丘览古赠卢居士藏用七首》中，陈子昂也多次用到“黄金台”的典故，可见他对于燕昭王这样的贤君的渴望，对乐毅、邹衍之流的羡慕。

在感叹历史上的贤君良臣时，诗人满怀感慨地写下了“前不见古人，后不见来者”。意思就是：我没能出生在历史上的贤君时代，而后世贤明的君主还没有执掌天下，处在人才被忽视的时代，真是一件令人伤心的事啊！这两句一个“前不见”，一个“后不见”，就描绘出了一幅阔大的画面。陈子昂站在时间的长河边，和绵长无际的大河相比，他只是岸边的一棵小草。上游的明君、下游的贤主都不属于自己的时代，他所经受的只有怀才不遇的失意。

接下来一句“念天地之悠悠”，“悠悠”表示空间上的辽阔无际，与前面两句中时间的绵长相对应。天高地远，苍茫无际，在如此绵渺的时空中，诗人独自一人凭栏怀古，更增添了孤寂和悲凉。此情此景中，唯有千行泪水方能宣泄诗人内心的苦闷，最后一句“独怆然而涕下”自然而出。陈子昂所哭的不仅仅是报国无门的悲愤、人至中年而功业未成的遗憾，更有无人理解的孤独。

总的来看，这首诗虽写“登台”，但仅以“天地悠悠”来写眼前之景，不对登台所望见的景象进行细致实写，最后以喷涌而出的情感结尾，郁闷孤寂的情绪贯穿始终。艺术上，语言质朴有力，气韵雄浑沉郁，声情激越，极富感染力，在初唐诗坛发出了最为刚健的声音。

一花一世界

《感遇诗三十八首》（其二）陈子昂

兰若生春夏，芊蔚何青青。
幽独空林色，朱蕤冒紫茎。
迟迟白日晚，袅袅秋风生。
岁华尽摇落，芳意竟何成。

唐代大诗人杜甫曾在《陈拾遗故宅》中写道：“终古立忠义，《感遇》有遗编。”这里说的陈拾遗就是陈子昂，拾遗是他曾经担任的官职，就像人们习惯称杜甫为杜工部一样。能让杜甫专门写诗来推崇的不多，说明陈子昂一定不是泛泛之辈，他写的《感遇》也一定非同一般。那么，陈子昂是个什么样的人？《感遇》又凭借什么备受后人赞赏呢？

陈子昂出身富贵之家，出手很阔绰，为人也很豪爽，因而结交了很多江湖朋友，他也立志做一位侠士。仪凤元年（公元676年），陈子昂十几岁，偶然一次进入学堂，他就沉浸在了知识的海洋里，难以自拔。自此，他闭门谢客，一心研读儒家经典。陈子昂在读书方面也确实有天分，短短两三年时间，他就读遍了经史百家。二十一岁时，他觉得自己已经脱离“半文盲”的队伍了，就到都城长安去参观当时的最高学府——太学，顺便拜访知名的学者。关于这次入京，《唐诗纪事》还记载了这样一个故事，陈子昂刚刚到长安时，一直找不到自己的“伯乐”，非常郁闷。一天，他在长安大街上闲逛，看到一个卖琴的摊位旁边围了好多人。他挤过去一看，一张上好的琴上贴着价码“千金”，这在当时已经是天价了。陈子昂对卖琴的说：“琴确实是好琴，我买了！”围观的群众都被这个气度不凡的书生惊呆了。陈子昂接着说：“我买这张琴是因为我精通琴艺。如果大家想听我抚琴，可明天来我的住处宣阳里，我将为大家献上几曲。”一时间，“千金买琴，明日献艺宣阳里”的消息传遍了长安的大街小巷。第二天，各路名士齐聚宣阳里，酒足饭饱后，重头戏来了，只见陈子昂抱着琴走到台前，对众人说：“我陈子昂饱读诗书，创作了诗文百余篇，可是因为没有人赏识而碌碌无为。今天因为琴艺就来了这么多名人，可是这弹琴只不过是不入流的技艺，诗文才是大道。”说罢，他举起琴狠狠摔在地上，然后把自己的诗文分发给在场的人。众人读了他的诗文后，都惊叹他的才华。一时间，陈子昂的诗名传遍了长安。后来，陈子昂入朝为官，上书谈论国家政事，他的文采也得到了女皇武则天的赞赏。可是文学上的成功并没有给他带来仕途的高升，政治上的失意、权贵的排挤，使得陈子昂郁郁不得志。《感遇诗三十八首》多是在这样的境地中创作的。这里要赏读的就是其中第二首。

“感遇”的意思是有感而发，就是说某时某地，突然受到触动，陈子昂就动笔写下感受。因而这三十八首感遇诗不是一时一地之作。第二首开头两句写道：“兰若生春夏，芊蔚何青青。”可能是诗人某一天漫步在幽静的树林里，看到了一丛丛的兰花和杜若后，创作的灵感就喷涌而出。兰花和杜若都是象征品格高洁、孤傲的花草，战国时期的大诗人屈原就经常用这两种香草来比喻自己的人格。第一句先写兰若生长在春夏两季，第二句用“芊蔚”“青青”二词来形容兰若枝叶繁茂，中间一个“何”字，加强了语气，意为：兰若的枝叶长得多么茂盛啊！

接着第三句“幽独空林色”点出了兰若的生长环境是空幽的山林。《淮南子》中说：“兰生幽谷，不为莫服而不芳。”意思就是兰花生长在幽谷中，虽然没有人欣赏它、佩戴它，但是它依旧傲然地开放着。第四句“朱蕤冒紫茎”仍然在写兰若的繁茂，红色的花朵一簇簇地开放，覆盖住了紫色的花茎。青翠的叶子，似火的花团，紫色的枝茎，兰若的卓然风姿跃然纸上。

再美的花也禁不住时节的变化，“迟迟白日晚，袅袅秋风生。岁华尽摇落，芳意竟何成”。“华”在古代和“花”相通，花草一年新生一次，因而称为“岁华”。这四句诗的意思就是：由夏入秋，白天越来越短了。秋风乍起，萧瑟的季节就要来了，兰若渐渐枯萎，哪里还有生机勃勃的景象啊？

这首《感遇》诗，明写兰若，实写陈子昂自己。前四句暗喻自己满腹才华和人格高洁，却无人欣赏；后四句以兰若凋零，暗指自己年华逝去、理想破灭。袅袅的秋风，带来的不仅仅是兰若枯萎的萧瑟，更是子昂满心的忧伤。

扬州一梦情难赋

《遣怀》杜牧

落魄江南载酒行，
楚腰肠断掌中轻。
十年一觉扬州梦，
赢得青楼薄幸名。

杜牧出生于唐朝的都城长安，他的家族是号称“城南韦杜”的世家望族，且不说先祖杜预文武双全，是晋朝威名赫赫的征南大将军，杜牧的祖父杜佑，也曾在唐德宗、顺宗、宪宗三朝为相，封岐国公，杜牧的父亲杜从郁，也官至驾部员外郎，而且杜氏家族诗书传家，学术传统也非常深厚。出身于这样的家族，深厚的文化积淀，以及家族的荣耀与使命，无疑会对杜牧产生深刻的影响。所以就算后来他的祖父与父亲相继过世，年仅十几岁的杜牧依然没有放弃攻读诗书。他研读治国之道，对国家命运有着极强的责任感与使命感，在《郡斋独酌》中，他曾写道：“平生五色线，愿补舜衣裳。弦歌教燕赵，兰芷浴河湟。腥膻一扫洒，凶狠皆披攘。生人但眠食，寿域富农桑。”这样具体而高远的政治理想，即使与杜甫的“致君尧舜上，再使风俗淳”相比，也毫不逊色。

在杜牧凭借自己的学识顺利通过科举考试后，他的仕进之路走得却颇为坎坷。他在京城仅为官半年便离开，辗转多地，只能在幕府中做一个普通的幕僚。这样的经历，对踌躇满志的诗人而言，无疑是一个沉重的打击，从南昌到宣城，再到扬州，数载光阴倏忽而过。杜牧二十六岁进士及第，等到再次赴京任职时，竟然已经是三十七岁了，其间他历经波折，一事无成。所以他在回顾这段岁月时，半为沉痛、半为叹息地说道："十年为幕府吏，每促束于簿书宴游间。"

这首《遣怀》，便是杜牧对自己当年在扬州的经历的感慨。有志难成，扬州的良辰美景，也不过是伤心人故作洒脱的背景，多年以后再次想起，只有冷眼旁观般的苍凉。

诗题为《遣怀》，那么诗人排遣的又是怎样的情怀呢？又为何要作诗以遣怀呢？诗歌的前两句，是对往日生活的概括性描述，"落魄江南载酒行，楚腰肠断掌中轻"，音韵和谐，只是开头的"落魄"二字让人心头随之一紧。"江南载酒行"，本来是极其潇洒豪迈的事情，就像王维在《少年行》中写的"相逢意气为君饮，系马高楼垂柳边"，是那样的侠气纵横，或者像李白在《赠郭将军》中说的"平明拂剑朝天去，薄暮垂鞭醉酒归"，也是那样的雄姿勃发。诗人此时心系朝堂，本来应该是为国为民殚精竭虑、死而后已，但此时只能放浪江南，载酒而行，其中的心酸苦楚，无处倾诉，又岂是一个"落魄"可以说尽的呢？诗歌开门见山地抛出这样一句，全诗的感情基调也就此确立，在这样的背景下我们再去看第二句的旖旎风情，自然会有不一样的感受。"楚腰肠断"运用的是楚王好细腰的典故，根据相关史料记载，楚灵王喜欢细腰，所以宫中的女子就用布帛将腰束紧，忍饥挨饿以求腰细，"楚腰"就成了细腰的代称，后世还有"楚王好细腰，宫中多饿死"的议论。"掌中轻"则是运用了赵飞燕的典故，据说汉成帝的皇后赵飞燕身体轻盈，能在掌上翩翩起舞，这当然是一种夸张的形容，表示女子体态优美轻盈。看起来这是一种歌舞升平的日常生活，诗人本该醉心于此，但联系诗人当时的处境，就会知道，这样的生活，对他而言可能更是一种无奈的煎熬。

所以在最后两句，他从回忆中抽身而出，转而感叹道“十年一觉扬州梦，赢得青楼薄幸名”。诗人在扬州担任幕僚应该只有三年时间，所以也有版本写作“三年一觉扬州梦”，总之这蹉跎而过的数年光阴就像一场大梦，梦醒的一瞬间只余满怀凄凉。“薄幸”就是薄情，“赢得”二字是诗人的自我调侃，其中也有着无限辛酸与无奈，世事一场大梦，人生几度秋凉？

“天下三分明月夜，二分无赖是扬州”，明山秀水的扬州本是富贵地、温柔乡，但凄楚的心在春花秋月间也只是自我麻痹、强颜欢笑，再回首恍若隔世。后来的宋代词人秦观在《满庭芳》中化用杜牧的诗句入词说“谩赢得，青楼薄幸名存”，姜夔在《扬州慢》一词中也写道：“杜郎俊赏，算而今、重到须惊。纵豆蔻词工，青楼梦好，难赋深情。”二人感慨的也是人事皆非的凄凉，此种复杂又纠结的情绪郁结于心，也只能付诸这一首遣怀之诗了。

此情可待成追忆

《锦瑟》李商隐

锦瑟无端五十弦，一弦一柱思华年。
庄生晓梦迷蝴蝶，望帝春心托杜鹃。
沧海月明珠有泪，蓝田日暖玉生烟。
此情可待成追忆，只是当时已惘然。

我们说李商隐诗歌的主要风格是朦胧、晦涩、多义、难解，这首《锦瑟》便是李商隐诗风的代表性作品，也是李商隐的诗歌中非常难解的一篇。对于这首诗的中心意思，历来有很多种解释，有人认为这首诗是诗人在伤怀自己的身世命运，有人说这是诗人写给亡妻的悼亡诗，还有人说它是一首爱情诗，也有人说它是一首咏物诗，等等，难成定论。

这首诗最大的特点在于语言华美，运用比兴手法，并用了很多的典故，表达了缠绵曲折的情绪。整首诗意境渺茫朦胧，给人以绰约迷蒙的感受。

诗歌的第一句是“锦瑟无端五十弦”，“锦瑟”是指装饰华美的瑟，《汉书》记载："秦帝使素女鼓五十弦瑟，悲，帝禁不止，故破其瑟为二十五弦。"可见"五十弦"的瑟，声音分外的悲凉，所以诗人责怪它，说它"无端"，意思是无缘无故的。这句诗的意思是：锦瑟啊，你无缘无故的为何要有五十根弦呢？那么，这悲凉的瑟音勾起了诗人怎样的心事呢？下一句说"一弦一柱思华年"，原来诗人是在责怪每一根弦、每一个音节，都引起了诗人的年华之思。

第三句"庄生晓梦迷蝴蝶"，运用了庄周梦蝶的典故。说庄周做了一个梦，梦里他变成了一只蝴蝶，完全忘记了自己是庄周本人；而当梦醒来以后，自己仍旧是庄周，却不见了那只蝴蝶。庄周也已经分不清是蝴蝶梦见了自己，还是自己梦见了蝴蝶。这个浪漫的故事，在后世的诗歌中屡屡出现，表达了诗人们复杂缠绵的情思。

第四句"望帝春心托杜鹃"则是运用了杜鹃啼血的典故。"望帝"是指周朝末年蜀地的一位君主，他的名字叫作杜宇，当时，蜀地遭遇洪水灾害，他的臣子解决了水患，所以他便效仿尧舜，退位让贤，将帝位禅让给了自己的臣子，自己则归隐山林。身死之后，杜宇化作了杜鹃鸟，它日夜悲鸣，直至啼出血来，也不停歇。山林悠悠，杜鹃声声，这是一种怎样凄厉的美啊？诗人运用这两个典故，浪漫而美丽，但也有丝丝哀愁，恰如诗人此时的情绪。

诗歌的五、六句继续运用典故。"沧海月明珠有泪"一句把两个典故糅合到了一起，传说在广阔浩渺的大海上，每当明月高悬，蚌就会张开壳，借月光来养护自己的蚌珠，那蚌珠得到月光的滋养，才会莹润明亮。而"珠有泪"说的应该是鲛人泣泪成珠的传说，"鲛人"是传说中的人鱼。古代小说中有这样一个故事，曾有鲛人从水中出来卖绡，也就是一种丝织品，在一户人家中住了好多天，临走的时候，鲛人让主人拿个盘子给她，她对着盘哭泣，流下的眼泪都变成了珍珠，堆满一盘子，鲛人就把这一盘子珍珠回报给这家主人。这一句写到了浩茫沧海，也写到了清亮明月，意境宏阔悠远，运用的典故则为这意境平添了一份诗意与悲戚。

“蓝田日暖玉生烟”一句中的蓝田是山名，在今天的陕西蓝田东南，是著名的产玉之地。这句诗是在说，在日光的照耀下，蕴藏其中的玉气冉冉上升，这画面美好宁静，却具有一种可望而不可即之感。那缥缈的玉气就如同人世间的其他美景一样，只能远远相望，永远无法亲近触及。这两句所写景致极美，但是寓意极悲，字里行间尽是诗人的满心怅惘。

经过以上几句的铺垫渲染，整首诗已经形成了一个哀婉凄清的境界，在这样的背景下，诗人感叹了一声“此情可待成追忆，只是当时已惘然”。如此情怀，哪里还需要后来才开始追忆呢？在当时就早已思之怅惘了。这便是诗人的一颗心，敏感、多思、愁肠百转、不悔不休的一颗心。那么，诗人到底是因为什么而怅惘？因为什么而愁肠百转？我们不得而知，或许也不需要知道。

在这首语言华美的诗歌中，诗人把庄周梦蝶、杜鹃啼血、鲛人泣珠、玉暖生烟等典故，巧妙而自然地融入其中，也将那一份怅然幽微的情怀，寄寓其中。众多意象跳跃跌宕，彼此之间又有着一种隐约的呼应，诗人仿佛有万千心事，但只能这样回环往复地借助典故与意象表达，所以我们说，锦瑟音悲，实为心声。

黄昏登高徒惆怅

《乐游原》李商隐

向晚意不适，
驱车登古原。
夕阳无限好，
只是近黄昏。

登高望远历来是中国古代文学中的经典主题，在诗词的世界里，更是有无数文人墨客借登高而慨叹、托望远以抒怀。李商隐的《乐游原》便是一首登高之作。

初读“夕阳无限好，只是近黄昏”，我们就已经感受到了那种苍茫之中带有一点悲慨的诗境。我们会好奇，把夕阳西下写得这样美，又这样有味道的，是怎样一位诗人呢？他又是怀着怎样的心情写下了这首小诗呢？原来，作为一位生活于晚唐时期的诗人，李商隐身世颇为凄凉，进入仕途后不久，又陷于当时的“牛李党争”之中，一生郁郁不得志，步入晚唐时期的国家，也已经有了日薄西山的趋势，怀着这样的愁绪，李商隐登上了乐游原。

提起乐游原，大家应该会想起李白的那首《忆秦娥》，里面就曾写道：“乐游原上清秋节，咸阳古道音尘绝。音尘绝，西风残照，汉家陵阙。”那么，乐游原到底是个什么样的地方呢？

原来，乐游原是唐代长安城内地势最高的地方，位于长安城南。根据相关史料记载，乐游原之名，源于西汉初年，《汉书》中有言“神爵三年，起乐游苑”，汉宣帝的第一个皇后就葬在了这个地方，因为“苑”与“原”谐音，后来乐游苑就被传为“乐游原”了。

李商隐的这首《乐游原》写得与那些朦胧曲折的诗作不同，最大的特点就在于语言直白如话、叙述简洁生动，只用 20 个字便交代了登乐游原的原因、所见与所感，不用典故，也没有隐喻，诗境反而广阔苍凉，结语尤其意蕴悠长。

诗歌的第一句是“向晚意不适”，“向晚”点明时间是在傍晚时分，“意不适”交代了登乐游原的原因。这句诗的意思是，傍晚时分，诗人感到心情郁结，“不适”二字奠定了整首诗的感情基调。那么接下来诗人要做些什么呢？诗歌的第二句接着写道“驱车登古原”，忧愁苦闷之际，诗人只能选择驱车远行，最终他登上了长安城的最高处，“古原”指的便是乐游原，点明了地点。这两句没用任何的修辞，也没有一个生僻字，就是简简单单地把登乐游原这件事的前因和过程讲了出来。登高为望远，那么诗人登上乐游原，看到了些什么呢？又因此生发出怎样的感慨呢？

第三句写眼前所见，“夕阳无限好”五个字把日暮时分的景象大笔勾勒出来。在这里，诗人并没有多费笔墨，去细致描绘西天落日的光影，或者是弥漫的云彩，而是仅仅用“无限好”三个字表达了对于夕阳的真切感受，却因此留给我们无限的想象空间。独立高处的诗人，看到的绝对不只是西天的夕阳，或许还有相伴回巢的飞鸟，或许还有原下热闹的长安城，但诗人偏偏只写了这泛着暖意，但也有凄凉意味的夕阳。所谓“瞻万物而思纷”，本来就心思敏感细腻的诗人，为何偏偏对夕阳情有独钟呢？这夕阳触发了他怎样的心事与感慨呢？

诗人接着写“只是近黄昏”，关于这句诗的意思，历来也有不同的理解。有人说“只是”意思是“只不过，可是”，这句诗是在慨叹，纵然夕阳无限美好，也是将近黄昏时分了。还有人说，“只是”是“就是”的意思，这句诗是在说，正是因为将近黄昏，所以才有这如诗如画的夕阳。这两种理解方式恰好是两个极端，前者比较消极，有一种岁月迟暮的苍凉感；后者却积极昂扬，饱含着奋发有为的志气，后世对这两句诗歌的引用也是对两种观点都有体现。联系李商隐的生平和他所处的时代，我们觉得可能将这句诗理解为诗人对自身命运与国家前途的哀叹更为自然。试想，本就满怀愁绪的诗人，登上乐游原，彼时正是夕阳西下，然而诗人想到自己的身世，便觉得绚烂美丽都是一时的，如同荒凉人间的瞬息假象。

至此，这首小诗戛然而止，只留下那夕阳及其背后的深刻意味，供后人向往，引后人猜想。

相见时难别亦难

《无题》李商隐

相见时难别亦难，东风无力百花残。
春蚕到死丝方尽，蜡炬成灰泪始干。
晓镜但愁云鬓改，夜吟应觉月光寒。
蓬山此去无多路，青鸟殷勤为探看。

李商隐留下了大量的无题诗，这些诗歌大多用来表现婉转缠绵的情意，不仅语言精美华丽，而且意蕴绵邈深沉、朦胧曲折。因此在诗歌史中，众多无题诗已经成为一种独特的现象，也成为李商隐的一个代表性的标签。

这里要品读的便是无题诗中大家耳熟能详的一篇，它表现的主题是离别。离别无论在怎样的时空背景下，都是一个让人伤怀的字眼。世事本就变化无端，说了再见的人也可能永生不复相见，或者天各一方，甚至天人永隔。尤其是在交通条件极为不便的古代，离别带给人的感觉格外沉重，所以江淹才有“黯然销魂者，唯别而已”（《别赋》）的沉痛伤感，所以柳宗元才有

“今朝不用临河别，垂泪千行便濯缨”（《衡阳与梦得分路赠别》）的真情伤怀，所以晏几道才有“从别后，忆相逢，几回魂梦与君同”（《鹧鸪天》）的深情苦涩。对于有情人而言，离别更是他们心中的一根刺，只言片语难解百般愁肠，明月沧海难诉相思情深。

作为一首以离别为主题的诗歌，《无题》的最大特点在于，语言细腻曲折、对仗工整妥帖、抒情连绵往复，把离别之痛与相思之苦都在抑扬起伏间生动地表现了出来。

诗歌的第一句上来就直接感叹“相见时难别亦难”，相见需要提前计划安排，需要机缘巧合，而分别则是瞬息之间的事，所以南唐后主李煜说“别时容易见时难”。但是在这里，诗人从另一个角度说“别亦难”，是指面对离别，人们还是难以从容洒脱，只有满心的难过痛苦。这样一来，反而把离别之苦，表现得更加深切，具有先声夺人之势。同一句中出现了两个“难”字，没有生硬的重复、单调的感觉，反而极尽缠绵曲折之妙，这也是李商隐诗作的惯用手法。第二句从直接抒情中宕开一笔，写了当时的环境，正是“东风无力百花残”。“东风”是指春风，春风无力之时自然是指暮春时节，暮春时节的景致便是百花凋零、众芳芜秽，可谓满目凄凉。这不仅是指离别时的环境，更是形容主人公此刻的心情。前两句情感充沛、景致凄婉，奠定了全诗伤感的基调，把离别写得足够感伤，却又具有哀婉的美感。

第三、四句是这首诗中传唱千古的名句，原本表达的是主人公的炽热感情。“春蚕到死丝方尽，蜡炬成灰泪始干”两句既有一种慷慨的决绝之气，又把一腔深情寄寓其中，既可见那女子的相思深重，又能从中感受到她的凄凉心境。“丝”与相思的“思”谐音，那女子说相思犹如春蚕吐丝，至死方尽；伤怀恰似烛泪低垂，成灰始休。这份相思爱恋跨越生死，也让人想起《上邪》中的那种呼天抢地的告白："上邪！我欲与君相知，长命无绝衰。山无陵，江水为竭，冬雷震震，夏雨雪，天地合，乃敢与君绝。"情根深种，却逃不过分离，其中的心痛谁人可解？

第五、六句写那女子自身的境况和她所想象的心上人的活动。"晓镜但愁云鬓改"的意思是，清晨起床，对镜看红妆，只是为那凌乱的鬓发而发愁。鬓发为何凌乱？那女子又到底在愁些什么？鬓发凌乱是因为夜间因相思侵扰而不能成寐，辗转反侧间使"云鬓改"，那女子真正愁苦的是自己的青春年华，她希望自己能永远美丽。古人说"女为悦己者容"，写一个女子对自己容颜的在意，其实就是在说她对于爱情的重视和珍惜。随后，那女子想象自己在远方的心上人挑灯读书之时，应该又吟成了许多诗句吧？只是长夜漫漫，月光透过窗子斜斜地照进来，他会觉得满室寒凉吧？"夜吟应觉月光寒"一句意境渺远而情意悠长，一个"寒"字写出了离别后的心境，也体现了两心相印的默契。

最后两句把相思的情意进一步演绎开来，那女子知道相会无期，所以把牵挂寄托给神话故事中的青鸟，她说"蓬山此去无多路，青鸟殷勤为探看"。"蓬山"指的是蓬莱，是神话传说中的三大仙山之一，在这里指代心上人的所在。"青鸟"是神话中西王母的信使，所以女子说请求青鸟为之探看。相思终不见，几多百转愁肠，几多前途渺茫！

如若相思深种，一朝离别，必然是魂牵梦萦。这首诗从离别写起，对于女子的情绪把握得颇为精准，诗歌章法与情感相辅相成，内容丰富，层次清晰，最终形成了缠绵悱恻、余音袅袅之韵致，至今读来犹可想见其中的深情。

图书在版编目(CIP)数据

侘寂之美：唐诗中的理想国 / 李静著. -- 北京：社会科学文献出版社，2021.3（2024.9 重印）
（吉林大学哲学社会科学普及读物）
ISBN 978 - 7 - 5201 - 7759 - 7

Ⅰ. ①侘… Ⅱ. ①李… Ⅲ. ①唐诗 - 诗歌欣赏 - 通俗读物 Ⅳ. ①I207.227.42 - 49

中国版本图书馆 CIP 数据核字（2021）第 016533 号

吉林大学哲学社会科学普及读物
侘寂之美：唐诗中的理想国

著　　者 / 李　静

出 版 人 / 冀祥德
组稿编辑 / 恽　薇
责任编辑 / 陈凤玲
文稿编辑 / 许文文
责任印制 / 王京美

出　　版 / 社会科学文献出版社
地址：北京市北三环中路甲 29 号院华龙大厦　邮编：100029
网址：www.ssap.com.cn
发　　行 / 社会科学文献出版社（010）59367028
印　　装 / 唐山玺诚印务有限公司

规　　格 / 开　本：889mm × 1194mm　1/32
印　张：11.25　字　数：263 千字
版　　次 / 2021 年 3 月第 1 版　2024 年 9 月第 4 次印刷
书　　号 / ISBN 978 - 7 - 5201 - 7759 - 7
定　　价 / 49.80 元

读者服务电话：4008918866